父亲的入党申请

王鸿达 著

北方联合出版传媒（集团）股份有限公司
春风文艺出版社
·沈 阳·

图书在版编目（CIP）数据

父亲的入党申请 / 王鸿达著. —沈阳：春风文艺
出版社，2022.12（2024.11重印）
ISBN 978 - 7 - 5313 - 6139 - 8

Ⅰ. ①父… Ⅱ. ①王… Ⅲ. ①长篇小说—中国—当代
Ⅳ. ①I247.5

中国版本图书馆 CIP 数据核字（2021）第 261086 号

北方联合出版传媒（集团）股份有限公司
春风文艺出版社出版发行
沈阳市和平区十一纬路 25 号　邮编：110003
辽宁新华印务有限公司印刷

责任编辑：姚宏越		助理编辑：周珊伊	
责任校对：张华伟		封面设计：郝　强	
印制统筹：刘　成		幅面尺寸：155mm × 230mm	
字　　数：227千字		印　张：19	
版　　次：2022年12月第1版		印　次：2024年11月第2次	
书　　号：ISBN 978-7-5313-6139-8			
定　　价：45.00元			

1

　　我的父亲王学业临退休时在他的单位——废品收购站里入了党。

　　七一那天，父亲像喝醉了酒似的回到家，这情形使父亲看上去年轻了许多。父亲是骑着自行车回来的，这架破旧的白山牌自行车是单位作价处理卖给父亲的。那时有自行车的人家很少，父亲第一次骑着它回来，母亲站在院子里望见了，说了一句："你们的父亲骑着飞机回来了。"

　　这天的夕阳，正一点一点从我家房后松木椽子垛上落去，橘红色的彩霞泼洒在从远处走来的父亲身上，松木椽子垛里散发着一股白松木香味儿。

　　不知从什么时候起，母亲已习惯了每天傍晚站在房后椽子垛夹空儿里看父亲下班回来。我家的草房地势偏高，从房后的一趟椽子垛夹空儿里面往东街头望过去，红松街巷子一览无余，依次有街把头的油毡纸房老孙家、在贮木场食堂做饭的张厨子家、在邮政局上班的李黑子家……李黑子本名李长路，常好喝点小酒。喝得微醉的李黑子常常把邮件搞错，投错了邮件的李黑子，在清醒过来后，再骑着他那辆绿色自行车把信件取回来重新投给人家，小镇街区的住户都熟悉李黑子，并不责怪李黑子的一两次失误。这坑坑洼洼的街道小巷胡同，李黑子熟悉得闭着眼睛也能摸到，那辆前梁吊着宽帆布袋邮件兜的自行车叫他骑得飞快，像一只绿色蜻蜓，在拐来拐去的街巷里蹿来蹿去。雨天那闪亮的车轮辐条飞溅起一圈喷射的水帘，晴天车把上的铃盖又响起一路丁零零的脆响，引得家家户户都探出头来，在哪家住户院门口停下，哪家的大人小孩儿早已围拢过来。那辆绿邮车也叫我们羡慕不已，通常那前后轮圈、大梁和瓦盖也叫李黑子擦得锃亮。李黑子喝醉了一般是心情不好的时候，比如他在唐山菊那里吃了闭门羹，比如他的酒壶里半个月没有酒了。平常李黑子的心情是很满足的，小镇上的邮递员这份职业叫他很满足。不说别的，就说这自行车，小镇上有几人能骑上这公家给配的自行车呢。

当父亲骑着那辆旧白山牌自行车从油毡纸房老孙家的桦子垛胡同拐过来时，我和三弟都在我家的桦子垛夹空儿里面看到了，当时我和三弟正在房后桦子垛夹空儿里做木头手枪，父亲的身影出现叫我们停下了手里的活。我和三弟都惊讶地张大了嘴，白松木屑还沾在我俩湿漉漉的胳膊和手臂上。我们都希望父亲的自行车铃响起来，正是家家敞着窗子吃晚饭的时候，那铃声响起来会叫整条街的人家都能听到。可是父亲骑的自行车铃声一声没响，倒是近了才听到自行车哗哗啦啦别的响声，好像那自行车经不起父亲的重压，要散架了似的。到了家门口，父亲骗腿儿从自行车上下来了，推着车走进了院子里。

父亲那天晚上回到家里来，就让母亲给他烫了酒。

父亲一个人坐在炕桌前，手里攥着白瓷牛眼酒盅，一盅接一盅吱吱喝着，嘴里发出咂巴声。炕桌摆着一盘母亲给他炒得焦黄的鸡蛋，这是家里来客和秋天上地里起土豆时，母亲才舍得拿出两个鸡蛋做的菜。

天一点一点慢慢叫父亲喝得黑透了，父亲也不叫母亲开灯，一到夏天晚上我们家是从不开灯的。

父亲说到了单位里发生的事，自然是要说到刘英的，我想，怎么今天那个高个子女人刘英下班没有和父亲走在一起？刘英就住在我家这条街的上头南山街。今天她倒是应该和父亲走在一起的，分享他的高兴，因为刘英是父亲的介绍人。父亲说的。兴奋一直叫父亲嘴里喋喋不休。

父亲大概说累了，才停住了嘴，其实我们都分了神，母亲大概想着从今以后那个高个子女人不会再跟父亲走在一起了，三弟的注意力早溜到院子里靠在窗下的那架自行车上，他几次要把车子偷偷推出院去，都被父亲识破了："你别动它，摔坏了。"

我呢，这个惊天的消息如果是在几年前听说，我会高兴得蹦起来，因为那时我和哥都在学校里积极准备入团，我俩先后在初中和高中时被确定为入团积极分子。可是现在我已经淡漠了这个兴趣……这一切也都是因为他造成的。

我还清楚地记得那天晚上的情形。也是有一天在家里吃晚饭的时候……

哥要说事。事在哥肚里憋了好几天了，憋成个闷屁，脸上憋闷出难受的颜色，不吐不行。这晚，就吐了出来，是借母亲的口吐出来的。"听黄老师讲，你的档案太简单了……"母亲说得小心翼翼，盯了父亲好久，才吞吞吐吐说出一句。父亲方脸腮部的咬肌棱角分明地搏动了一下，将鼓在嘴里的饭食慢慢送下肚去。"简单咋的啦，嗯？"一句话噎得母亲哑了口。

我看见哥默默地放下筷子，低着头，背着脸走进里屋去了。

黄老师是哥的班主任，省城早年俄语学院毕业的，在区中学里教了一阵子俄语，后来学校停了俄语课。黄老师改教了政治课。黄老师是党员。

晚饭吃的是包子。包子叫母亲鼓起了勇气。结果，母亲只吃了一个包子就住了嘴。剩下的全叫父亲和我、三弟、大妹吃了。我们多吃的部分是哥和母亲省下来的。因此，我和三弟、大妹吃得像小偷儿，只管头不抬，眼不睁，快速地往肚子里运送包子。桌前一片狼狈的吧唧吧唧的咀嚼声……父亲起身放了个响屁走了。炕桌上的包子没了。剩下了几个空空的、白白的二大碗。我们几个像尖嘴的耗子，嗷嗷嘴，把掉在白茬木桌面上的菜粒、肉粒一个一个吮吃了。用溜尖的小舌头，把落在碗底里的油花舔得干干净净。这才抹着油光光的嘴巴，依次溜下炕走了。

我吧嗒吧嗒嘴，心里有些为哥惋惜。

回到东屋炕上，哥已早早躺下了。头上蒙着被子。我们兄弟三人住东屋，哥睡在炕头上。哥的体质一直很弱，小时候得过一场胸膜炎，住了半年医院。出院后，身子一直发育不起来，长得又瘦又小，个头比我还要矮一个脑袋。而实际上哥比我要大五岁。这中间还有一位哥哥。

这位哥哥还没来得及和我见面，就早早地离开了人世。那是1960年秋天，土豆要六角一斤。家里的钱都让父亲拿去给哥住院看病了。那时我们家还在苔青小镇上住，母亲没有钱买土豆，和小镇上的人一道上山挖野菜、草根。吃野菜草根把奶水吃没了，就断了奶。哥吃奶吃到两岁多，而这位哥哥还不到一生日。他病了的时候，父亲正领着哥在伊春城里住院。母亲一个人在家急得团团转，邻人见了，喊来生产队的马车，连夜拉上他和母亲往伊春城里送。半路上他就咽了气。母亲空空地抱回一件红花小棉被。邻人见了母亲，说："是讨债的，不用挂记，早晚得走的。"母亲的眼神恍惚，直叨叨："都怨我，都怨我，我怎么不给他捂着点呢……"过了好多日子才慢慢缓过精气神儿来。

那个哥哥死掉了后，哥的病就好了。人们都说哥能活转过来简直是个奇迹。哥瘦得皮包骨，只剩下两只轱辘轱辘的大眼睛有点活气，而那个哥哥临死的时候，身子还白胖白胖的，胳膊腿儿上的肉暄嘟嘟的。母亲紧紧搂抱在怀里舍不得放手，把干瘪瘪的奶头塞进他的嘴里，哄着他喃喃说道："吃吧，吃吧，我的孩儿，娘没有奶给你吃，娘有肉给你吃。吃吧，吃吧。"他紧闭着嘴，不肯去咬娘的肉。他已经不会吃了。以后，母亲逢人便痴痴地说："他可真是饿死鬼托生的呀，真能吃，整日整夜哭着要奶吃。"听的人便跟着唁叹唏嘘一阵。

父亲回到家里，听说他的这个儿子死掉了后，脸阴沉沉的，一整天也没有说出一句话来。母亲怕他憋出什么病来，恓恓惶惶的，自顾往下没头没脸地淌泪。父亲仍是干沉着黑脸，坐在凳子上，一口接一口地吸着辛辣的旱叶子烟。屋里的烟雾，沉沉地憋闷了一天。半夜里，一声门响，父亲一声不吭地走了出去。母亲一激灵，也跟了出去。父亲顺着小镇往北的公路一直走了很远，来到镇南头一片洼岗小白桦树林荒野地里。母亲并没有告诉他那个孩子埋在这里，是父亲自己找到这里来的。冥冥中仿佛有什么在牵引着父亲。母亲赶到时，远远望见父亲躬立的脊背在清冷的月光下一抽一搐的。

那夜，父亲在那片荒林野地里守了一夜。

那个哥哥死后，母亲便把哥的命看成两个人的命。从此便更加疼起哥来。有什么好吃的先给哥吃，有了新布，也先可着哥做衣服。哥穿剩下的，再给我或者三弟或者大妹穿。

哥在父亲的眼里也变了样子。哥的病耽误了他的另一个儿子的医治，使他轻易（他是这么认为的）失去了一个儿子，一个在日后极有可能长成像他一样强壮的山东汉子。这一点的根据是，他出生在"大跃进"放开肚皮吃公共食堂的1958年，而我和三弟分别是1960年和1962年生出来的。这个勒紧裤腰带的年代，注定了我们天生只能是盗仓的鼠，而不能成为父亲所期待的那样的汉子。

父亲十七岁出来闯关东。过了哈尔滨，往人烟稀少的小兴安岭林区来。父亲扛着行李卷，硬是靠着一双四十三码的脚板，走了八百多里的山路。又以他的高小文化，在这个林区小镇上找到了一份会计工作，一干就是三十年……哥和后来母亲的病，使他拉了一屁股饥荒。为这不足五百元的饥荒，他这个小会计大半辈子都在精打细算着全家六口人的日常生活开销。为的是有朝一日消除这一天大的赤字。在以后的日子里，父亲对哥流露的目光，常常是阴郁的。哥也总是有意无意地回避这种目光，避免与其交流。哥从小害怕父亲，这一点，是肯定的。

哥在小学加入了"红小兵"组织，刚一上中学又加入了"红卫兵"组织，后来又积极申请加入共青团组织。那个时候作为一个模范青年学生都是这个样子的。入团需要查家长档案，学校就派了党员黄老师去查父亲的档案。回来，黄老师跟哥说了父亲档案不清楚的话。黄老师说，档案里只写了家庭出身是富农，而父亲参加革命工作后的现实表现都没有了。黄老师说时，瞅哥的眼神怪怪的。哥回避了。以前哥每回填写成分只写了富裕中农。

这一年，哥也结束了他的班干部生涯。

"……你们知道我们老王家还有谁是共产党吗？"这个暑热加上兴奋叫人难以入眠的晚上，父亲瞪着发红的眼珠问我们。我们都以为他喝多了，怔怔地看着他，摇摇头——

"就是你们的四叔爷……"

这一下连母亲也像我们一样大吃一惊啦，看他的眼神像看一个神神秘秘的地下工作者。证实了酒精还没有让他丧失神志的时候，我们就彻底惊呆了，或者说绝望像一条潜伏在我家土豆窖里的蛇，悄悄爬上我们的脚背。

"为什么？为什么你不早说！"

母亲发疯地喊道，她简直有点歇斯底里了。

父亲在黑暗中躲闪了一下眼神，随后平平淡淡地说道："说有什么用呢？那会儿还没找到证明人，谁会相信呢？"

接下来母亲嘤嘤饮泣，不知道是悲伤还是在痛惜什么。总之，是父亲一下子打破了我们家这个夏夜的平静。而他则很快跌入梦乡了，并且还打起了鼾，他该心满意足了……而我们则愣怔在这个夏日的黑夜里，久久难以入眠。

我孤零零地睡在东屋的火炕上，在这之前大哥也和我们睡在一起。可是他已去了青年点。在青年点里干了一年多后，因为表现好，被推荐报名参军过，体检过后区武装部应征入伍的名单里没有了他的名字，他应召入伍没成，不是因为身体原因，而是在政审时没有过关，因为父亲档案里的家庭成分问题。他不得不扛着行李卷再次回到山上青年点……想起这些来，我觉得身上泛出一种莫名的寒意。在这个七月流火的夜里，三弟嘴里发出梦呓：闪开，闪开……别扶我，我要一直蹬下去……好极啦！

2

　　父亲在这之前很少提到山东老家的事。对于祖父这一辈的家事，父亲从来都是讳莫如深。父亲的老家是山东黄县高王胡家村。父亲十七岁从这个村子走出来，后来只回去过两次，一次是他回去娶母亲，一次是他回去给祖父奔丧。我们倒是偶尔从母亲嘴里听她提到过这个村子。母亲的娘家并不在这个村子里，是距这个村子二十里的龙化村。祖父家里在这一年正发生一系列变故。四叔爷在二月初十突然死去后，三叔爷也不见了踪影，下落不明。一股毒火攻心，太祖父、太祖母相继抱病去世。在外跑生意的祖父不得不回来，支撑起了门面。

　　从这以后祖父就不断把自家的田地卖给同村的一个姓胡的地主。卖掉了地就等于卖掉了粮食。祖父就用做生意积攒下的钱到县城里去买粮食吃。父亲回忆说，那时的通兑券毛极了，一口袋通兑券才能买回来一袋面粉。言外之意，那时家里人都对祖父的这种做法有了些抱怨。家里人都说祖父在外做生意做得游手好闲了，对田地里的事不愿意管了。

　　直到土改时，家里人才对祖父少了抱怨。因为家里田地的减少，祖父家被定为富农，否则依祖父家原来的地产一定会被定为地主的。家里人似乎一夜之间明白了祖父的做法。只有父亲不以为然，因为他知道祖父那样做并不是有什么先见之明，而实在是因为祖父那会儿心情糟糕透了，高堂老父老母双双抱病而去，两个兄弟也就是我的三叔爷四叔爷也因为政见不同仿佛一夜之间反目成仇。也许那时只有祖父才会相信共产党和国民党一定会打个鱼死网破，因为他从三弟和四弟身上看到了这种影子。

父亲十七岁从老家跑到东北来时，高王胡家村刚刚开始进行土改。他看到那个姓胡的地主被拉到村子里的土台子上去挨斗，戴着高高的纸糊尖顶帽子，陪斗的还有村子里的两三个小地主、富农。姓胡的地主死后不久，他的小老婆也失踪了。这个生得细皮嫩肉细腰丰臀的女人父亲曾在村子里见过，她还单独跟父亲说过一句话："你长得真像你三叔。"当时父亲的学生装上衣兜盖上正插着三叔给他的一管派克铱金笔。其实村子里混乱的事早就让父亲有了离开高王胡家村的念头，他事先没有告诉任何人，祖父似乎也默许了他这种做法，在他离开家的几年里家里人并没派人去找他，也没打听他的下落。

父亲从山东老家来到黑龙江找工作。黑龙江的小兴安岭林区刚刚开发。林区工人也大多是从关内闯关东来的，人生地不熟正合父亲的心意。在沿着进山的铁路线走到苔青小镇后，他有点走不动了，就在镇上的小商店里落了脚，当了一名会计。他的勤快和肯吃苦也得到了商店主任毕福成的认可，他很赏识这个勤快的小伙子，冬天商店屋里柜台中央的铁皮炉子，每天都是他起早点着的，等到毕主任和别的店员走进来，铁皮炉子和炉筒子都烧红了。红松木柈子在铁皮炉子里噼啪作响。

没过多久，毕主任通过常来店里买酒喝的伐木工人，张罗起给父亲介绍对象。恰恰那伙人里有一个黄县过来的山东人，在老家时认识母亲的家人，就给父亲介绍了母亲。父亲出来三年了，也想家了，一听说是黄县人就爽快地答应了下来。

据母亲讲，他们第一次见面时父亲显得很紧张，两条腿紧紧夹着抖动个不停，由于想家上火，再加上两天两夜的火车和一夜轮船的折腾，父亲满嘴都起了火泡，手背上还长了母瘊子。他穿着藏青料子呢裤，脚上是一双擦得锃亮的皮鞋，东北冬天寒冷，他穿着一件从毕主任那里借来的狐狸领大氅回来，在外祖父家的客厅里他也没脱下这件黑呢料大氅。不过他这身行头倒叫外祖父很满意，外祖父知道他是吃官家饭的，跑过生意的外祖父对他打得一手好算盘也很满意。

母亲并不满意，据母亲讲，客人走后，她背着外祖母偷偷哭了。如果不是外祖母一句"真是的，你想老在家里呀"，她是死活不会跟父亲来东北的，母亲做闺女时就很少迈出家门，母亲比父亲大三岁，她与父亲相亲那年已经二十三岁了。

更叫母亲难以启齿的是，新婚第一夜，父亲就尿裤子了……

父亲从老家娶来母亲后，母亲也被安排在他工作的小镇商店里，母亲也是高小毕业，当了一名店员。小卖店里主要经营烧酒和面包，供应林业工人。母亲至今还记得那些常来店里买酒喝的工人，一下了班就会成群结伙到店里来，他们身上散发着浓烈的汗味儿和松木油子味儿，两眼喝得红红的望着母亲嬉笑："喂，闺女，是谁这么有福气，娶了你做老婆……"

母亲年轻时很漂亮，浓黑的头发和眉毛，皮肤白净。

父亲站在柜台里装没听见，飞快地打着算盘……那个时候应该是父亲人生最得意的时刻。

苔青是一个十分封闭的小镇，只有六十几户人家，四周被大山重重叠叠围着，十分安静。镇东头有一条河，叫汤旺河，顺着铁路线往下游流去。应当说父亲当初一走到这里来时，就喜欢上了这里的安静。住在镇上的人多数是伐木工人，也有外来的几家农户。商店里只有四个店员，生意也不忙，很悠闲自在。父亲没事时喜欢看从老家带过来的一本竖排版《水浒传》，下了班也喜欢和镇上林业工人下下军棋。

商店在镇广场的北侧，和镇政府后来又叫镇革委会挨着。广场中心有一根高十几米的落叶松木旗杆，那旗杆在五一劳动节、十一国庆节时升国旗，春季秋季风大时升防火旗。旗杆下还绑过途经押解的犯人，镇上的人围着叽叽喳喳地看，倒也起到了警示作用。广场到夏天还会多出两个木篮球架，搞几场篮球比赛，镇上的大人小孩子都围着看，在围着观看的人群里就有父亲。近水楼台，父亲从商店踱着方步出来，看得下班忘了回去吃饭，被母亲喊回去吃饭。他家就在广场南头，那趟草房把东头第一家，百十步就迈进家门坐到炕桌前了。广场上没散去的篮球赛喧哗声和哨声传进耳里来，饭就吃得心猿意马了。

广场上，夏天晚上还会有外来的放映电影的，父亲照旧散着步走到广场人群里去看，而母亲则推开自家的后窗，坐在窗台上看，看得怀里奶着的孩子睡了，她就把孩子放到炕上去，又回身坐到窗台上去看。从不喜欢走出家门的母亲，至今还怀念在苔青时的情形，"那时多好啊，坐在家里的窗台上就能看露天电影"。

父亲很享受小镇安静的日子，有十几年，日子的平静似乎让他忘掉了心中潜藏的那个秘密。他工作上兢兢业业，双职工的收入也叫他一家衣食无忧，在他的大儿子得病之前一家人的日子是宽裕幸福的。

那年秋天，家里火炕淘炕洞，晚上父亲在家里用木板拼了一个单人床，叫母亲带两个孩子去商店更夫房里借住一宿，他和主任还有那个更夫说好了，更夫还给母亲和两个孩子烧好了炕才回去。下过霜后夜里就凉了。母亲带着两个孩子走进了更夫房，房子分里外两间，外间堆着白天刚刚从火车上卸下来的几花筐苹果，因此那天晚上，一走进来，我们都闻到了浓浓的国光苹果味儿。而这苹果正好是从山东烟台发过来的。母亲除了闻到苹果的清香味儿外，还闻到了一股老家的味道。母亲不知什么时候睡着的，而她早上醒来时，发现一只花筐上掏了一个洞，而她睡着的两个孩子嘴角还挂着苹果的白浆。

母亲原本打算把这件事瞒下来，不告诉她那个较真儿的男人。可是父亲早上过来叫母亲他们回去吃饭时，发现了那只苹果筐上的破洞，他把两个孩子拖到一边，解下皮带，母亲阻挡不住父亲落下的皮带，肩头还挨了两下。两个孩子供出吃掉四个苹果后，就叫他们回去了，而父亲则蹲在商店门口，等主任第一个来上班开门，他脸红着把三角的纸票塞给主任，吞吞吐吐地说出了原委。主任听了说了一句："孩子嘛。"想不收父亲攒出汗的钱，可是父亲坚持叫主任收下后才慌慌张张走了。

父亲每到月末做结账算表时总是回家很晚，母亲已经习惯了，可是这天晚上她都热了两次饭，父亲还没有回来。等她找到商店时，看到父亲的那间屋子还亮着灯，他满头大汗，手里的算盘噼噼啪啪响着，一会儿看看账本，一会儿又看看抽屉里的现金。父亲叫母亲不要进屋，嘴里还时不时地嘟哝："怪事，怎么就差了呢，我都算了好几遍了呀。"母亲看他那副着急的样子真是可怜，这是母亲嫁给父亲以来从没有看到的事。后来她问他差了多少。他说，两分钱。母亲松了一口气说："你回去吃饭吧，实在对不上，我给你两分钱吧。"他抬起头，一脸气愤地说："这怎么行，这怎么能说清楚呢？你想毁了我吗？"母亲一赌气走了，直到半夜，父亲才回到家里，母亲实在困极了，已和孩子睡去了。父亲推醒了母亲，一脸的兴奋："找到了，找到了。"母亲睁开迷糊的眼睛问："找到了什么啦？"他说："两分钱，在铁卷柜的底下。""你把铁卷柜搬动了？"母亲吃了一惊。父亲说："是的，我把里面的东西一点一点拿出来，搬挪开了。"

那天晚上广场上在放映黑白电影《列宁在1918》，这是父亲非常喜欢看的一部电影，可是父亲关在屋子里丝毫不为所动。后来毕主任讲父亲就是瓦西里，每次商店里进货，都派父亲去押车，有一次从山外进香瓜，父亲坐在押货车上两天没吃东西，回到镇上眼前都饿得发黑了，下了车一个跟头摔倒在地上，可是筐里的香瓜他连动也没动一个。父亲过后跟我们说一路的香瓜味儿直往他鼻孔里钻，他用手绢捂着鼻子也挡不住，他差点跳下车走回来。

镇长邱山那天晚上也注意到了商店屋里夜半的灯光，清楚了怎么回事后，对毕主任说，这个年轻人是个好苗子，应当好好培养。

毕主任就找父亲谈话了，是一天快下班时，商店里其他几个人都走了，包括急着回去给孩子喂奶的母亲。

脸上有点麻坑的毕主任说了许多表扬父亲的话，父亲听了受宠若惊，低声喃喃地说："这都是我应该做的。"毕主任说："小王你来店里参加工作表现得一直很好，组织一直看在眼里，组织上想要把你作为发展对象，你写份入党申请书吧。""入党……申请书？"

父亲一下子没听明白，有点发怔。"是的，你回去考虑一下。"

父亲的脸红和惊异，让毕主任误以为是年轻人的谦虚，谦虚使人进步，更让毕主任相信他没有看错这个年轻人。他看着父亲走出去，鼻尖的麻坑都暗喜地红了。

父亲从商店里走出来，夕阳映照在广场上，也映照在他踽踽独行的身影上。

父亲的脚步显得迟缓沉重起来，毕主任怎么会叫他写入党申请书呢？他没听错吧，这是他始料不及的，心口一阵狂跳，目光痴痴地发呆……有一个常和父亲下棋的林业工人从他身边走过去，搭了一句："喂，王会计，走，去下一盘军棋怎么样？"可是父亲竟像没听到一样。

广场的南面是一排半截石头墙的红砖房，那石头墙缝里生着墨绿色的青苔，上半截红砖墙面上，刷过各种标语。这幢石头红砖房里，从我记事起，一支解放军雷达兵连队就驻扎过好长时间。

父亲最初注意到平房墙上的标语，是他刚来小镇的头两年，还是孤身一人时。标语是用白石灰刷上去的：我们一定要解放台湾！父亲从小商店的窗子里就能看到这条标语，他痴痴地怔住了。"台湾在哪里？"小镇上有人问。其实父亲和小镇上许多人一样并不知道台湾在哪里。可这个字眼却像潜伏的蛇一样，在他内心深处仿佛不经意地咬了他一下。看到那幢房子里出出进进当兵的身影，父亲甚至想离开这里了。可是离开这里又能到哪里去呢？那时毕主任已开始张罗给他介绍对象了。

父亲站在广场上听了半天，旗杆上新安装了一个广播喇叭，正在热血沸腾地播报全国热火朝天的形势。从那一天起，父亲意识到这个深山里的小镇也不会平静了。

夕阳完全从广场上落下去之后，父亲回到家里，母亲有点愁眉苦脸地跟他说："老大不太爱吃东西，他脸色不太好。"这个有点走神的男人好像没有听到，他翻箱倒柜在找什么，母亲问他在找什么，他说："你睡你的。"

后来父亲找出一支钢笔来，他好久不用这支钢笔写什么了，这天晚上他失眠了。

3

人在得意的时候似乎会忘记命运中潜伏的危机，父亲也正是这样的。在毕主任找他谈过一次话后，他正式地也是第一次向党组织提出了入党申请。我完全能够想象得到，风华正茂的父亲是怀着怎样一种激动的心情把入党申请书交到毕主任手里的，毕主任是小镇商店和粮所里的党小组长。

粮所里有两名党员，商店里只有毕主任一人是党员。镇长兼党总支书记是邱山。毕主任过后把父亲的入党申请书交到镇党总支委员会，邱山看到父亲入党申请书上一手流利的钢笔字，赞许地点点头："嗯，小伙子字很漂亮！"

毕主任又代表总支正式找父亲谈了一次话，他对父亲说，你要接受党组织对你的考查。父亲郑重地点点头，他的脸又红了。这个考查期有多长，毕主任没有说，他刚刚接到上级指示，粮所和商店突然忙碌了起来，毕主任也忙碌了起来。

镇上发生了两件事，让镇上热闹起来，一件是建造炼钢炉，街长贺喜文带头把自己家的锅摘了，送到铁匠铺去，又挨家挨户去上门动员交废铁。再一件事是镇上办起了公共食堂，全镇人都到公共食堂去吃饭。那些伐木工对炼钢铁很不满意，因为家里的娘儿们为了不摘锅，把斧子、弯把锯、掐钩都当废铁上交了，这叫他们冬天怎么上山干活呢？对于办公共食堂他们倒是很满意，他们可以放开肚皮吃。再不用凭粮本到粮所领粮了，商店的肉也不用凭票供应了，毕主任组织粮所和商店里的人一推车一推车把面粉和肉、菜推到公共食堂来。

"这样下去怎么行，这样下去早晚会坐吃山空的……"在军队里做过军需官的毕主任流露出担忧。他这话只是背地里当着父亲面讲讲。父亲每天的明细账只有支出，没有收入了。

广场上，戴着镜片瓶底厚的眼镜、细瘦脖子的贺喜文扬着他手里的报纸，向一群肚子吃得滚圆的伐木汉子说着什么。

父亲在1959年这个夏天明显地感到山外的热情已传染到山里这个小镇来了。父亲把家里一口铁耳锅和两只镐头拿到铁匠铺，为了这口铁耳锅母亲日后没少埋怨父亲，说家里正在添人进口，单靠马勺做饭显然是不够用的。母亲又怀孕了，这一年二姨也从山东来到我们家，母亲叫她出来本来想让她照顾月子的，正好公共食堂需要人手，二姨就被招到食堂里干活。人人都到食堂里吃饭，没有谁想以后的事。

镇东头的铁匠铺子从来没有这么热闹过，铁匠炉被重新改造了，张着大口的铁匠炉里，每天炉火都烧得旺旺的，张铁匠挥汗如雨，他的连腮胡子面孔被炉火映得红红的。他又招了两个徒弟，一高一矮，两个徒弟不断地往炉里添着煤炭，夏日的高温加上炉火，离老远就有一股热浪席卷而来。铁匠铺子周围的桦树叶和柞树叶都被烤焦了，父亲的脸也被烤得发烫，他看到张铁匠粗粗的手臂在拉动风箱，那炉里的火被鼓吹得旺旺的，他拿来的铁耳锅一会儿就在里面烧红了，化成了一摊红水。而那把镐头扔进去时，张铁匠还拿在手里瞅了瞅，说了一句："这是一块好铁，看你也不是下力的人。"父亲的脸又烫了一下。

"王会计，听说你小姨子来山沟里了，人挺俊的。"

"哦，哦……"父亲站在那里有点发呆。

父亲以前很少来铁匠铺，张铁匠也很少去商店，张铁匠买酒买烟什么的，都是叫他出徒的一个徒弟或来取活的人捎带，冬天打马铁掌忙的时候走不开。

张铁匠的饭量很大，他去公共食堂能吃十个馒头，张铁匠显然成了小镇上的红人，谁家能不能完成交废铁的任务完全由他说了算。连贺喜文都对他恭敬三分。

当张铁匠托人来说媒时，父亲才恍惚想起了一个月前张铁匠在铁匠铺问过的话。父亲让母亲和二姨说说这件事，没想到二姨却说了一个让母亲无法接受的事实，二姨说她和木匠罗三木好上了。罗木匠是在给食堂打圆饭桌、北京凳时和二姨好上的。二姨喜欢看罗木匠用刨子推出的木花，那木花总是散发着好闻的木香，而张铁匠身上总是散发着一股汗酸的铁锈味儿。罗木匠的手艺很好，口碑却并不好。他给谁家做木匠活时，谁家过后总会少样东西，不是一只盘子就是一只茶缸子，东西不值几个钱，就没人和他计较了。

母亲没想到罗木匠偷人竟偷到自己妹妹头上，她叫二姨和罗木匠断了，二姨说："我已经是他的人了。"伤心气愤至极的母亲说："你走吧。"二姨就拎着一个包裹离开了我们家。

罗木匠顺水推舟地把二姨接到了他家具齐全的房子里，炕琴、碗柜、木箱都是清一色的水曲柳，那间房子也是他自己几年前盖好的，靠着山边，独门独户。论过日子家什，张铁匠还真没法和罗木匠相比。因此头两年二姨嫁给罗木匠并不觉得后悔。

父亲觉得有点对不起张铁匠的，如果不是那天在铁匠铺子里有点恍惚，听懂了张铁匠的话，是不是就可以先给张铁匠和二姨牵上线？

二姨在嫁给罗木匠后，罗木匠曾讨好地给我家打过饭桌和椅子、凳子，是叫别人送过来的，但都被母亲扔在当街了。一直到我出生以后，母亲才允许二姨登门。二姨结婚两年了一直没有孩子，母亲就可怜起她这个妹妹来，我三岁时曾被二姨领到家里"压炕"，可是二姨依旧没有怀上孩子。

夜里我被二姨热热地搂在怀里，那炕被罗木匠烧得滚烫。等我醒来时，二姨却被另一个男人搂了怀里。还能听到二姨嘤嘤的哭泣声："……你是不是又偷了别的女人……怎么不行了呢……"

"我要偷别的女人天打五雷轰……"女人捂住了他的嘴。

那一阵子罗木匠开始做毛主席像画框了，天天顶着一头木花回来。罗木匠也给我家做了一个，这一回母亲没有扔出去，因为罗木匠是镶好了毛主席画像和玻璃一起送过来的。

罗木匠除了给私人家做，还给公家做，贺喜文还叫罗木匠做了一个一人多高的毛主席巨幅画像画框立在了镇上广场东侧，那画框的油漆他足足刷了两天。

邱镇长从广场上走过，也停下来驻足看了好久。毕主任在商店窗户里看到了，对父亲说了一句："你这个连襟怕是要走红运呢。"

父亲当然希望他的名声不要受到他这个连襟影响，自从镇上多数人家挂上罗木匠打的画框后，再也听不到对他的议论了。

受累的是二姨了，罗木匠沾上红油漆点子的上衣，她要用火碱水洗好几遍才能洗干净。最让她受不了的是油漆味儿，她一闻到油漆味儿头就疼。晚上她也不愿叫罗木匠搂着睡了，即使罗木匠洗了身子，她也觉得那油漆味儿已浸入他的皮肤和头发里了。累了一天的罗木匠也懒得去搂，头一沾枕头就呼呼睡去。

那一年小镇上的日子就像张铁匠的铁匠炉里的炉火，在夏天轰轰烈烈的火焰旺得烤人，到了冬天炉里的火就慢慢冷却了。

小镇人家再也没有"废铁"收上来拿到"炼钢炉"里回炉了，其实那炼出来的多半还是铁，而且是废铁。张铁匠和他的徒弟们整天对着一堆废铁发愁，这些废铁只配打马掌了，可是小镇哪用得了这么多马掌？

公共食堂的粮食和肉食也吃得差不多了，邱镇长已动员镇上人家在自己家里开伙了，并开始往各家按人口分配粮食和副食品。后来的事实证明，邱镇长的决定是正确的，不然第二年的饥荒，苔青镇一定会饿死更多的人的。

忙碌了大半年的毕主任终于腾出手来了，他终于可以把父亲的入党考查程序列入日程了。他让父亲写了一份思想汇报后，他也写了一份情况反映一同交给了镇党总支，并向邱书记做了专门汇报。着重汇报了父亲在"大跃进"中的突出表现。邱书记听了后点点头，说可以考虑进行下一步对父亲政审外调了。

父亲当然没有想到入党还要搞政审外调。当他听毕主任说组织要去父亲老家搞政审外调，一下子有点发蒙！按正常组织原则，搞外调是不可以告诉本人的，一来毕主任和父亲很熟了，知道父亲有十来年没有回山东老家了，想问问父亲有没有什么东西带给家人；二来是去父亲的老家山东黄县高王胡家村怎么走，也想让父亲告诉清楚路线。

　　"……高王胡家……村，是的，高王胡家村……"这个村名冷不丁从父亲嘴里说出来，连他自己也吓了一跳！

　　"我……我有好久没回去了，是的，要坐好几天的火车，还要坐轮船……我……我没有什么东西可带……"

　　"你们真的要去关里搞这个外调吗？"

　　毕主任没有理会父亲吃惊的表情。走的那天父亲把毕主任和另一个镇党总支组织委员——镇里的陈干事送上出山去的小火车。毕主任还非常热情地拍了拍父亲的肩膀，问他有没有信捎回家去。父亲摇了摇头，他木讷的表情一定复杂极了。我想当时父亲的心情，一定比《智取威虎山》里少剑波听说了小炉匠从小火车上跳车逃跑还有苦难言。

　　那个风雪弥漫的下午，小火车吭哧吭哧开走了，仿佛把父亲的什么东西也带走了，他久久地站在小火车站上，漫天的雪遮去了他的身影，他是披着一身的雪回到家里的。

　　半个月后，毕主任和陈干事回来了。毕主任看到父亲时表情有点复杂，回来多日他并没有跟父亲说起他家里的情况，也没有跟他说外调的情况。毕主任的眼神有点叫他感到陌生。

　　"我家里人还好吧？"一天，父亲忍不住问。

　　"都挺好……"毕主任说。

"那组织上的事……"

毕主任瞅了瞅他，叹息了一声："唉……你要经受住组织对你的考验。"

父亲听了心里一沉，不再问什么了。

第二年开春，小镇出现了饥荒，镇上的人像蝗虫一样跑到山上去挖野菜、撸榆树钱儿。家里也遭到了变故，先是他的大儿子得了胸膜炎由父亲带着去伊春医院住院，接着他的二儿子，也就是先前提到的我后来死去的那个哥哥，也病了，而母亲恰巧在这个时候分娩。二儿子连饿带病没两日就咽气了，父亲都没来得及赶回来见上一面。这样的打击对这个男人而言是沉重的。父亲带着从医院治好胸膜炎的大儿子回来，甚至连上山去挖野菜的力气都没有了。幸好二姨在母亲坐月子时给家里送来半袋玉米面，家里还能做点糊糊稀粥糊口。这半袋玉米面也成了日后母亲念叨二姨还算有良心的一个原因。父亲并没有问二姨这半袋玉米面是怎么来的，因为饥荒，镇上的公共食堂早已关门了。二姨这个临时工也早已不干了。因为这时商店减员，而母亲又要照顾孩子，她也被辞退了。

总之，这一年接二连三的打击叫这个刚刚三十岁的男人一下老相了许多。

"冻死迎风站，饿死不倒槽！"这是邱镇长的一句口头禅。当他看到小镇上的人蜂拥到山坡上，为疯抢一棵榆树上的榆树钱儿而打起来的时候，他用手里的拐杖梆梆敲着树干，疯抢的人都停住了手，愣愣地看着他。他丢下一句口头禅，板着脸走了，其实他饿得身子也有些打晃了。

在镇上，邱镇长遇到一个丧气的男人低头走路，他停下了脚步，说了一句："天塌下来了吗？"男人不解地看着他。"天没塌下来，就不要低着头走路，挺起你的胸膛来，不要让你的娘儿们和孩子看到你这个样子。"他手里硬硬的木拐棍重重点着地走过去了，右腿假肢还发出咯吱咯吱的响声。

男人站在那里呆望着他的背影，过了好久才移动开脚步。

4

毕主任和父亲说过，在这个小镇上他最佩服的人就是邱山。邱山是老八路。从山东打到东北来，打锦州时，他是一名连长，他的一条腿被国民党军队的炮弹炸伤了，他拖着一条伤腿带人在黑山阻击阵地上坚守了一天一夜，全连人都打光了，他被抬下来时人已经昏迷了。

在野战医院，他的右腿被截肢时，他醒来了，举着盒子枪对着军医说，谁截掉他的腿他打死谁！后来军医找来了首长，那个首长一向以冷面无情著称，看了看他的腿，说："你要想死，我现在就叫人去村子里给你找一口棺材。"邱山无话了，任人下了他的枪。做手术时，麻药只够给一个伤员用的，而另一个胳膊已经溃烂的伤员也要马上做截肢手术，邱山二话没说把麻药让给另一个伤员用了，他咬着一截木棒硬是一声没吭让人把大腿给锯了。

邱山每天从家里到镇政府来上班，总是把上衣的风纪扣系得严严实实的，脚上的皮鞋也擦得干干净净，从镇上的石子路走过，他的右腿假肢发出咯吱咯吱的响声，邱云从家里追出来，要给他拿上拐棍，被他冷冷拒绝了。邱云是他的女儿，梳着两条长辫子。有时辫梢还用绸绳扎两个蝴蝶结。

毕主任以前也是四野复员到地方的，曾是一名军需官。他是解放军围困长春时投诚起义到四野的，投诚前在国民党军队里也是一名军需官。

"那时真是饿啊，在城里边，当官的和当兵的一样抢老百姓藏在地窖里发霉的糠麸子吃。而以前国民党军的大米、白面是可劲造的。"毕福成他们从长春城里投过来时，人都已饿得直打晃了。解放军先给他们烀了一锅土豆吃，第二日又给他们蒸了一锅白面馒头吃。毕军需官他们投诚过来就投在了当时是营长的邱山率领的营里。先叫他们吃土豆，是他这个营长下的令，怕先给他们吃白面馒头撑坏了。

"看看你们的熊样，老子七天七夜滴水没沾也没这样！"后来就有人告诉他们，这个邱营长在山东打日本鬼子时，是一名侦察班长，有一回和一个战士化装进县城侦察，被日本兵发现了，躲到一个村子里，藏身在一个老乡家的地道，鬼子把村子围住了。他俩困在村子里出不去，七天七夜滴水未进，等鬼子撤走后人已昏迷了。那家大嫂用奶水救活了他们两人，走时还要把家里仅有的一筐干粮给他们带上，可是他俩一人只拿了一个窝窝头就上路了，两个人饿得身子还在打晃呢。毕军需官打那时起就佩服起邱营长了，觉得这样不和老百姓争食的部队是一定能打赢国民党军的，而且他还听说，他截肢时，把麻药让给的那个伤员是一个国民党部队投降的团副。有人问他为什么让药给国民党伤员，他只说了一句："因为我是共产党员！"

毕福成佩服邱营长，就留在了他们营里，他读过国高，做了营里的文书，后来又做了军需官。东北解放，邱营长留在了地方，毕福成也跟着留在了地方。

毕福成是由邱山介绍入党的，来到这个小镇工作时，由邱山推荐他当了商店主任。

邱山每次从小镇街头走过时，都带着一种军人的威严，犀利的目光炯炯有神。每当听到广场南面石头砖房里的军号响，他都会停下来，身板尽量挺直些。碰到镇上的人与他打招呼，他只是点点头，迎面的人会侧身走过去。有一个人会撞到他身上来，这个人就是街长贺喜文。他戴着镜片酒瓶底厚的眼镜，总是习惯走路时看报纸，撞到邱山身上，抬头赶忙点头说："对不起，邱镇长，您吃啦？"

邱山扫视贺喜文一眼。日头老高，晃人眼呢。这个时候谁家都吃完饭了。

"又有什么消息叫你这么着迷呢？"

"有呢，有呢，苏联老大哥……不，不，苏修派宇航员飞上太空了。这不是明目张胆的侵略吗，侵略者绝没有好下场的。"贺喜文抻着他细瘦的脖子说。

他的无知并没有叫邱山觉得好笑，他听了脸色有些凝重，摇了摇头走开了。

小镇刚刚度过了两年的饥饿，吃饱肚皮的人，似乎又要开始做些狂热的事情，比如贺街长叫人在墙上贴了斜长条黄纸标语，写着"打倒赫鲁晓夫修正主义！"比如罗木匠天天在做着红画框，据说是镇里的陈干事叫他做的。

小镇的平静几乎又是在一夜之间打破的，当时父亲的第三个儿子，也就是我已经六岁了。母亲得了肺结核病，去外地结核病医院住了一年多的院，父亲得时不时回来照看他三个孩子，日子弄得这个男人已疲惫不堪了。幸亏二姨有时还帮着过来照看一下孩子。

"爸爸，学校里要做小纸旗。"这天晚上上四年级的大儿子王向国跟父亲说。

小红三角纸旗要写上毛笔字，父亲写得一手好毛笔字。墨水家里没有，他就打发大儿子去找了连襟罗木匠，罗木匠的墨线盒是用墨块研磨的。罗木匠问向国做什么用，向国告诉他写三角红旗用，罗木匠边给他倒墨边说了一句：山里这回又要热闹了。罗木匠脸上透着一种莫名其妙的兴奋。

第二天学校组织的游行队伍就走街串巷起来，贺喜文走在队伍的前边引领着喊口号，他胳膊上戴着红箍。队伍里还敲锣打鼓。走到广场上，贺喜文光顾喊口号没抬头看路，一头撞在了旗杆上，眼镜也撞掉了，头上起了鸡蛋大的包，他踢了一脚旗杆，顾不上摸地上的眼镜，又闭着眼睛挥拳喊了一句：打倒阻挡革命的反动派！学生队伍里有跟着喊的，也有嘻嘻笑的。听见笑声，贺喜文赶紧抬头说：对不起，对不起，我向伟大领袖毛主席保证，我说的不是革命的旗杆！

毕主任在商店窗子里看见了，说了一句："这个贺喜文真是疯了……"

令毕主任和父亲没有想到的是，下午广场上又聚集了一群人，为首的是贺喜文、陈干事和罗木匠，胳膊上都戴着红箍。人群中押出一个戴着白纸糊的高高尖顶帽子的人。"打倒走资本主义道路当权派！"口号声从人群中传出来。

父亲一看到白纸糊的尖帽子，脸就白了，腿就哆嗦起来。

"王会计，你看他们这押的是谁?"那人被押得弯着腰，毕主任有点没看清，或者说他有点不敢相信自己的眼睛。

"我……我……我想上厕所……"

"打倒当权派邱山!"口号声清晰地从窗子外面传进来。

从这天起镇政府的牌子换了，苔青镇政府变成了苔青镇革委会，陈干事当了革委会主任，贺喜文当了革委会副主任，他也把自己的名字改成了贺卫东。

邱山还是党总支书记。

从镇上批斗邱山开始，父亲又想起老家的事情来，他没有想到像邱山这样为革命立了大功的人也会成为批斗对象，也会给戴上一顶白纸糊的高帽子。这对父亲来讲是无论如何也想不通的。那段日子他时常在夜里惊醒，醒来褥子又湿了。

不仅是他，连毕主任也想不通。这个曾经对邱山这样的共产党员无比崇拜的人，突然有点看不清形势了。

挨了批斗的邱山，第二天依旧挺着胸脯在镇街上走路，目不斜视的目光依然透着一种威严。早上去镇革委会上班，毕福成在路上遇到邱山，想回避什么绕过去，邱山叫住了他。"怎么，你也要把我当成牛鬼蛇神躲避吗?""不……不，邱……邱书记，您……您还好吗?"邱山看了看他，抬起手里的拐棍指了指天，说了一句:"放心，天塌不下来!"而后，迈开步子咯吱咯吱走过去了。

批斗在升级，隔了两日，毕主任和父亲又在商店窗子里看到邱山戴着纸帽子被押到广场旗杆下，父亲的腿又开始哆嗦了。

批斗了一会儿，在狂热的打倒口号声中，贺卫东和陈主任这一伙人高喊叫邱山跪在地下。邱山目光犀利地扫视了一眼，冷冷地说道："老子是从解放东北黑山战役时敌人的死人堆里站起来的，想叫老子跪下，除非你们把老子另一条腿锯掉！"

贺卫东和陈主任听了都被震慑住了，这才住了手。

毕主任被戴上高纸帽子拉到广场上去陪着批斗了。他的罪名是钻进革命队伍里的国民党反动军官。这个罪名又叫站在窗里的父亲心里哆嗦一下！是罗三木带人进来把他拉出去的，以前罗三木在给商店打柜台时，曾顺手拿过糖块被毕主任发现了。这回罗三木显然是想痛快地报复一下，他把那顶白纸高帽给毕主任扣上时，还得意地扫视了父亲一眼，父亲腿哆嗦着往厕所跑了。

但晚上罗三木还是在我家门口堵着了父亲，他是来找二姨回家的。罗木匠夜里常把二姨打得身上青一块紫一块的。

"听说你以前还想入党？"

父亲点点头。

"入党有什么了不起，邱山还不照样被打倒在地。我听陈主任说你家里有个叔叔也是国民党，跑那边去了。"

父亲听了，面孔一下子惨白了，说："我不知道，我好久不和家里有什么联系了。"

"别担心，我只是随便问问，咱们毕竟是亲戚，我老婆的事你跟她姐说少管。这年头多管闲事是会惹事的。"罗三木阴沉着脸说。

那一刻，父亲觉得他脊背上爬了一条蛇，凉飕飕的。

也许就是从那个晚上起，父亲想离开苔青小镇了，他再也不想见到罗三木了。当然最终促使父亲离开苔青小镇的还是小镇商店里那起失火案。这起失火案最终改变了我们一家人的命运，也改变了二姨的命运。

5

苔青小镇失火案是这年秋天发生的。白天广场上还在批斗聚会，夜里商店里着火了，火光照亮了广场北侧的夜空。

父亲听到喊声，只穿了一条衬裤就跑了出去。他先跑进商店自己那间办公室，把铁卷柜里当天收的现金和账本抢救了出来，再和人进商店里抢救东西时，火舌和烟雾已让人进不去了。和商店连着的镇革委会的房子也烧着了，邱书记和陈主任正在指挥人救火。幸亏离河边近，人们从河边排起一条长龙，传递着水桶、脸盆，快天亮时，火扑灭了。

这起失火案引起了区革委会、市革委会的高度重视，定性为反革命纵火案，成立了专案组，公安人员天一亮就封锁了现场进行调查，商店里所有人员都被列为调查对象。父亲那天从商店救火现场回来，还没有顾上洗一把脸，就被穿着绿上衣蓝裤子的公安人员叫走了。母亲和我们惊恐地看着父亲被带出家门。

经过专案组的筛查，主任毕福成和身为会计的父亲成了重点调查对象。之所以把他俩列为重点嫌疑人，是因为他们两人的出身，一个是前国民党军队人员，一个是家里人员跟台湾有牵连。据父亲后来讲，当专案组人员这样对他说时，他头上顿时惊出了一头冷汗，下面又有尿水从那条来不及换下的被烧了好几个破洞的衬裤流下来，好在外面有一条黑外裤罩着。父亲还从来没有这么恐惧过。

与父亲相比，毕福成的嫌疑和动机更大些，因为他上午刚刚被批斗过，一定怀恨在心，伺机报复。而且商店里外门的钥匙只有他有，从公安人员现场勘查来看，商店里外两道门锁都完好无损，火是从里面着起的，这说明是有人在商店里纵的火，而纵火人是开锁进去的。

据群众反映，这一段时间毕主任情绪十分消沉，跟谁也不说话，一定在心里酝酿着什么反革命阴谋诡计。还有一个革命群众反映，毕福成有自绝于人民的倾向，有一天傍晚他看见毕福成一个人站在汤旺河边徘徊，这个时候他在河边干什么？秋天河水已经凉了，镇上没有谁再去河里洗澡，毕福成也从没有钓鱼的嗜好。

"你说你到河边去干什么？"面对公安人员推理缜密的询问，毕福成想他就是跳进汤旺河也洗不清了。

毕福成的确有过自杀的念头，而且就在这起纵火案发生的前两天，他的确在河边痛苦地徘徊过。那天下午他又被革命群众拉到广场上去批斗，批斗中就有人又问他："毕福成，你原来是不是国民党的军需官？"毕福成弯腰低头规规矩矩答道："是。"有人又问他："你为什么要投靠解放军？"毕福成答："为了革命。"问的人愤怒痛斥道："放屁，你是国民党反动派军队的人，是反革命的，怎么能说是为了革命？"毕福成汗就出来了，他的腰弯得更低了。耳边又响起一声怒喝："说，你投诚到底为了什么？"毕福成老老实实答："我投诚过来是为了吃饱肚子，是为了不饿死……""那你老婆为什么没有跟你过来？""她是资本家的阔小姐，她受不了这边的苦，人各有志，我和她后来已离婚了。""胡说，你这么多年没结婚，是不是还在等着她？""没……没有……"毕福成鼻尖的麻坑冒汗了。"毕福成，你入党是为了什么？""入党是为了干……"革命两字他没有说出口，他下意识地看身边那个和他并排站在一起的身影一眼，脱口而出："是为了……信仰……""胡说，你是为了钻进革命队伍好披上革命的外衣，是不是？""说，你是不是获取革命利益的投机分子？"毕福成大脑一片空白了，任人推着搡着，他只有点头的份儿："是，我是反动派走狗毕福成，我是投机分子毕福成……""打倒国民党走狗毕福成！""打倒邱山的走狗毕福成！"

人群散了，地上是零散的标语纸屑。高纸帽子被摘掉后，他没有回家，他无力地走进商店，走进他的主任办公室里。一个人呆呆地坐了好久，随后拿出纸和笔，在横格公文纸上写下了一封绝笔书：尊敬的邱书记，写了这个开头后，他撕下搓成了一个纸团，丢在纸篓里，又重新写了开头——

敬爱的邱营长：

还是请允许我这样称呼您吧，您一直是我尊敬的老首长、老领导，至少从我投诚过来那天起，我就认为您是我的领路人，是我的恩人。可是我没有想到的是，我现在和您一起被批斗了，这究竟是怎么啦？您可是为了革命立过大功的人，这些日子我一直想不明白，您一不贪污，二不腐化堕落，他们怎么可以这样对您？没错，当初我投诚过来是因为饥饿，可我也看到了国民党军军官中的腐化堕落，叫我失望。跟了您之后，您让我明白了一个道理，你们的军队才是为老百姓打天下的，为了让人人过上平等的好日子的。共产主义是你们的信仰，为了这个信仰你们可以去牺牲个人的一切利益。

正是因为从您身上看到这点，我才在您的鼓励下申请加入了共产党，成为一名党员。我觉得我已经和从前那个国民党军队彻底决裂了，一点关系也没有啦！可是现在他们又把我打回了从前，用他们的话讲把我打回原形。

我不想再这样痛苦地活下去了，邱营长我也不想再连累您了，他们说我是您的人，是您的一条狗。可惜的是，我再也不能为您分担点什么，当您看到这封信时我也许去了另一个世界。如果因此连累了您什么，请您原谅，看在我多年跟您在一起的份儿上！

祝您好运！

邱福成绝笔

××年9月28日

毕福成写完信把它装在一只信封里，在信封上写上"邱山亲收"，随后把信封放进了抽屉，坐在那儿发了一会儿呆，走了出去。外面天已经完全黑透了，他直接去了河边。

这场大火也救了毕福成的命，当他看到火光从商店的后窗口映出来时，他打消了再往河中央走下去的念头，裤子已湿到了大腿根，他回头上岸不顾一切地向商店这边跑过去了……

调查人员把毕福成的救火行为，看成"贼喊捉贼"，尽管他的脸和手背上有两处烧伤，有人套用《红灯记》里叛徒王连举的做法，说他用的"苦肉计"。

那封可以证明毕福成自杀行为的信，也被大火烧没了。面对公安人员的询问，毕福成也不想再辩解什么，因为他从两个公安人员的交谈中得知，他可能被关押到区里一个什么地方去审问，这样他就不必担心再在镇里戴高帽子被批斗了。至少在案子搞清楚之前会这样的。另外，他还想到，如果交代那封信也会给邱山带来麻烦，就索性没有说出有这样一封信的事。

在毕福成被认定是纵火嫌疑人后，公安人员就放父亲回家来了。

父亲当晚回到家后，母亲和我们都惊喜万分。二姨也在我家中，之前她一直在安慰母亲，说父亲会没事的，公安人员一定会调查清楚的。母亲哭泣着说："他昨晚一直在家里，我可以证明的，他们也不听听我说的话。"二姨小声说："自己家里人是不能证明的。"

父亲回来后，嘴里一直在念叨："这件事不会是毕主任干的，不是他……他们一定搞错了……"

我们从父亲嘴里得知毕主任被押走了。母亲和二姨跟着叹息一阵，二姨就回去了，母亲留她一起吃饭，她饭没吃就走了。不过她走时神情有些恍惚，她反复问父亲："不是毕主任干的，那会是谁干的？"父亲说他也不知道，不过这件案子公安人员一定会搞清楚的……

半个月后，这起轰动小镇的纵火案告破了。纵火犯不是毕福成，而是罗三木，这让全镇的人都大吃了一惊。没有特别吃惊的是二姨，只有二姨清楚地知道罗三木那天是半夜回来的，他没有和镇上的人去救火，而且第二天他还叫二姨到我家来打探消息，二姨问他，他还支吾："我关心一下我的连襟还不行吗？"二姨说："你可从来没有对他这么关心过。"

其实父亲也应该想到是罗三木，这场大火把他烧得有点糊涂了。

那天下午，罗三木在商店里正在做语录牌，用刨子在推着白松板子。他没有参加广场上的批斗会。罗三木干活时耳朵上习惯夹着一支烟卷，干活中途他把那支烟就抽掉了，再掏兜，他兜里的烟盒也空了，他就向父亲要一支烟吸，父亲给了他一支迎春烟。这应该是父亲待客最好的烟了，可是罗三木说了一句："王会计，你就不能拿一盒前门烟给我吗？"父亲那时眼睛还瞅着窗外的广场，没有听见罗三木说的话。

下了班，父亲是和罗三木一起离开商店的，罗三木手里一米见方的语录牌已做好了，就等着第二天刷红漆和写字了。罗三木又说了一句："王会计你就不会给我拿一盒前门烟吗？"父亲这回听到了，说："公家的东西我可不敢动，你是知道的，我也买不起前门烟送给你，我家在拉饥荒，这你也知道。"父亲的小气叫罗三木笑了："王会计你真死心眼！你看毕福成咋样，还不是被批成那个狗熊样了吗……等哪天我送你一条前门烟。"父亲以为罗三木在说笑。

罗三木早就想在商店下手了，他那几天手也痒痒了，特别是家里的烟和酒断了顿，还有罐头、饼干也断了顿。革命也好，运动也好，对罗三木这样的人来讲，就是一种满足物欲的手段。

那一阵子镇上只有罗木匠还能吃到饼干和罐头。除了胃口的满足还有他性欲的满足，罗三木不再满足和家里的女人睡觉了，他常常夜不归宿睡到别的女人家去，通常是成分不好的女人和被批斗的对象，这比从前做木工活偷别人家里的东西还叫他过瘾。

那天晚上天一黑，罗三木就蹲在商店的房后了，商店的房后背阴处长着挺高的蒿草，秋后的蚂蚱在蒿草丛里发出一两声有气无力的叫声。罗三木刚要用手里的凿子撬开商店后窗，就听到商店的办公室侧门吱呀响了一声，开门声让他警觉地停住了手。他从蒿草丛里看到走出一个人影，是毕福成的身影，这么晚了他怎么还在商店里？

他有点不放心，就悄悄跟在出来的人后边来到了河边。他不明白毕福成来这里干啥，当他看到毕福成向河里走去时，他明白了，这是多么好的替死鬼呀。他迅速潜身又回到了商店后窗下，十分娴熟地把窗户撬开了，猫腰钻了进去。

罗三木不用担心毕福成再走回来了，他轻车熟路地走到烟酒柜台前，摸了一盒大前门烟，撕开锡纸，嘴上叼了一支用打火机点燃，又下意识地把另一支烟夹到耳朵上，这是他干活的习惯。然后他就开始"干活"了，先是把三条大前门放进他带来的一只帆布口袋里，又把四瓶白酒放进口袋里。在柜架上拿酒时，他把一瓶白酒碰到地上摔碎了，砰的一声，扑鼻的酒味儿顿时在黑暗中散布开来，他的鼻翼剧烈地抽动了一下，下意识地把烟屁股噗地吐掉了。接下来，他又去另一侧的罐头、饼干柜台，装了一些铁盒肉罐头鱼罐头后，这只帆布口袋就鼓了起来。他还想再装点柜台里面的饼干，他想起来，他最近常去的一个女人家，这个女人曾跟他说，她的孩子想吃饼干了。而这个女人的男人因为成分不好已跑到山外乡下亲戚家躲起来了。

他正在大把大把抓着饼干，头上的玻璃镜子里突然亮了，一团火光在镜子里着了起来，他吃惊地住了手。没等他想明白这是怎么回事时，火舌已悄悄蹿到了他的脚下，他像害怕蛇一样跳了一下脚，拎起口袋就向后窗摸去。

等他跳出窗外，熊熊的火焰已像一头怪兽在里面疯狂乱撞了，噼噼啪啪的响声是酒瓶子的爆裂声，终于让他想起来是不小心碰到地上摔碎的那瓶烈性白酒和那个忘了踩灭的烟头惹的祸。

那天晚上，他把帆布口袋埋在西山坡离他家不远的土豆地里，本想去那个相好的女人家里过夜，可是他这样两手空空去那个女人家，一定会被那个女人问起。这个时候他不敢动袋子里一块饼干，想想还是回自己家吧。可是他半夜回来，已引起了二姨怀疑，这么晚回来他没去别的女人家，那他去哪里了呢？

公安人员从西山坡土豆地里挖出了那口袋赃物，这起偷盗案已变成了纵火案，而且这起纵火案不仅烧掉了商店的财物，还烧掉了部分镇革委会的物品，包括部分公职人员的档案资料和墙上一张伟大领袖的画像。这性质就不一样了，上面定性为这是一起有预谋的破坏当前革命大好形势的反革命案件。

陈主任和贺副主任也保不了他了，而且他俩也向上级革委会做了深刻检查。

根据上面从重从快的指示要求，案子很快宣判了，罗三木被判处死刑，押到区里执行枪决。在押到区里执行枪决前，罗三木被五花大绑在镇上游街，他被戴上一顶白纸尖帽子，胸前挂着一个打着红叉的纸壳牌子，上面写着反革命纵火犯罗三木。罗三木任凭人们往他的光头上扔着土块、白菜叶子和空墨水瓶子。

奇怪的是父亲站在商店窗口里，看到罗三木被戴上白纸高帽子，腿居然没有再哆嗦，也没有再往厕所里跑。他只是在心里哀叹了一句："青华怎么做人？"

事后，二姨青华关在屋里三天没出屋，不吃不喝。母亲过去陪她，怎么劝她吃点东西，她都不动，或两眼直呆呆地躺在炕上捂着一条被单望着棚顶，或蒙头昏睡不醒。母亲暗自叹息不止。

到了第三天晚上，二姨从恍惚中清醒过来，两眼放光地对母亲说了一句："青蛇跑了，我要回家，我饿了。"母亲听了心下一惊，想起二姨属蛇，后来她听二姨说，那三天里她做了个梦，梦里她那几年一直被一条青蛇缠住了，怎么挣扎也脱不了身，后来那条青蛇被人砍断了头，她才脱了身。

当晚母亲把二姨带回我们家，二姨只带了几件她的衣服回来，和她当初离开我家走时只拎个包裹一样。母亲叫她再拿几样东西，二姨说，那死鬼的东西她一样也不要！

回到家里，母亲给二姨做了两大碗面条，二姨一点汤水都没剩，都吃光了。

次日，父亲找到毕主任说，他得带着全家离开苔青镇了，他的小姨子家出了这样的事，她们姐俩在镇上再没脸见人了。说着父亲重重叹了一口气。自从毕主任被放出来之后，他的精神一直萎靡不振，神情恍惚，他瞅了瞅父亲说："走吧。"

父亲给毕主任鞠了一躬，说当初他一个人来镇上是毕主任收留了他。毕主任没说什么，坐在商店那黑洞洞的窗口里，看着父亲弯曲着高高的背低着头从广场上走过去了。

半个月后，父亲找来一辆马车，拉上我们家的全部家当和二姨，向小兴安岭的北边山里走去。

顺着汤旺河逆流向上游山里走，不知走了多久，人和马都走乏了的时候，父亲和我们，还有马在河边喝饱了水后，父亲看到山坳冒出的炊烟，说了一句："就在这里安家吧。"

这里刚开发时叫汤旺河林业局，后来又叫东风林业局，建区时叫东风区，没人认识父亲，也没人认识二姨。

6

　　我懂事以后一直像探询一个谜一样探询父亲老家的一切。可是除了听到父亲几声无奈的叹息外，我什么也探询不到。母亲除了会抹眼泪外，对父亲老家的事也所知甚少。高王胡家村一直像一道神秘面纱，直到我九岁那年才逐渐清晰起来。这一年，我跟二姨回了一趟山东老家。

　　我九岁那年是1969年，这一年无论是我家还是国家，都有几件事值得记住。这一年年初，珍宝岛自卫反击战打响了，中苏边境地区关系一下子紧张起来，我家后来搬到的东风区离边境地区较近，区里要求家家户户都挖防空洞。

　　这一年的春天，北京传来中国共产党九大胜利召开的消息，人们拥到街上去游行，学校里也组织庆祝游行，学生们举着翠绿松针扎的花束，大人们则举着红纸糊的五角星灯笼，还有毛主席画像，白天夜里欢庆的气氛一下子冲淡了随时要打仗的紧张气氛，那时每天晚上街头都有民兵背着半自动步枪巡逻。

　　区里武装部的广播宣传车每天在宣传一些防化知识和战地救护知识，弄得人心惶惶的。母亲甚至后悔跟父亲搬到这里来，父亲则跟她说，这里离苔青只有一百多里，都不够一颗导弹的射程。父亲用刚刚学到的军事常识卖弄地跟她说着。而现在，街头的广播喇叭一遍一遍反复在播报中央委员名单，父亲听到的几个熟悉的名字还是他以前从毕主任那里听说的。

　　在邱书记和毕主任的感召下，这一年的夏天，父亲又从他的所在单位——区废品站里向党组织递交了入党申请书。

这一年大哥也在他的学校里加入了"红卫兵"组织。

1969年的这一年秋天真好，一切都因了二姨要带我回老家去。回老家要坐两天一宿的火车，还要坐一宿的船，对从没坐过火车更别说坐船的我来说，这无疑是非常兴奋的事情，我头两天就睡不着觉了，二姨来我家叫我白天也睡觉，可我哪里睡得着呢。人躺在炕上闭着眼睛，耳朵里在听着二姨同母亲嗡嗡说话……母亲在担心我，向二姨叮嘱着什么，听二姨说："姐，你就放心吧，我是他的亲姨，你有什么不放心的。"

由于是二姨主动提出要带我回老家看看，这样可以为家里省下一笔路费。父亲也很乐意让她带我回去。

二姨这一年和一个铁匠成家了，那个铁匠对二姨很好，她渐渐从罗木匠的阴影中走了出来。可是她还是没有孩子。她当然希望路上有一个孩子做伴，这多少会满足一个妇人的虚荣心。

事实上也果真如此，在路上不断有人把我误认作二姨的孩子。二姨也不向人说明，随着旅途的行进，她的眉头也渐渐舒展开来。

这样三天两宿又是火车又是轮船又是汽车的旅途对我来说是十分漫长和遥远的，可是兴奋暂时叫我忘记了旅途的漫长。坐上火车的头两天，我是无法入睡的。我变成了一只快乐的小鸟，对车窗外闪过的一切都是好奇的。偶尔在我心里会闪过母亲的身影，想起临走她把我送到大门外，母亲有些放心不下我，她怕我会想家。她背过脸去偷偷抹眼泪。我想她要是看到我兴高采烈的样子一定会伤透了心。

出了山在哈尔滨要倒一次火车，在沈阳也要倒一次车，每次倒车时在下车上车的人里穿行，二姨总是叮嘱我紧紧地跟着她，扯着她的衣襟，要不会走丢了，说走丢了回不了关里，也回不了家了。这一说总是让我很紧张。到大连下火车中转坐轮船时，她又这样叮嘱我一遍，我们是天黑的时候上的船，头一回坐船，看到黑乎乎的海面我很害怕，等坐到船舱里我不害怕了。倒是二姨在船开起来后晕船了，翻江倒海吐着上船前吃的那碗面条，吃面条是希望顺顺利利，可是她吐得一塌糊涂，脸色蜡黄。她叫我看好东西不要管她，说到地方就好了。我就紧紧搂着一个包裹，坐在一个长方旅行兜子上。我们坐的是四等舱，在甲板以下，船舱里人声嘈杂，烟雾呛人。我的另一只手还得不时捂一下裤兜，父亲在我的内裤里缝了一个布兜。

父亲背着母亲和二姨偷偷塞给我二十二元八角钱，叫我回到高王胡家村时交给四叔奶。我对父亲的举动一时摸不着头脑，不过这笔钱的来历我是清楚的。有两回在父亲上班的路上我发现他在偷偷顺路捡破烂。这是令我和大哥十分难堪的事，在同学和老师面前我们都很少提到父亲的工作。父亲在废品收购站里当会计，偶尔捡破烂完全是他的业余"喜好"。父亲的眼神告诉我，这件事不能和母亲说。

在龙口下了船，我和二姨都松了口气。下船后二姨果然好多了，血色回到她脸上。

8月的胶东大地上到处飘荡着桂花香味儿、橘子花香味儿和红高粱的味道。不过我却又想起小兴安岭家中的向日葵来，这个季节母亲该把菜园子里的向日葵割下来晾晒在房檐下了。

外祖母的屋檐下挂满了大蒜和红辣椒。二姨带我在外祖母家住了七天，才带我去高王胡家村。外祖母一家人对我都挺好，舅舅和姨们变着花样给我拿好东西吃。说来有点难为情，在外祖母家住到第六天夜里，不知是西瓜还是葡萄吃多了，我尿炕了，褥子湿了一片，这让二姨很没面子，早起她要拿笤帚头打我，被外祖母拦下了，外祖母说了一句：这孩子随根儿呢。

老舅用小推车驮着我和二姨去高王胡家村，刺眼的太阳在头上滚动，我们穿行在一眼望不到边的庄稼地里，青纱帐在眼里起伏。人高马大的老舅一路没有停歇，把我们送进了高王胡家村里。

推开黑漆漆的大门，祖母坐在自家的宅院里挑芸豆，她对来人愣了一下。二姨往前推了我一下："叫奶奶。"

我对这个大脸盘小脚的奶奶一时叫不出口，三千里的路程太遥远了。我怯生生地打量着她，打量着这阴气森森还不失威严的王家老宅。

正中是三间高大的灰瓦屋，屋顶上的灰圆瓦已有些发黑，院子里是东西相对的两间红木窗棂的厢房。听父亲后来讲，三叔爷、四叔爷成家时就住在这东西各一间的厢房里，四叔爷出事后，祖父曾找算命先生算过一卦，算命先生说这东西两间的厢房是犯克的。

"三子，三子的……"老太太瘪瘪的嘴里颤巍巍地发出声音来。三子是父亲的乳名。她眼睛发亮起来。

祖母颤巍巍地迈着小脚走到房后院去，工夫不大，她摘回一衣襟桃子来。桃子又红又大。祖母重新坐下来，一边同二姨说着话，一边给我扒着桃皮。阳光在她手里红黄相间的桃子上明明灭灭地闪动。

祖母家的房后是一片很大的苹果园，果园归生产队了，只有两棵桃子树留给了祖母家。那两棵桃树的树冠都很大，把祖母家房后都遮挡住了，上面挂满了红黄相间的桃子。不时有小鸟在绿叶间蹦跳，啾啾鸣叫……

吃中午饭时，祖父从地里干活回来了，祖父是一个瘦瘦的老头，听了祖母的介绍，他很客气地与二姨打了招呼，并留二姨和老舅在家里吃饭。已经是晌午了，二姨和老舅就留下来了。吃饭时，祖父细瞅了我两眼。

二姨他们吃过午饭就回去了，把我一个人留在了奶奶家。祖父祖母和老叔一家住在一起，老叔见到我不冷不热，这当然缘于父亲很少写信捎钱回家来。老婶是个能干的媳妇，她每天上生产队干活前，都要把偌大的宅院所有的窗台擦一遍。宅院里的窗台我数过，大大小小有十几个。想当年住在这里的一大家子人是何等的热闹哇。而如今东西两个厢房里堆着一些废弃不用的农具，两个屋子里结满了蜘蛛网。

四叔奶住在村子西头。我问过奶奶，她为什么不住在原来的老宅里，而非要搬出去住呢。奶奶生气地说了一句"犟种……"就不说话了。

我是一个人去看望四叔奶的，我的东北话一定是吓着她了，她站在自家矮屋里久久地打量着我。不到五十岁的四叔奶似乎还能看到当年的风韵，高挑的个儿，枣核脸，大眼睛。只是有两道很深的皱纹已爬上了她光洁的额头。

"你是三子的儿子？"

我点点头。

我解了裤带，把一直贴在内裤兜里父亲要我交给她的二十二块八角钱掏出来，递给她。她退缩了手。

"这是我爸特意要我捎给你的。"

她的目光像在寻找什么，久久停留在我的脸上。

她儿子，我的堂叔从生产队收工回来了，这个老实木讷的青年农民见了我先脸红起来。听了四叔奶的介绍，他才变得像孩子般亲热起来，带我到房后院里的草丛里去捉蝈蝈。可是不久，又听到四叔奶在屋里叫他到村外的一条沙河里去摸鱼，因为四叔奶要留我在她家吃饭。他一蹦三跳地去了，我要跟他去，他突然虎起了脸，说那条河里淹死过人，叫我留在草丛里等他。我失望地看着他走去了，那个下午有一只绿肚皮蝈蝈在我手上的蝈笼里拼命地嘶叫，发出孤独的长鸣……

父亲还叮嘱我要到四叔爷的坟上去烧点纸。要回关里前，我去了王家祖上的坟地，这才知道四叔爷的坟并不在这里。老叔阴沉沉地告诉我说，四叔爷是横死的，不能葬在王家祖上的坟地里。

自然是四叔奶领我去的四叔爷坟头。四叔爷的坟在村西头四叔奶家的一块自留地里。平整的坟头杂草已被剪过了，那天四叔奶着意打扮了一下，穿了一件红斜襟布袄。我跟着四叔奶对着那块写有"王秉义之墓"的木牌跪了下来，四叔奶嘴里替我念叨着："秉义，三子的儿子你的侄孙从东北来看你了……"

我给他烧了纸。九岁的我那时还不知道埋在坟里的这个人日后会给我家带来一种什么样的运气，还不知道我是在替一个人内疚，那个人就是我的父亲。

当时的我倒是想到了跪在地上那个穿红斜襟袄的女人，她打算守着埋在这堆黄土底下的人过一辈子吗？我来到高王胡家村这些日子已听到了村子里的人包括祖母的一些议论。阳光寂寞地落在她的脸上，她的脸还是那样平静，和我来到高王胡家村第一眼见到她时一样的平静。

那天我从四叔奶家回来，一向很少和我说话的祖父，突然跟我亲热起来，问我那天去四叔奶家里四叔奶都跟我说了什么话。我能感觉到祖父挺关心四叔奶的，而当着祖母的面他却很少提"老四家的"。

离开高王胡家村时，老舅来接的我。祖父说："你再去你四叔奶家跟你四叔奶告个别吧。"我又去了四叔奶家。听说我要回东北，四叔奶叫那位堂叔给我装了半面口袋国光青苹果，要我带回东北去。这青苹果是生产队果园里的，还没有长成，咬一口青涩发酸，即使这样的果子分到社员手里也是要扣工分的。这是堂叔用三个月的工分换来的。

"你们东北那里没有苹果树吧？你们东北那里吃不到苹果吧？……"四叔奶一遍一遍问我。

"没有，我们那里没有苹果。"

"把这个带回去，带给我的三侄，给你爸……"

四叔奶和堂叔把我送出来，他们一直把我送出村口很远，她还要跟着，是老舅叫她回去，不要再送了。

老舅跨上他的加重自行车蹬起来时，我回头看了一眼四叔奶，我看到她的目光突然抖一下，就痴痴站在村口那里了，一直到望不见我们的身影为止……

在祖母家住时，那天从四叔爷坟上上坟回来，我曾问过祖母四叔爷是怎么死的。这些日子一直对我和蔼可亲的祖母突然变了脸色，说："你爸爸没告诉过你吗？"我摇摇头。她说："小孩子不要问了。"

在祖母家里，我曾见到过我们王家过去的一张全家福，照片已经发黄了。这张装在相框里的照片并没有挂在墙上，而是放在一只带着铜花锁的箱子里。那天祖母叫我去给她在箱子里找一只顶针，她眼神不好，我帮她翻箱找，就看到了压在箱底的这个王氏家族全家福相片。相片上太祖父、太祖母端坐在前排中间，祖父和二叔爷、三叔爷、四叔爷和他们的太太分别站在后一排。父亲那时还小，和大伯、二伯他们分别站在太祖父和太祖母的两侧。这张老照片是1946年秋天拍的，上面有中村镇那家老吉祥照相馆字样，祖母和她的三个妯娌都穿着旗袍，祖父穿着紫绸缎马褂，三叔爷穿着藏青色中山装，戴着礼帽，四叔爷穿着一身浅灰色长袍。在他们上一辈几个兄弟中间，三叔爷是最潇洒英俊的，其次是四叔爷，他面目和善，带着微笑。这张照片里还没有四叔奶，祖母说四叔爷是在第二年把四叔奶娶进家门的。祖父去中村镇上请来的老吉祥照相馆师傅。那天王家老宅房后的苹果树上挂满了通红的苹果，都照进了相框里。照相的师傅还讨吉利地说了一句："王家往后的日子一定会平平安安添人进口的。"祖母这样对我说时脸上像落上了一朵桃花儿。可是当我问起三叔爷一家时，祖母的脸色突然变了，她慌慌地收起相框，用一块黄绸子包上了重新放到那个紫黑的箱子里。

我和二姨从山东回来时，越往东北走越冷了，走到山里时已下过雪了。我和二姨背着从老家带回来的苹果、花生和地瓜干，这些可都是稀罕物。

经过漫长的旅途总算到家了，我和二姨都有一种极度疲惫的感觉。下了火车，二姨夫在车站接的我们，二姨走之前发了电报，因为中途倒车他也算不准我们什么时候到家，二姨父已经连续三天来接站了，头一天父亲还跟他一块接过站。这是一个大下巴的男人，见到二姨只问了一句话："你们在路上没冷吗？"他把他穿的一件大衣披到二姨身上，又把他的狗皮帽子摘下来戴在我的头上。而二姨身上背的东西全背在了他身上，他的长下巴冻得通红。

路过区里武装部那幢石头楼房和学校的红砖房，我看到墙上又新刷了标语：备战，备荒，为人民！要准备打仗！我就知道这两个月，父亲和哥哥在家里又接着挖防空洞了。院子里的防空洞，在冬天又会变成储藏土豆和白菜的地窖。

回到家，父亲嚼着我从山东带回来的青苹果，一遍一遍问我："你四叔奶……还没有成家吗？她还一个人过吗？"

我说："不，她和我堂叔在一起过。"

父亲听了还是说："这么些年了，她还是一个人过，唉。"

父亲的表情沉重下来，仿佛四叔奶一个人过日子是他的罪过。这让我百思不得其解。这次从关里回来，在我心里留下了两个秘密。

那种青青的、涩涩的苹果的味道一直留在我九岁的记忆里，直到八年后的某一天突然从父亲的口中说出四叔奶是中共党员的家属来，我的胃里又像泛酸水一样一下子冒出青涩的苹果味道来。

7

父亲刚来到东风区红光废品收购站工作时，就得到了废品收购站的主任白茂林的赏识，不光是因为他的算盘打得好，还因为他的勤快。白主任右手有残疾，三个指头在抗美援朝战争中被美军的手雷炸掉了，他是作为三等残疾军人转业到区废品收购站的。他的右手总是戴着一只白手套。

父亲每天第一个上班来，总是先到白主任的办公室里来，擦完桌子再扫地，然后再打一暖瓶开水，给白主任的茶缸子里倒上。缸子里的茉莉花茶也是他换好的，他把暖瓶放在桌上，这才回到自己的屋里去。

废品收购站院子里每天都收购废品，灰大，办公室里每天都需擦一遍桌椅和窗台。白主任的茶缸子喝久了，也存了铜锈色的茶垢，父亲就拿了一条干净的毛巾给这只白茶缸子细细地擦，白主任很喜爱这只掉了几处白搪瓷的茶缸子，因为这只茶缸子上写着"最可爱的人"，是白主任从朝鲜战场带回来的，跟随他好多年了。

白主任见父亲细细地擦这只茶缸子，就问他："王会计，你看过《上甘岭》吗？"父亲点点头说："看过。"白主任就叹息一声，说："人不吃饭可以，人不喝水可不行，这只茶缸子是我们炊事班老班长留下的，它救过我和另外两个人的命，老班长自己却渴死了……"父亲听了手上一抖，茶缸差点掉到地上，收回神又慢慢地细擦起来。

父亲每天都过来擦茶缸子，让白主任很过意不去，说："这怎么好意思老让你擦。"另一只手要去夺过来，父亲没让，说："白主任，你不方便，我这是举手之劳。"父亲这样说，就叫白主任觉得父亲是文化人，没有说他的手不方便。父亲擦完了，还用清水反复涮了好几遍才拿给白主任用。

白主任慢悠悠地泡上一缸子茶，盖上茶缸子盖后打开又用嘴吹吹，喝了一口在嘴里，就觉得那茶格外香了。回眼，看到父亲的身影又在院子里忙碌起来，他负责给收购的废品记账、付钱。

之后，白主任打开一张报纸看起来。看有重要新闻，他还愿意和父亲说说。

父亲从这个时候起，也养成了看报纸的习惯。

废品收购站是一个只有五六个人的小单位，在区里河东头，挨着铁路线。火车从院外的铁路线穿过时，震得院子里一堆废铁和空酒瓶子、空罐头瓶子也跟着乱颤。

白主任也常端着茶缸子走到院子里来，看到满院子的废铁常常说，这要是在朝鲜战场就好了，美国佬的钢铁遍地都是，铁比石头都多。

几个工人在过秤，听了白主任的话都瞅他，在想，他要不是废了一只手，是不是也不会到这里来当"一把手"？有两个小伙子还没有找对象，处了两个，一听说是在废品收购站上班，都黄了。因此，这两个小伙子每天上班都无精打采。

白主任在开会时就说，革命工作没有贵贱之分，你们都要向王会计学习学习，不仅干好本职工作，还干分外的工作。父亲听了就脸红了，说，哪里，哪里……

没过多久，白主任跟父亲说："王会计，你写一份入党申请书吧。"父亲一愣，忙说："我还不够格。"白主任说："你就写一份吧。"白主任叫他写，父亲就回去写了，这是他第二次写入党申请书。不过这回父亲写入党申请书的心情倒很平静，平静得叫他内心没起什么波澜。

父亲在院子里收废品时，隔一段时间就会有一个人站在院外喊："王会计，王会计你出来。"父亲走出去，见一个个头不高、下巴挺长、三十多岁的男人站在那里，粗劳动布工服又脏又破，他脚下放着一个鼓得支棱八翘的半截麻袋。父亲说："来啦？"那人点点头。"进去？""不啦，你拿进去就行。"父亲一拎拎不起来，就拖进院去，倒出来，是一些铁渣还有一些废角料。"那人是你什么人，王会计？"那两个小伙子见了问。"是我的连襟。"父亲把废铁卖了后，再把钱拿回家，叫孩子给二姨家送去。一来二去废品收购站的人都知道了父亲的连襟吴大下巴，他是区里机修厂的一名铁匠。

机修厂单位挺好，但吴大下巴在铁匠炉干的却是又脏又累的力气活。吴铁匠对二姨很好，每回开了工资都一分不少地交到二姨手里，捡了废铁卖了钱也给二姨。只是吴铁匠和二姨结婚两年了还依旧没有孩子。母亲替二姨着急，二姨却不急，再问，二姨说："要不你把老二过继给我？"跟二姨回一趟关里，二姨更喜欢我了。

这样一说，母亲就无话了。

这一年春天开学后，我上四年级了，教政治课的女老师姓商，是我们四年三班班主任。商老师接我们班时已经怀孕了，我们看着她肚子像气球吹的似的在一天天变大，她那张好看的脸也生出了雀斑。我们不知道商老师的肚子是怎么变大的，每天放学都有一个男老师推自行车过来驮商老师回家。王路说他是商老师对象，就是他把商老师肚子搞大的。我们就觉得这个男体育老师是一个坏蛋，趁他不注意，我们把他的自行车气门芯拔了。商老师坐上去，胎就瘪了。体育老师很气恼，商老师也很气恼。

我们拔了几回，被体育老师捉到了，送到商老师这里来。商老师气恼地叫我们回去找家长，找不来家长就不叫我俩回教室上课。叫我俩想不明白的是，我们明明是替商老师报复体育老师的，商老师不但不领情还叫我们找家长，心里别提多沮丧！

我和王路垂头丧气走出来，家长是告诉不得的，又不能回家。王路走出校园时眼前一亮，说有地方去了。他向一个洞口一指，我明白了。学校的防空洞实际上挖成了一条通往外面山上的通道，弯弯曲曲的，有几段还是露天的，我俩就在这防空地下通道跑起来，玩起了捉迷藏。玩累了，就从山坡的露天坑道爬上来，山坡上的树木刚透绿，草地里野百合也刚刚绽放火红的喇叭状花，有黄色蝴蝶在头上翻飞，野地里野草莓也刚刚见红，我俩就采起来，清香的野草莓吃进嘴里，让两个逃学的孩子忘掉了世界上所有的烦恼。

区里的广播喇叭在傍晌午准时地响起来，我俩就踏着"五星红旗迎风飘扬"那激昂的歌唱祖国乐曲声，走下山去，走回家去了。

第二天我俩照旧背着书包出门，等大人看不见了，一转身就隐身在防空洞通道里了。这个时候我才发觉防空洞真好，可以这样轻而易举地避开大人的视线，也可以避开同学的视线。尽管学校已经不上课了，可在父亲那里，学生总归是要坐在学校教室学习的，逃学是不可饶恕的事情。

王路看我脸上露出担忧，说："等她回去'坐月子'我们再回学校也不迟。"

可是我们没有等到商老师回家"坐月子"，我俩又被体育老师捉回了学校。体育老师是带别的班学生上体育课，做防空奔跑演习时发现我俩的，当时我俩正在防空洞里烧蚂蚱吃，吃得两嘴黑黑的。被体育老师像捉蚂蚱似的捉到了学校去，又交给了商老师。

这回商老师不再轻易放我们回去找家长了。而是让我俩站到教室前面罚站，什么时候想通了去找家长来，再解除我俩的罚站。这一招挺狠，一上午罚站下来，腿都站麻了，而且还一动不敢动。商老师坐在旁边一把椅子上织毛衣，看来是给她要出世的孩子织的，她眼睛并不看我俩，只看她手里的织针。

站了两天，王路受不了了，他举手说，他回去找家长来。王路的父亲是贮木场里的工人，大不了挨父亲的一顿胖揍，也比一动不动站在这里叫他好受。

商老师又瞄了我一眼，她手里的织针没停："你呢，王向群？"

"我……我……我爸爸没时间……"

"你爸爸不就是收破烂的吗，怎么没时间？"商老师轻蔑地撇动了一下嘴角说。

哄的一声，班级里的学生都笑了。在这之前，我一直没向同学说我父亲在废品收购站工作，可是商老师居然会知道我父亲是干什么的，一定是那个体育老师查到我父亲是干什么的了。听到全班的笑声，我恨不得找个地缝钻进去。

窗外的阳光灿烂地晃到商老师手上白铝织针上，是那样的刺目。

我找到父亲单位里去，父亲正站在院子里和人在堆废品，父亲他们每月要把院子里收购的废品，分门别类归拢成堆，再装上火车运走。父亲穿着一件蓝布大褂干得很卖力气，阳光下他的脸已出汗了。父亲手上戴着一双脏手套，脸上是被手套擦上的黑道道。我远远地望着，没敢走进院子里去。等父亲从废品堆里抬起头来，望见了我，走过来："老二，你有事？"我嗫嚅地说："我……我们学校老师叫你去一趟……"父亲并没有问为什么，他只叫我等一下，回身走进院子里去，摘去了手套，又脱掉了蓝布大褂，把脸上的黑道道也擦去了，跟一个手上戴着一只白线手套的人耳语了几句，又重新走了出来。那个人还向我这边看了一眼。

我和父亲一前一后向学校走去，路上父亲也没问我老师找他什么事，快到学校时我的脚步慢了下来，我希望父亲找不到商老师或商老师不在才好，如果是她今天下午突然生小孩了更好！到了学校门口，我跟父亲说："你进去吧，我在外边等着你。"父亲又问了我一遍："是四年三班吧。"我说："是。"

我不想让同学看到，正是课间休息时间，校园里学生闹哄哄地在操场上疯跑。我看着父亲穿过这闹哄哄的人群，朝我指给他的那间教室走去。我突然有一种恐惧，想上厕所了，可是我没有去校园里的厕所，而是转身钻进了学校门口的防空洞。

上课的铃声已响过半天了，才见父亲的身影从学校里走出来，走到门口没看到我，但他并没有停下来，他一定以为我回教室里上课去了。他也回单位去了，不过他的脚步看起来比来时显得沉重。我一颗坠着的心也格外沉重起来。

我在防空洞里待到挺晚才回家，估摸着父亲早已下班了，早已向母亲说了这件事，不知母亲会不会难过，母亲不能原谅别人对她说谎，而这半个月来我每天背着书包出门她都以为我到学校去了。

我做好了像《红灯记》里李玉和受刑的准备，不，这样的比喻不对，我不能受日本人的刑，我要受也得受中国人的刑，做好了像《红岩》画本里江姐受刑的准备。在回家的路上，我还碰到了邮递员李黑子，他还冲我笑了笑，可是我没有理会他。我心里在想着心事。李黑子见着一只流浪狗也会笑一笑的。我那会儿真像一只可怜的流浪狗。这顿打是躲不过去的。

我提心吊胆推开家门后，母亲见了我却惊喜地跟我说："老二，你跑到哪里去了？你四叔奶给咱家邮来了一包花生仁！"我看到了放在炕沿上那一个白布邮包，打开的布袋口里露出了红红的花生仁。足有二斤重吧。哥和三弟都围着这包花生仁在看，白布邮包上清清楚楚写着：王学业收。寄件人地址写的是高王胡家村。父亲坐在炕沿上低头抽着纸烟在想着什么，他脸上看不出什么表情。我进来他像没看到一样。

母亲倒出一些花生仁拿到外屋去炒了，她叫我帮她在灶坑里添柴火，是白松木桦子，她叫我添得不要太急了。白松木桦子在灶坑里噼噼啪啪脆响，花生仁在铁锅里哗啦哗啦翻动着，一股香喷喷的味道钻进鼻孔。母亲说了一句："幸亏你和你二姨回去了一趟。"我先是没听懂她这话的意思，想一想就明白了。如果不是我回去，关里老家的人还不会和我家有联系的，他们也不知道父亲的单位地址。

这是父亲这么多年第一次收到老家寄来的包裹。下午李邮递员把包裹送到单位时，他刚好不在。这只包裹就被白主任和单位里的人反复看过了。

显然这个意外收到的包裹让父亲忘了下午去学校的事情，全家吃了母亲晚饭炒的这盘花生米，父亲在饭桌上也没多说什么，他一直在想着什么心事。

等睡觉时躺在炕上，听母亲问了他一句："你四叔婶为什么给咱家寄花生米？"这是一个凡事都要问出究竟来的女人，否则她是睡不着觉的。

"老二回去不是看过他四叔奶了吗。"

"你是不是背着我给她拿钱了？"母亲狐疑地问。

"没有……绝对没有，我只是叫老二买点黄纸替我给他四叔爷上上坟。"父亲撒谎了。我在隔墙炕的另一侧支着耳朵听得清清楚楚。

"他四叔爷是怎么死的……"

"唉——"半天听父亲在黑暗里发出一声长长的沉重叹息，接下来父亲下炕走到尿盆边撒尿去了。回到炕上听父亲说了一句："你该关心关心老二的学习，老二的学校下午把我找了去……睡吧。"就再没动静了。

8

每个人心中都藏有秘密，父亲那一晚没有把他心中隐藏的秘密像倒那布口袋花生米一样倒出来，这个秘密还依旧像块石头一样压在他心里……这是父亲后来告诉我们的，如果人世间都能料定后来发生的事情，那么就会避免许多不幸的事情发生。总之，那个让我因逃学备受煎熬的夜晚，父亲也因白天收到一个花生米邮包辗转反侧睡不着觉，他内心受到了更大的煎熬，从前的一幕幕像回放的电影在他心里映现……

如果祖父料到王家后来发生的事，就不会听从太祖父的吩咐，把父亲的四叔王秉义从济南城里叫回来了。1946年的春节对太祖父一家子来说无疑是祥和的，团圆的。这种祥和不仅限于太祖父一家，对于大多数黄县人来说也是这样的，那时候许多跑到外地、外县去做买卖的黄县人都回来了。因为日本人走了。祖父每次进县城去做生意再也不用对着插在城门上的膏药旗三鞠躬了，祖父头顶上有一块伤疤，那是有一次走过城门忘了鞠躬被日本兵用枪托砸的。

县城回到了中国人的手里，老百姓总算有了点安生的日子。

那一年的冬天，祖父正在为自己家地窖里贮存的苹果而发愁，因为这一年苹果获得了大丰收。祖父差不多三天两头就要往县城倒腾一趟苹果。父亲说太祖父家里的苹果差不多当饭吃。苹果当饭吃会是一种什么样的日子呢？我不知怎的又想起了四叔奶那青涩的苹果来。与父亲提到的红玉、红香蕉、黄元帅比起来，那简直不叫苹果。父亲说家里的苹果除了叫祖父往黄县城倒腾，也往烟台倒腾。

祖父把四叔爷要回来的消息告诉了四叔奶家。四叔奶知道了又吃惊又高兴。祖父说家里已为他们选好了日子，四叔奶脸就羞成了红布。当时四叔奶家人还为王家这么武断定下婚期而有些不高兴，当着祖父的面要更改一下日子，把婚事拖到来年开春后去办。倒是四叔奶阻止了家里人，同意了太祖父定下的日子。因此那天祖父从四叔奶家走出来，还在心里想着他这个兄弟真是好福气，娶了这么个又俊俏又通情达理的媳妇。

由于年关祖父苹果生意做得顺利，在四叔爷成亲的那天，家里还请了戏班子来村里，唱了两天的大戏。这让三叔奶很嫉妒，她说她嫁到王家来还从来没这么排场过。三叔爷王秉礼平日在县上做事，只有在腊月里才带着家里人一起回到乡下来住些日子。

开春时，四叔爷和四叔奶还在王家的老宅房后种下了两棵桃树，据说这也是通读过四书五经的太祖父叫种下的，说是让王家的后人桃李满天下，做个安分守己的教书人。三叔爷和四叔爷都是太祖父送到济南城里师范学堂去读书的，祖父也在烟台完成了国高学业。王家历来很注重学业，但让太祖父没有想到的是，王秉礼和王秉义在外面见了世面后，会有了自己的主张，不太顺从他的安排了。

父亲说，从他记事起，就很少看到三叔爷和四叔爷在一起说话，仅有的几次交谈也均以三叔爷的沉默和四叔爷的愤然离席告终。有时把太祖父说烦了，就走到屋子里去点着拐棍说："你们要说就到外面吵去！"两人这才住了嘴。

正月里的喜事冲淡了两兄弟之间的不愉快，王家添人进口，是人人都感到高兴的事。老太爷更是万分欣慰，于是就叫祖父请来了黄县城里一家照相馆里的照相师傅给照了张全家福。照片上的四叔爷和三叔爷并肩站在一起。他们的脸上都带着一种对未来充满美好憧憬的微笑。这张全家福本来说好相馆洗出来由三叔爷去取，等他下次回来捎给家里，但四叔爷出事，内战爆发三叔爷再没回来，照片也没有取回。等到黄县解放，祖父再找到那家照相馆时，才找到底片将照片带回来。

不过三叔爷和四叔爷对父亲都很喜欢，父亲三岁时就会背《三字经》了，全家人上上下下都很喜欢，到了父亲上高小时，三叔爷已在黄县教育局做事了，每次回来都把父亲叫到他屋子里间去，送给他一些东西，问了他学习近况又叮嘱他要勤奋学习，将来报效国家。那次，三叔爷回来，把一支铱金派克钢笔送给他，祖父看到了要了去还给三叔爷，说这太贵重了，他一个小孩子家怎好使这么贵重的笔。三叔爷说，学业总会长大的，好笔就该给好学的晚生使。三叔爷看过父亲写的课业本，当着别人面夸奖过父亲字迹写得好，看字迹就能看出将来会有出息的！三叔爷的做派也叫父亲喜欢，他待人总是彬彬有礼，每次回到村子里不分老幼见人总是先停下来，脱下礼帽，恭敬问安，即使做了县教育局局长也是如此，村子里人就会这样说，看看人家秉礼，都做了县里教育局局长了，还待人这样亲和，王家的祖坟真是修得好！太祖父听了自然很受用。

四叔爷在去济南念师范前，一直叫父亲和他住在西厢房里，冬天带他去沙枣丛里逮兔子，夏天晚上带他上树去捉知了。去省城念师范后，每次回来都叫父亲去他屋睡，睡前和父亲讲一些城里的事，还有一些革命党人的生平事迹，可惜父亲当时太小，听得并不十分懂。时过境迁父亲回忆起来，联想到四叔爷后来干的那些事，才解其中滋味。四叔爷倒不太关心他学习的事，还跟父亲说男孩子不要学成书呆子。和四叔爷在一起时，父亲就显得无拘无束了。四叔爷本来也比他大不了几岁，四叔爷笑起来还像孩子一样顽皮，而三叔爷是不苟言笑的。

就在三叔爷全家临离开高王胡家村的那天晚上，三叔爷叫父亲去把四叔爷叫到东厢房里来吃饭，连父亲也觉得奇怪。不过父亲还是照着三叔爷的话去做了，把四叔爷叫到东厢房里来。从不喝酒的三叔爷那天晚上破例拿出来一坛好酒，兄弟俩坐到炕桌前喝起来。这也是很少有过的。三叔爷还特意叫三叔奶做了几个拿手菜，那熘大肠就是四叔爷特别喜欢吃的，三叔爷知道他兄弟喜欢吃什么。

父亲后来想到三叔爷之所以打发他去叫四叔爷，是因为四叔爷和三叔爷都很喜欢他，再则那天晚上的谈话三叔爷也是不想让家里别的大人听到的，包括四叔奶。四叔奶前天回娘家去了。酒菜是三叔奶备下的，炒好了菜后，三叔爷就打发她抱着孩子到别的房间去坐了。父亲被三叔奶炒的蟹黄馋得流了口水，三叔爷就叫他留了下来一块吃。四叔爷和三叔爷都往他碟子里夹菜，他只顾埋头吃，并没理会两个大人的神情。他们沉默好半天不说话，只是默默地喝酒。

"四弟……"

"嗯？"

"你后天要去龙口吗？"

"是的，是去龙口接他四婶回来。"四叔爷淡淡地答了一句。

"后天你不要去了。"

"为什么？"四叔爷停下筷子，抬头望了三叔爷一眼。

三叔爷久久没有说话，他仍在低头抿酒，此时他的脸已喝成了红布。

"他们已查到了你是共产党员，你这次回来不光是为了结婚吧？……"

父亲看到四叔爷的筷子头抖了一下。

这是父亲第一次从三叔爷嘴里听到"共产党员"四个字，他和四叔爷都有点惊讶地望着三叔爷。

三叔爷并不去理会他们，他默默地嚼着菜。

"是又怎么样呢？抗战胜利了，中国不久就要统一了，蒋介石不是还邀请了毛主席去重庆谈判了吗？"四叔爷激动起来，脖子上的青筋像蚯蚓似的涨得通红，这是父亲每回看到他和三叔爷争吵时的样子。

"你真是太天真了。"三叔爷淡淡说一句。四叔爷愣了一下，像不明白什么似的看着三叔爷。

"国民党军队要来了……"

四叔爷摔下筷子生气地走了出去。肚子吃得胀得慌的父亲抬头看了看走出去的四叔爷，又看了看脸也发红的三叔爷，不明白发生了什么事情。

四叔爷是农历二月初十这天去龙口接四叔奶的。天气已渐渐暖和了。走的时候祖父叫他把自己的自行车骑上，四叔爷就骑上了。这架德国造的自行车还是祖父在青岛做买卖时，从一个德国啤酒商人手里花五十块大洋买下的。四叔爷暑假从济南城回来跟祖父学过两次，骑得还很不熟练，再加上庄稼地头的土路坑坑洼洼，一路上四叔爷还摔了两跤，就不敢快蹬了。

傍中午时，他来到中村。四叔爷到中村来并没有跟家里人说起过，所以日后家里人谁也没想过四叔爷去中村干什么。中村是个镇，他到中村来是找一个叫郑玉和的铁匠。郑玉和也是一个秘密党员。四叔爷在郑记铁匠铺前下了车，对一个挥汗如雨砸铁的矮墩墩的汉子说："有前马蹄掌吗？"

"要多大的？"汉子并没有停下手里的锤子，只是扫了四叔爷一眼问道。

"三寸口的。"

"你跟我来……"郑铁匠又扫了一眼，这一眼是往周围扫的。之后他把来人领到后屋去。

四叔爷和郑铁匠从后屋里走出来，郑铁匠看了一眼四叔爷的自行车说道："你的车镫子大拐歪了。"

四叔爷一瞧，果然是刚才在路上摔歪了，怪不得刚才蹬起来费劲。郑铁匠把车子放倒，用铁钎子别了别，校正了过来。

四叔爷就蹬车离开了中村。重新拐上了去龙口的路。晌午的阳光暖洋洋的，尽管沿途看到的槐树、柳树还没有发芽，庄稼地里还光秃秃的，可已经能感受到春天的影子了。一些小鸟叽叽喳喳在田地里叫着，偶尔能看到远处农民送粪的身影。麦田里已能看到一片浅绿。这一切都叫四叔爷心情放松下来……他那会儿想得更多的是他新婚的妻子，新婚暂别使他恨不得马上就蹬到龙口去。当然，他这次去龙口除了接四叔奶外，还要到龙口纱厂去见一个叫陈中的人，这个人也是他们的"同志"，他们并没有见过面，他只是照着组织的话去做。想到刚才见郑铁匠时他交代给自己的话，不由得想起两天前与哥哥王秉礼那次谈话来，难道国民党真的要来进攻这里的解放区了吗？

这是四叔爷无法理解的事情，他的心情在这个明朗的春天午后变得有些黯淡了，车子也骑得慢了下来。他骑过一个叫沙庄的村子，这个村子的村外有一个半亩方圆的大沙坑。

他骑到这个附近农民取沙土用的沙坑边上时，沙坑里像突然长出几颗人头似的冒出几个凶神恶煞的人来，挡住了他的去路。

"下来。"

四叔爷一惊，从车上跳下来。他以为遇到了胡子。为首的络腮胡子还仔细瞅了瞅他的德国造自行车，嘴里嘟哝了一句什么他没听清。

"你们要车子就拿去吧。"四叔爷稍稍喘了口气，惊魂未定地说。

"我们不但要你的车子，还要你的人头。"

"为什么？"

"因为你是共产党。"

四叔爷这才知道他遇到的不是胡子。他遇到了"还乡团"。他心想完啦，耷拉下了脑袋。

"说吧，你知道还有谁是共产党？"

"我不知道别人了，我只知道我是。"

四叔爷那一刻当然想到了刚刚见过面的郑铁匠和还没有见面的叫"陈中"的人。如果四叔爷说出一个来，那个"还乡团长"或许不会杀了四叔爷，一命抵一命是那个时候"还乡团"做事的规矩。

四叔爷的眼前又出现了郑铁匠挥汗如雨打铁的身影，他的家里一定有老婆孩子等着他养活，而自己虽然结婚了，毕竟还没孩子（那时四叔爷当然想不到四叔奶已经怀孕了）。

据沙庄人讲，四叔爷的血溅满了那个沙坑。消息传到高王胡家村来，太祖父叫祖父领人去收尸。祖父把四叔爷的人头抱回来，太祖父看了一眼就昏了过去。太祖母没敢看一眼就起不来炕了。

四叔爷死后不到半个月，大批国民党军队就占领了黄县县城和龙口。三叔爷再也没有回到高王胡家村来，太祖父过世，他也没有露面。国民党从黄县县城里撤走后，祖父才从别人那里打听到，三叔爷是国民党，到了新中国成立前夕，又听人说三叔爷去了台湾。

三叔奶没有跟着三叔爷去台湾，她留在黄县县城娘家里，她娘家是县城家境殷实的商家老板。新中国成立初期她已带着孩子改嫁了，已不再是我们王家的人了，因此后来她就和祖父家没有了走动。

父亲说他看见祖父把四叔爷的人头抱回村，就一下子把尿尿进了裤筒里，站在那里不能动弹了。此后一连几天父亲夜里都小便失禁。这个毛病一直到他成家后还没有改掉，父亲说他那几天夜里天天做噩梦，梦见四叔爷的人头滚到他的被窝里来，跟他说他不该把他叫到三叔爷的东厢房里去的，他在济南学校里就知道三叔爷加入了国民党，四叔爷说他到龙口去的路程还没有走完，叫他替他走完。父亲就大叫着吓醒了。别人问他梦见了什么，父亲捂着脑袋什么也不肯说。十一岁的父亲害怕黑夜的来临……我完全能想象父亲孤零零睡在正房东屋里的情景，他一定瑟瑟发抖，脸上堆满了恐惧。

白天父亲也不敢出门，他怕自己情不自禁走到四叔爷的坟上去……祖母叫父亲到四叔爷的坟上去烧烧纸，父亲这才敢跟着大人去烧纸。后来父亲两次从东北回到高王胡家村，都是事先买好了厚厚的黄表纸到四叔爷的坟上去烧，有一回父亲在那里烧得时间过长，竟坐在那里睡着了。

三叔爷没有想到他这一去台湾更给王家留下了祸根。新中国成立后二叔爷在黄县城里一家工厂上班，"三反""五反"时被打成了"特务"，后被下放回村接受劳动改造，不久便抑郁而死。四十年以后，当海峡两岸可以探亲时，三叔爷满头白发步履蹒跚地回到了高王胡家村子里，在四叔爷的坟头前痛哭不已。其实三叔爷到台湾后不久就弃政从商了。

这些年来我一直在猜测，父亲当初一个人跑到东北来，除了要逃避自己成分不好的家庭外，会不会有别的什么难言之隐呢？在父亲入党并讲述了这一切后我明白了，我暗暗为父亲感到吃惊……这个常人难以理解的秘密，父亲从十一岁起一直尘封在心里。这个漫长的心理历程是常人难以承载的，父亲却把它承载了去。那时年过五十的父亲脸上已刻满了皱纹，背也有些驼了。

9

老毕，也就是毕福成找到我家来，自从父亲离开苔青后和老毕也断了音信。老毕是到新青区糖果厂出差为小镇商店采购糖果来的，到了那里听说东风区离新青区只有三十里路，老毕是从父亲单位的人去苔青查父亲在这里工作档案时，得知父亲在东风区废品收购站工作的，就一路找到了父亲的单位。

父亲见到老毕怔了怔，像不认识老毕一样把他从头看到脚，他没有想到老毕会这么突然地站到他面前。之后，父亲就把他领到家里来。

见到老毕，母亲也很惊讶。老毕是我们家的恩人。母亲把平时不舍得吃的一点大米掺了小米做了二米饭，母亲知道老毕是东北人，喜欢吃米，做了鸡蛋炒木耳，又把压在箱底的一碗花生米也炒了，还做了个萝卜条粉丝汤。父亲就和老毕盘腿坐在炕桌边喝起酒来，酒是父亲打发我去副食商店买的瓶装兴安白酒。老毕说："叫松华和孩子们一起上桌吃吧。"父亲摆摆手说："不急，不急。咱俩先喝。"两人就喝起来。

在苔青时，每次去商店找父亲，老毕都给我和哥拿糖果吃，这回老毕拎了一网兜糖果，是新青糖果厂生产的纸糖。

老毕见到我们，啧啧嘴说："孩子都长这么高了。"又问母亲："肺结核没再犯吧。"

父亲小声地说："就是睡眠不太好，一有什么事就紧张得要命。"

老毕也老了不少，头发都白了，脸上的麻坑一喝酒又都红了。而且话也多了不少，说一会儿又目光痴痴地盯着什么地方看，像是在想话说到哪里了。

"你这几年还好吧……还是一个人吗？……"父亲小心翼翼地问。

"我还挺好，还是一个人，习惯了……"老毕说。

母亲这时从厨房进来插进来一句说："有个女人总归是一个伴……"

老毕又痴痴地停了半天说："怕是要拖累人家，不如现在一个人省心。"

父亲叫母亲再往烫酒壶里加点酒，母亲就下去了。

"镇里的老人还都好吧……邱书记还好吧……"父亲又是小心翼翼地提到，他真不知道该不该还叫他邱书记，这几年他还是镇上的书记吗？

"邱书记他也很好啊，我知道你想问什么，他现在还是镇革委会的书记，他虽然头几年还常常被那些人拉到广场上去挨斗，可是你知道吗？九大之后情况就不一样了，你知道为什么吗……"老毕吱地干了一盅酒，兴奋说道，他脸上的麻坑都在跳动，他故意卖了个关子。

这回轮到父亲痴痴地望着他了："这是怎么回事呢……"

"那天全镇人都聚集在广场上，听广播里一遍一遍播报九大当选的中央委员名单，那个贺卫东，还一遍一遍对着手里的报纸跟着念名单，没有人注意邱书记是什么时候走进来站在那里的，当听到一个中央委员的名字时，邱书记轻轻地说了一句：这个人是我的老首长！所有的人都惊讶地看着他，连贺卫东都不相信，还威胁说，如果冒名说自己是某位中央委员的部下，这可是严重的政治问题。邱书记就叫他女儿邱云回家去找来他的一个立功嘉奖奖状，那上面清清楚楚有这位首长的亲笔签名。贺卫东傻眼了。"

那天吃完饭后，父亲留老毕在我家住下了。母亲和我们住东屋，把一墙之隔的西屋炕倒给父亲和老毕睡了。那天父亲和老毕躺下后好久也没睡着，还躺在炕上说话，老毕喝了很多酒，话好像总也说不完。

母亲说他这是平时也没个人跟他说话的缘故。

老毕说着说着就说到了他在苔青险些自杀那次，话音断断续续从墙那边传过来，听父亲这样问了一句："你那次真的想投河自杀吗？"老毕说："是的，真的是心灰意冷活够了，人活着起码要有一点尊严的，可是我的尊严都叫他们一点一点剥光了……还不如一个真正的犯人呢。虽然那场火调查清楚不是我放的，把我放了回来，可是我依然觉得心灰意冷，活着看不到一点奔头。你不是当时也想逃离那种日子吗？"

父亲说："我当时的情况和你是不一样的，你是一个人，我是有老婆有孩子的，总得活下去，还有她妹妹家出了那种事，那个坏蛋让我们都跟着丢尽了脸面，我们都没有办法再在苔青待下去了，不想淹没在镇上人的吐沫星子里，我们只能走了……"

"唉，唉……"两个男人发出一串串叹息声。

躺在这边炕上的母亲嘴里也跟着发出"啧啧"的叹息声。

"后来呢，后来你是怎么挺过来的？"又听父亲在黑暗中发问。

"在区里关押了几天放回来后，有一天我垂头丧气在镇上走，被邱书记碰见了，他停住了脚步，用手里的拐棍敲敲地面说：'毕福成，听说你要自杀？'我嗫嚅地说：'是……'他严厉地看了我一眼说：'毕福成，你知道这在战场上是什么行为吗？这是逃兵行为。'我说：'老营长，他们为什么这么对您，为什么这样对我，这就是您说的干革命所要的结果吗？'邱书记听了久久没说话，眼睛望向天空，而后低下头来说：'毕福成，你是不是对我们的革命动摇了？'

"邱书记没有多给我解释什么，他只是痛惜地说道：'人什么都可以丢，唯独信仰不能丢，要相信你的信仰。看到天上的乌云了吗？乌云是遮不住太阳的。'"

"临走，邱书记又丢下一句：'毕福成，你还是不是我的兵，是我的兵就给我好好活下去！'

"邱书记咯吱咯吱走过去了。我从那时候起似乎明白了什么，我要好好活下去。商店里头还有好多事情要做。我怎么能给他丢脸呢。人得知恩图报，你说是不是？"

父亲连声附和："是呀，是呀……"

老毕是第二天从我家走的，父亲把他送到大道上，老毕跟父亲说："你在这里要好好干，那个白主任对你很好，你要靠近组织，听说你已在这里提出了入党的要求，这很好。你知道吗？邱书记听说你在这边被列为组织培养对象，别提多高兴了……就是……就是那场大火把档案烧没了，这个补起来可能会有些麻烦，你要有这个思想准备。"

父亲点点头。请他回去后代向邱书记问好，说他忘不了当初在苕青工作时对他的关心。

老毕说："王会计你没有变，我没有看错你。"

老毕就从这里返回新青糖果厂了。父亲那会儿心里也像吃了糖果一样甜。

父亲回到单位上班，白主任见到父亲问："昨天来的那人是你什么人？"

父亲说："是我原来在苔青商店的主任。"

"哦，哦，我说我见他有点面熟呢。"白主任说他去年和区商业部门一个人去父亲原来工作的苔青镇查过档案，好像见过他。

"可惜呀……你的档案在几年前那场大火中烧没了，镇政府只给开了一个证明。"白主任不无遗憾地摇摇头说。

"这……您去过苔青镇？"父亲听了一激灵。

"……去过，镇上的人对你印象都不错。"

在老毕来看父亲之前，白主任从没有向父亲提起这事，白主任是不是以为老毕会向父亲说起他们去过苔青调查父亲档案的事才向他说起这事的？老毕是不是有意在向自己瞒着什么……这件事让父亲心里画了个魂。

父亲依旧在白主任屋里给他擦桌子、擦窗台，又把他茶缸子里的陈茶叶倒掉，涮干净茶缸子，重新换上茉莉花茶叶。

白主任这么久都没向自己说起这件事，除了组织原则外，还会不会有别的原因？这个父亲有点弄不明白。父亲的走神也叫他手里的动作迟缓了下来。

父亲在白主任屋里收拾完，挪开脚步要往外走时，白主任站起来，拍了拍他的肩膀又说了一句："王会计，你别多想什么，要相信组织，还要经受组织的考验。"

父亲点点头。白主任是用他戴白手套的右手拍的，父亲觉得落在他肩膀上的手掌少了三根指头，这少了三根指头的手让他的肩膀像触电一样。他脸红了，他不该这样去想白主任，白主任也是从朝鲜战场上死人堆里爬出来的人，是和邱书记、老毕一样的好人！

父亲走到院子里来，看到院子里那两个年轻人手搭在车秤梁上在说着什么，看见他走过来，矮个头的冉红旗说："王会计，听说你以前在商店里当会计来？"父亲说："嗯，嗯，是的。""怎么会来这里工作？"高个头的陈中国问。没等他回答，他的目光已越过他俩的头顶，看到院外一个背着半麻袋沉东西的人影远远地走来，他走了出去。

"你怎么这么早过来啦？"

"今天刚刚下了夜班。"吴大下巴喘着粗气说。

"往后公家的一个铁钉也不要拿了。"父亲突然情绪很坏地说。

"不是，这些是挖防空洞挖出来的废铁。"

父亲打开麻袋口看了，果然看见麻袋里有生着黄锈斑的半截铁轨和道钉什么的。吴大下巴愣愣地看着他，而后转过身去背着阳光走了，这是一个肯下力的人。

父亲那一刻想起了罗木匠，他不想吴铁匠重蹈他前妹夫的覆辙才那样说的。

10

1971年秋天，区里突然笼罩了一种神秘的气氛，这种神秘的气氛好像是父亲带到家里边的。父亲常把单位的报纸带回家里来看，自然那都是他们单位白主任看过的。以前都是父亲在家里要糊房顶棚时带一捆旧报纸回家，现在不是这样的，他几乎是一天带一份报纸回家，有《人民日报》，有《光明日报》，还有《参考消息》。父亲说这都是白主任看过的，允许他带回来的。有的时候，一张报纸他还反复看，第二天去上班他还带走。

他看报的时间一般在晚饭后，抽上一根纸烟之后看起来。家里为了省电，棚顶上吊着的通常是三十瓦的电灯泡。他视力好，这样的光线下他手里的报纸离他眼睛也不是特别近。

有几回我们放学回来，看见他和母亲在屋里窃窃私语着什么，等我们进屋，他俩都停住了，母亲脸色还惊慌地停留在刚才的一瞬间里，倒是父亲催促母亲去做饭，她才像想起什么来去做饭。

如果不是为了交学费发愁，他们是用不着背着我们嘀咕什么的。我们兄弟三个每次开学一起交学费时，总有一个要请求学校减免学费的。这得从父亲单位里开出减免学费的证明，那证明得写明父亲的工资五十四元，得供养六口人，还要每月扣除他欠单位的饥荒。至于谁拿着这份证明去交到学校，得他俩商量一下。这是我们都不愿做的事情，因为交到班主任老师那里，老师也要在班级里平衡一下，有时还要把名字写到黑板上去让全班同学来表决。仅仅为这两三块钱的学费（小学学费两元钱，中学学费三元钱），我们好长时间在班级里都抬不起头来。

这个秋天让我感受到的家里情形显然不是。

晚饭后，父亲坐在那里看报纸，母亲就在缝纫机上补衣服，她好像总也做不完家里的这种活计。等我们都上炕睡去了，父亲放了报纸，母亲停了手里的话，关了灯。一阵窸窸窣窣声之后，他们也睡去了。

可是就在我们蒙眬的睡意中，喊喊的窃语又从他们捂着的被子里传来。在黑暗中，这种可有可无时断时续的声音更有一种神秘感，还伴着嗓子眼像被人捏住那种窒息的呼吸声。我拼命竖起耳朵来，也没听清说什么，一阵困意袭来我又睡过去了。那时我真贪睡。

第二天早上，我试图从他们脸上发现什么，可这是徒劳的。他们像什么也没发生，忙碌地做着早上该做的一切。

区里又在动员家家户户深挖防空洞，在上冻之前区武装部要组织人挨家挨户检查，所以区里各单位和学校每天下午都放假，父亲每天下午都比平常回来得早些。他带着我们去菜园子里把去年挖的防空洞又深挖了一些，并且往院外挖出一条通道来，他和三弟在下面挖，我和哥在上面倒土。刚刚砍倒的大头菜还没来得及收起，在地里东一棵西一棵倒着，早晨的霜珠还在卷叶里像水银一样挂着。

母亲还在窗子里砸着衣服，嗡嗡声传到菜园子里来……那台蜜蜂牌缝纫机是他们结婚时买的唯一贵重的物件。午后的阳光从窗镜反射照在落叶松木板障子上，天空蓝得水洗一样，偶尔有排成人字的大雁从头顶上向南飞过去。我又沉浸在一种幻想中，完全忘了眼前在做的事情。看看大雁多么自由，春天飞回来，秋天飞走了，那雁叫的声音是那样悦耳动听……它们的家在哪里呢？而家家大人孩子像老鼠一样掏洞有什么意义呢？当然这也不是一个十二岁的孩子该想的事情。

两场雪过后，我家防空洞已经封顶了，洞里倒出的新黄土被大雪盖得严严实实。街上两三个行人交头接耳吸着寒气在传着小道消息……

父亲那天晚上回到家里，他没有再带报纸回家，他低头吸了两支烟，看母亲把饭做好端上桌，一家人吃了饭。母亲又要打开缝纫机砸衣服。父亲说了一句："别砸了，早点睡觉。"母亲把机头重新放回去，听了父亲的，熄灯，上炕睡觉。

冬天的寒流在袭击着这个边境小城，每个人都不同程度感受着一种寒意。那些体质和神经脆弱的人更是如此。冬天天黑得早，父亲下班晚了，母亲总要打发我去单位里找父亲。每次回来晚了，母亲总要问："你是不是被留在单位写检查啦?"父亲摇摇头说："我没事，单位里在开会，你不用担心什么。"

有一天夜里，母亲突然从睡梦中惊醒大叫："不要，不要……"父亲问她怎么啦。她说梦见老毕了，老毕又被批斗了，要投河自杀。父亲安慰她，老毕不会有事的。

单位里支部找入党积极分子谈话，白主任就找了父亲谈话，白主任要父亲再写一份入党申请书，父亲明白了，说他回去就写。

父亲是在1969年夏天向废品收购站党支部递交了一份入党申请书，在1971年冬天，他又重新向党组织递交了一份入党申请书。

我去废品收购站找父亲，看见父亲一个人戴着手套汗流满面地站在落上雪的废铁堆里干活，他在给废钢角废铁归类，他把好钢拣出来放在一边。"这些好钢也许很快就会用得着的。"他对我说。父亲埋在铁堆里的身影很高大，寒气十足的夕阳光影从斑斑驳驳的铁堆上落下去，父亲才最后一个离开废品收购站，离开那堆可爱的废钢烂铁，他衣服上沾满了砖红色的铁锈。回到家里，母亲要用火碱水洗好几遍才能洗干净。

区武装部每年一次的冬季征兵开始了，许多适龄青年都报了名，王路的哥哥也报了名。等到区武装部张榜公布时，只有王路的哥哥等少数几名青年榜上有名。王路的哥哥穿上了没有领章帽徽的草绿色军装，脚上穿上了大头鞋在街上走来走去，很招人眼。

走的那天，王路家门前像办喜事一样热闹，他哥哥胸前戴着一朵大红花，背着一只草绿色书包，被人簇拥着敲锣打鼓送走了。他家门口放过两挂鞭炮，红松街的邻居们都出来看，我和哥也站在热闹的人群里，鼻涕冻成长长的冰溜子看着这一切。王路人模狗样地走在他哥身边，对在雪地里争抢没燃着的小鞭炮的小孩子喝唬着："让开，让开。"他像没看到我一样。

从那时起，我和哥都不约而同地萌发了当兵的愿望。

11

后来提到四叔爷的死时，父亲说四叔爷曾有过当兵从武的念头。我想要是四叔爷早年当兵去了就不会死得这样不明不白的了。可是听父亲说四叔爷当年的想法遭到了太祖父和祖父的强烈反对，王家的祖训历来是诗书传家、耕读继世，认为"好铁不打钉，好男不当兵"。

据父亲讲，四叔爷萌生当兵的想法，是有一次家里遭遇了胡子。

一天夜里，胡子摸进了王家宅院里，神不知鬼不觉地牵走了家里两头骡子，并留下一张字条：今日路过，走累了，借两头骡子使唤赶路，一个月后某日拿粮食二十担去换回骡子。第二日早，下人在大门缝里发现这张字迹歪歪扭扭的字条，拿给太祖父，太祖父慌了神，但稍稍镇定后，又万幸地想，幸亏这伙胡子没有绑肉票，否则家里可真遭大难了。家里当时只有二叔爷和四叔爷在家，能够和太祖父商量事的祖父和三叔爷都没在家，祖父出外在烟台跑生意，三叔爷刚刚从省城师范毕业回到县城工作。家里再剩下的就是女人和孩子了。

太祖母一见此况，念了一句阿弥陀佛，赶紧领着祖母到西屋里神龛前去烧香磕头了。

这一年胶东大旱，家家缺粮，别说家里拿不出二十担粮食，就是能拿出二十担粮食，太祖父也不打算拿二十担粮食去换那两头骡子了。大不了叫胡子把那两匹骡子杀了吃肉。

可是太祖父想想又觉得不对劲，字条上说是一个月后让王家人拿粮去交换，王家地里的粮食恰恰是一个月才收割归仓。看来胡子是算准王家到那时会有粮食的。胡子再来抢粮怎么办？太祖父一时没了主意。

太祖父想到村子里另一个大户地主胡世田家讨主意，就在一日午后登门探访了胡大地主家。这胡大地主家以前也走过胡子，太祖父也是想让胡世田帮他分析一下这伙胡子的来头，是远道的还是近道的。

胡世田看了祖父递给他的字条，捻了捻山羊胡子，犹犹豫豫地说："看留下的话应是远道路过的胡子，可叫一个月后交粮又像是熟悉咱村这里的情况。"

这胡地主平时就很嫉妒王家的人丁兴旺，他瘦得像麻秆，讨了三房老婆膝下才留下一个男丁。这胡子也真会绑票，绑他胡家的从来都是肉票，而绑王儒勤家的竟绑成了骡票，骡子不会下崽，这不是成心羞辱他一样吗？他明明知道胡子不达目的是不会善罢甘休的，就动了歪心思，顺着太祖父心思说了一句："这兵荒马乱的，又是灾年景，粮比命值钱，你还是看好你的粮食吧。"

这也正合太祖父的心意，他吃了一颗定心丸。

回来，他就叫二叔爷和四叔爷把家里屋中原来的地窖深挖加宽。原来村子里大户人家的地窖是临时防日本人"扫荡"抢粮食，坚壁清野的。太祖父回来的路上就想到了藏粮食的好办法。

每天二叔爷和四叔爷就轮流下地窖里挖土，太祖父不相信外人，也怕走漏风声，没到秋收时也不雇长工干这挖地窖的活。

父亲那会儿六七岁，觉得地窖里好玩，就每天跟四叔爷下到地窖里，他身子小，大人钻不到的地方，就让他往土篮子里装土。可以说父亲掏洞的功夫是从小练就的。怪不得挖防空洞时，父亲叫三弟下到里边去，母亲说他还小。父亲回她一句，小什么小，我那会儿比他还小就在地洞里干活了。

王家老宅屋里的地窖挖好了，地里的粮食也收回来了，收进地窖里也可以叫太祖父安心了。

此外，天一黑，太祖父就叫二叔爷把院子里的大门都插好门杠，并用马鬃绳把那门杠系死。屋里的门窗也都插好闩。父亲那时和四叔爷睡在一个屋里，祖母每晚临睡时总要叮嘱一遍四叔爷："学业睡觉毛愣，起夜时就在屋里的便盆解。"因为四叔爷起夜时总要到院子里茅房去解。

二叔爷曾建议太祖父家里应雇两个炮手护院，太祖父说："不雇，太招人眼。"又说："邻村谁家两个炮手被日本人捉去，当八路给捅了肚膛丢在高粱地里喂乌鸦了……你没听说吗，嗯？"

二叔爷就噤了口，一家人也没人再敢提这话茬。

"其实，倒也不必兴师动众雇外人，家里倒是应该备点防身的家什……"四叔爷用手比画了一下长筒枪的动作，太祖父也明白他心里是怎么想的了，四叔爷头一阵还跟他说要买一把好猎枪打兔子。太祖父没同意。胆小怕事的太祖父说，那也是惹祸的玩意，你还是把心思用在读书上，明年考上省城师范学堂，好好去省城读书。四叔爷就没话了。

一日清晨，二叔爷打开了院子里的门，突然看到院门的晨雾中立着一匹黑骡子，见着他还嘶叫了一声，吓了他一跳。这正是他们家一个月前被绑走的那两匹骡子中的一匹。二叔爷一见就惊叫了一声，太祖父和四叔爷都走了出来。只见那骡子背上用绳系着一只黑色牛皮包，那只黑色牛皮包正是祖父随身常带的皮包，祖母一见那只黑皮包就大惊失色瘫倒在地上。

太祖父叫四叔爷把黑皮包解下来，打开皮包，里面有一张字条，太祖父接过赶紧打开来看，只见这张字条上写着限三日内带四十担粮食，外加一百块大洋去赎人，三日不见粮食和大洋，即刻撕票。

太祖父一下子蒙了，他没有想到祖父会被这伙胡子劫去。这几日太祖父已叮嘱家人不要外出，并捎信给黄县县城里的三叔爷，也要他这阵子不要回来。而在烟台做生意的祖父，太祖父并没有太担心，一是因为祖父一般都是快到年关才回来的，二是烟台道太远，胡子未必够得到。

不料，事情就出在没有想到的祖父身上了……后来才得知，祖父是接到一个黄县去烟台跑生意的人口信，说是太祖父突然生病了，叫他回去一趟。他一听说就匆匆往回赶，哪知在回来的半道上被一伙蒙面的胡子给劫了。而那个黄县跑生意的人也正是被胡子威逼着去捎的口信。

这回太祖父坐不住了，救人要紧。他赶紧叫人从地窖里往出倒腾粮食，四十担粮食差不多是家里今年所有的收成了。而一百块现大洋，家里一时是凑不出那么多的，他就打发四叔爷拿着一张银票去县城里一家银号兑现银，并叮嘱他快去快回。四叔爷就拿着银票去了。

四叔爷是第二日一大早去县里的，走的时候，太祖父给他掐指算了，如果顺利的话，他当天晚上就能赶回来。即使当天晚上赶不回来，第二天早上也能赶回来。

四叔爷当天晚上没有赶回来，太祖父以为他事情办完了，天太晚在他三哥那里住了，毕竟身上带着一百块现大洋走夜路回来不安全。

可是等到第二天早上太阳爬到一竿子高了，还不见他的四儿子回来，太祖父这才着急起来，嘴里一遍一遍骂道："这个不中用的东西，难道他不知道这钱是他大哥的救命钱吗？"祖母已在一旁哭个不停了，父亲也抱着祖母哭个不停。

等到了中午，还不见四叔爷的身影，老太爷彻底慌神了，再打发人去县城叫在县城里工作的三叔爷去找已来不及了，因为从绑匪留下的地址看，从高王胡家村去那里至少得半天，而且还要赶在太阳落下前……

"完了，完了……"太祖父嘴里哀叹着一急昏眩过去，二叔爷赶紧把太祖父扶到炕上躺下，头上盖上一条湿毛巾，一家人围在跟前哭天抹泪。

只有太祖母还在西屋菩萨神龛前头磕个不停："慈悲的菩萨，快救救我的儿子，保佑我儿平安无事，我一定报答您的大恩大德，一辈子吃斋念佛……"

“快……快，去胡老爷家借一百块大洋高利贷，套车装粮……”太祖父从昏迷中醒来，对二叔爷急急地说。

二叔爷刚要照太祖父的吩咐去办，忽听院子大门开了，晚辈中有人跑进来报："我大伯和我四叔回来啦——"

全家人都有点不相信，赶紧相互搀扶着拥出院门，看见街上王秉仁和王秉义兄弟俩一人骑着一头骡子正朝王家宅门口走来呢，那白亮亮的日头顶在他俩头上，那光闪闪的日头晃花了所有人的眼，父亲紧紧贴在祖母湿湿的大腿上，那腿上的裤子一日不知洒了多少遍泪水。从这一刻起，父亲觉得祖父和四叔爷是王家上一辈几个兄弟当中最亲的兄弟了，因为他俩换过命！

等一切都平息下来，家里人才从四叔爷口中了解清楚了事情的经过，不由得又叫家里人大吃一惊……

原来那日四叔爷走出村后，并没有去县城，而是只身一人去了胡子字条上留下的大概地址，张村后沙岗高粱地。他骑着那匹自己找回家来的黑骡子。本来太祖父要他套马车去，他说马车留在家里吧，回来还得拉粮马太累了。太祖父就听他的了，其实他是想这匹骡子识得路，能把他带到要找的地方去。张村他没去过。

晌午，快到张村外一片收过的玉米地里时，人和骡子都有些饿了、渴了。他就从骡子背上下来，从书兜里掏出干粮，还有水，吃了干粮，又喝了两口水。又折了些青苞米秆抱到骡子嘴下让它慢慢吃。早上出来，书包里除带了一天的干粮和水外，还带了一本书，是本《水浒传》，这本书本来是他每天晚上哄他侄儿睡觉前讲故事用的。他就把那张银票夹在这本发黄的书里，拿上书时他脑子里闪了个念头，打家劫舍总该有个由头吧。

四叔爷正坐在那里歇脚，心里想着见到胡子怎么说时，忽然看见两个一身本地人打扮的人从玉米地里走过来向他问路:"老乡，去张村的路怎么走?"

他警觉起来，他指一下刚才他走过的那条道。

可那两人并不马上走，瞅了瞅他的水壶，又说:"老乡，能借口水喝吗? 走了一上午渴死了。"

这样一说又叫他放心下来，看来他俩不是附近过来的人。他就把水壶递给他俩，他俩喝了几口又把水壶还给他。

"这是你看的书吗?"有一个眼尖看到书包露出的书，他又一阵紧张，把书压在手里。"你是读书人，你这是去什么地方?""后沙岗……"他刚要顺嘴说出又住了口。那两人瞅了瞅他，走了。他也赶紧起身离开了这里。

幸亏他骑了这匹黑骡子来，后沙岗的高粱地好大，足有几十垧。他骑着骡子在里面转悠了半天，才被人兜头蒙面用一根绳索从骡子背上扯下来，蒙着眼牵着带到一个窝棚前，掀了眼罩看清这绺胡子有四十几号人。为首的是脸上带着一道刀疤的光头，一身黑衣，敞着怀，露着胸肌上长着的两撮黑毛。他是这伙报号"天行道"的胡子的头。被绑了三天的祖父蹲在窝棚外面，脸被晒黑了不少，也饿得没了精气神。一听到骡子叫再一看蒙眼下来的人，就明白了，喊了一声:"四弟，你来干啥?"

"俺来救你。"他揉了揉眼，头上的日头晃得亮!

"粮呢?"坐在地上的光头嘴里咬着一条烧煳的蛤蟆腿，斜过来一眼。

"没带来。"

"钱呢?"

"俺没取出来，不过这张银票可以给你们，你们去县里取。"

四叔爷一歪头，手指了一下书包里的书。

"你这厮好大的胆！你当我们是傻子吗，看来你是来给他收尸的了。"外号花和尚刀疤张的胡子头把嘴里的蛤蟆腿嚼碎咽下去，吐了一口黑吐沫在地上。

"等一等，我来换他当人票。"

光头刀疤张已站起身来，把那本书拿在手里翻了翻，那张银票飘落在地上，他瞅了瞅他："有点意思，你想替他当肉票？"

四叔爷点点头。

"那好，明日午时，俺成全你。让他给你收尸！"

"不，四弟，你快回去，你要想救我，就叫爹把粮食和钱一块送来。"

"大哥，家里的粮食如果送来，咱们全家都得饿死，不如让我一个人死好了。"

"四弟，我不让你替我死……"三天三夜没吃东西的祖父已饿得没力气多说话了，他又急又饿，一下子栽倒在地。

四叔爷叫人给他大哥一口水喝，又叫人把他兜里的面饼拿给他吃，水给他哥喝了，可是面饼一到了看着他的两人手里就被抢吃了。

"你们算什么替天行道，国难当头，你们放着日本人不打，却来祸害百姓。"四叔爷说。

"俺们也想当好汉，不想当汉奸，可俺和兄弟也得吃饱了肚子才能去打小鬼子，你怎么知道俺们不打日本人呢，你看看俺们手里的家伙，就是从日本人手里夺下来的……"

窝棚里支着一挺歪把子机枪，乌黑的枪口冲着外头。

第二日午时前，四叔爷被绑到一个挖好的土坑前，祖父还被拴在窝棚柱上，他拼命挣扎要他们停手，四叔爷高笑着大声喊道："大哥！我死在这伙杀过日本人的胡子手上也算值了，你回去后替俺好好照顾咱爹咱娘，俺不能给二老尽孝了！好汉，动手吧，给我来点痛快的！"

"兄弟，俺敬佩你的兄弟义气，可各行有各行的道行，不能坏了规矩，好，俺成全你。"

扎红头布的刽子手刀还没落下，只听一声枪响，他的大刀片落进了坑里。他歪咧着嘴捂住了手腕。周围的高粱秆一阵疾风似的乱动，地里突然钻出一群穿灰衣服的人，为首的就是昨天四叔爷在苞米地里见过的两个人。

"不许动！缴枪不杀……"

来的这伙人把他俩救了，从他们嘴里知道他们是八路军，暂住张村，昨天就见四叔爷神色不对，进村后又听人讲，这附近躲着一伙日本人也打的胡子，那个排长就带着人寻来了。

救下了四叔爷，缴了这伙胡子的械，姓张的排长问光头刀疤张愿不愿跟他们八路军一起抗日？光头刀疤张问跟他们抗日有吃的吗？张排长说有，并说如果有人不愿意跟他们走，他们可以放他们回家，但以后不许再祸害老百姓了。光头和大多数人就留下被八路军收编了，有几个要回家的，张排长就叫人发给路费让他们回去了。

祖父和四叔爷被救下，四叔爷自然对昨天喝过他水的那个排长感激不尽，四叔爷也动了想跟张排长走的念头，但听大哥说，咱俩得赶紧回去了，不然家里得担心坏了。那个张排长也叫他们赶紧回家里去报个平安。四叔爷这才依依不舍地与张排长告别了。就这样他们哥俩骑着骡子回到了高王胡家村。

听完四叔爷和祖父讲述的经过，王家的人大喜过望，太祖母说是她烧香念叨来了救人的菩萨。

太祖父说，既然八路军救了他两个儿子的命，王家自然要感谢救命恩人，看来八路军现在缺的也是粮食，他让祖父叫人装好一车三十担粮食准备送给八路军。

但等到次日天刚亮四叔爷偷偷去张村寻这伙人，并要跟救他的张排长走时，太祖父不干了，他赶紧派祖父拉着这三十担粮食找到张村，叫八路军把一车粮食带走，让四叔爷跟祖父回去。

祖父把四叔爷押回来，可是第二日四叔爷又偷偷找到张村，那时八路军已经撤走了，撤到哪里去了那个拥护抗日的村长也不知道，他交给四叔爷一个小布袋，里面是四十块大洋，说是八路军走时那个排长叫他转交的粮食钱。四叔爷霜打茄子似的回来了，把这小袋大洋交到太祖父手上时，太祖父流泪了，说真是好人的队伍哇！

新中国成立后，父亲也时常在想，如果那时四叔爷跟八路军走了，是不是王家日后的日子也会光彩许多？

12

我上小学五年级时，班级换了班主任，班主任姓汪，名叫汪影，是一位教语文课的女老师。汪老师梳着两条短辫，面孔白净，一笑还汪出两个酒窝来。汪老师到我们班来当班主任，是因为商老师生小孩了。

商老师自从叫体育老师抓了我和王路的"现行"，一直把我俩看成"黑五类"，不用说加入"红小兵"没我们的份儿，就连清明节去祭扫革命烈士墓也没我俩的份儿。更叫我难过的是，"六一"学校里举行运动会，挑选鼓乐队号手，我明明把那把铜号吹得比谁都响，已入选了鼓乐队名单，可是商老师一句话，我又被刷了下来。商老师对少先队辅导员说，他的家庭成分是富农。自从商老师把父亲叫到学校来，同学们都在背后叫我"富农破烂王"，或者"王破烂大富农"。每每这时，我都恨不得钻进地缝里去，特别是女生投过来的目光。同桌女生总是嫌我衣服有一股莫名其妙的味道，甚至盯着我衣服上的补丁布看半天。我明白她的意思，她怀疑这块补丁布是从我父亲收的破烂里挑出来的。

连王路也这样问过我，你们家怎么会是富农呢？你们家天天喝的是什么稀粥？我说玉米面糊涂粥。这样说又把他弄糊涂了。他每天上学来我家找我时，看到我们一家人围着饭桌子在"吱——吱——"喝着碗里的粥，喝得这么响，桌上放着一碗咸菜条子。他以为地主富农家里该天天吃大米白面。

王路的哥哥当兵走了后，他家的大门框上沿钉上了一个"光荣军属"的红木牌，每次我上学去找王路，都要对这块军属红木牌羡慕地看上半天。王路还总跟我说，他哥哥给家里来信了，还寄来了照片。戴上领章帽徽的王路哥哥更加英俊威武了。

商老师几乎在一夜之间转变了对王路的态度，她让王路加入了"红小兵"，发给王路一条红领巾，不过王路放学时把红领巾放进书包里，很少见他戴过。我不明白为什么，后来他告诉我因为入队要宣誓，王路没有宣过誓，他觉得有点难为情。

不管怎么说，王路的哥哥当兵和他这么快加入"红小兵"让我感到自卑，有一段时间我上学不去找他了，放学也不和他在一起走了。王路来我家找我，我就匆匆扒拉一口饭先走了，母亲很奇怪我早上的粥喝得这么急，说："你要肚子痛的。"

好在这一切随着新班主任汪影的到来都结束了。班级在打闹得一团乌烟瘴气中迎接她的到来，五年三班由于商老师休产假，好长时间没有班主任了。教室天天成了战场，吵闹声在走廊里都听得见。像我们这样成分不好的学生只有战战兢兢躲避的份儿，防空洞又成了我和另几个成分不好的学生的避难所。

汪老师夹着课本走进教室，班级里弥漫的尘埃让她细细的嗓子咳嗽起来，待尘埃落定，教室里安静下来。汪老师说从今往后她就是五年三班的班主任，希望全班每一名同学都能顺利愉快地度过小学最后一学年。汪老师的嗓音很好听，课前的革命歌曲就是她起头唱的，之后她翻开课文开始讲《邱少云》。课堂上竟然出奇地安静，汪老师的声音比商老师的声音好听多了，学生都往汪老师脸上看，汪老师脸上也没有雀斑。汪老师讲完课文说，革命的纪律性比生命都重要。

下午最后一节课结束，汪老师又夹着一本厚厚的书进来，她站在前面说，有想听她读课外书的同学请留下来，不想听的同学可以放学走了。班级里一阵噼噼啪啪桌椅响，一多半的学生走了，只有我和十几个学生留下来。我有点意外，她会给我们读课外书？

汪老师坐下来，她并没有在乎有多少同学留下来，开始读起来，这是一本描写红军长征时毛泽东的警卫员的书，读了几页，她合上书，说："今天到这里，明天再接着读，回家吧。"我们起身离开了教室，她最后走的，锁上教室门。

第二天下午放学，汪老师又问，有愿意留下来听课外书的同学可以留下来。这回有一多半的学生留了下来，汪老师接着昨天的读。连那些上课时说话的同学也静静听起来，又是读到天色暗了，汪老师停了下来。等到了第三日，全班同学差不多都留了下来。冬日里天黑得早，有的同学从家里带来了蜡烛放在汪老师的讲桌上点着，汪老师的面影就被烛光映到墙上，我们完全被汪老师的声音带到书里去了……书里讲到那个中央红军警卫员翻雪山时，冻感冒了，身体发烧直打摆子，为不影响部队行军，昏迷中他不想走了，可是被毛主席让人抬上了担架，醒来后毛主席问他冷吗？他说冷，骨头缝里都冷！……最后他和大家一道翻过了雪山。我们都为这个小战士松了一口气。汪老师读完了，没急着让同学们走，而是问了同学们一句，是什么支撑这个小战士翻过雪山的？有的说是靠别人的帮助，有的说是靠毛主席的鼓励。汪老师说，你们说得都对，但最主要的还是靠着一种革命的信仰！

这是我第一次听到信仰这个词，尽管当时还不太懂。

走出教室，天已经黑了，地上的雪在寒雾中冻得梆梆硬，我们的脚踩在坚硬的雪地里，发出一片嘎吱嘎吱的响声。头捂在棉帽子里，咝咝哈哈往家走，不一会儿那棉帽子上就挂满了白霜，棉裤也被刀子似的北风吹透了，可是我们一想起过雪山那个生病了的红军战士就不觉得冷了，还有汪老师那双水汪汪好看的眼睛。

回到家里，父亲说："老二，这学期该你申请减免学费了。"他把开好的减免学费证明交到我手上时，我的手被烫得缩了一下。

我把这个证明在书包里揣了好几天，才迟迟疑疑交给汪影老师。我是在她那天下了课离开教室走到门外交给她的："汪……汪老师……我父亲单位给我开的减免……免学费证明……"她看了我一眼，把证明接过去，并没有问我父亲是干什么的。

接下来一周，我一直在忐忑不安中度过，她会不会像商老师一样把我们申请减免学费的同学名字写到黑板上去，除了家庭经济情况，还有家庭出身也会被写上去。然后叫同学举手投票表决。"地主富农子弟也想沾社会主义的光。"同学们脸上表情正义凛然。

汪老师公布了班级四个减免学费的同学名单，有我的名字。而且在下课后，汪老师叫我到她办公室领新发的课本时，对我说："王向群同学，你不要因为家里条件不好自卑，我发现你是很有内秀的学生！"我脸红了说："汪……汪老师，我一定努力……"是的，为了汪老师我也应该好好学习。

除了值日外，班级的炉子我都起大早过来烧，我还发现冬天炉子生火用松明子不如用白桦树皮燃得快，我就把桦子垛里的白桦皮扒好了，带到学校来。汪老师表扬了我。多么不容易呀，这是我从苔青小学转到东风区小学来头一回得到老师的表扬。

期末考试成绩出来了，我的语文、政治都是95分，数学89分。班级里评"三好学生"，汪老师把我和另外几个同学的名字写在黑板上，这是我没有料到的，我把头低在课桌下，耳朵里听到汪老师在一遍一遍念我的名字，心口像揣了个小兔子在怦怦乱跳，令人意外的是唯一不是班干部的我被选上了"三好学生"！……坐在最后排的我战战兢兢走到黑板前面去，从汪老师手中接过奖品，是一本《雷锋日记》和一个草绿色日记本，这本书和日记本的封页内清清楚楚盖着奖励三好学生的学校印章。

我脸蛋冻得通红地把奖品拿回家中，父亲看到了，说："嗯，真不错！看看这多漂亮的日记本哪！还有这雷锋的书也很有意义！"

第二学期开学后不久，学校里发展一批"红小兵"，汪老师叫我写了申请书，我写了。

南山坡的达子香盛开的时候，区里林业工人俱乐部里正在播放一部新影片，叫《闪闪的红星》。学校组织我们去集体观看，同学们都被影片感动了。都想当潘冬子那样的人，我甚至做梦都梦见自己参了军，穿着军装从南山坡的达子香花丛中走下来，走到家门口时梦醒了。我们学生人人会唱"红星闪闪放光彩"，更叫我羡慕的是，王路他哥给他寄来了一枚五角星，他常拿出来向我们显摆，这枚五角星成了王路借别人小人书看的法宝，条件是五角星得给人家拿在手里看半天。

"六一"前夕，新发展的"红小兵"举行入队宣誓仪式，汪老师特意提前两天告诉新入队的同学要穿新衣服。我回去跟家里说了，以前都是我捡大哥的衣服穿，这次父亲破天荒给我买了一件白衬衣，又叫母亲连夜给我做了一条蓝裤子，脚上的那双黄胶鞋虽然顶出一个破洞，不过没人会注意鞋。

走出家门那一刻，我觉得天是那么蓝，云朵是那么白。这条平时走惯了的红松街道胡同也变得宽阔了。街道边垛子里散发着好闻的松树油子味儿。谁家的小狗还像不认识我似的冲我汪汪叫了两声。

急不可待地等到上午第四节课下课，我们新入队的"红小兵"被汪老师点名叫到前面去，站成了一队。黑板前挂上了少先队队旗，另一位少先队辅导员女老师，捧着一打红领巾走进了教室，汪老师走到她跟前，先戴上了一条红领巾，戴上红领巾的汪老师脸蛋更好看了。然后她从那位女老师手里接过一条条红领巾，依次给我们戴上。汪老师走过来给我戴红领巾时，我个头比别的同学高，她示意我稍稍低一下头，我头一次和她离得这么近。她给我系红领巾时，灵巧的手指在我的胸前飞动，我闻到了她脸上好闻的雪花膏香味儿，还有她轻轻的气息扑到我的脸上，我的胸口在激动地嗵嗵跳——戴上的红领巾烤得我脸庞发热，发烧……

然后我们跟着她举起了右拳，她带着我们面朝少先队队旗和黑板上方的毛主席像宣誓……

那天我不知道是怎么走回家的，这条红领巾戴在脖子上，一直像一团火在鲜艳地烤灼着我，我像换了一个人似的，可以挺胸扬头走路了！

那几天我睡觉时都工工整整地把红领巾叠好，放在枕头边，第二天洗完脸把脖子也洗干净了后，才把红领巾戴上。而在这之前，我洗脸是从不洗脖子的。汪老师那天在入队仪式上说过，红领巾是红旗的一角，是烈士的鲜血染红的，我不能让革命烈士的鲜血沾上一丝污点。

从那天起，红领巾就没离开过我的脖子，不过半学期后，我就小学毕业了。摘下红领巾时它的颜色还很新。

从小学到中学，这是我有过的最看重的一个荣誉。它是那样鲜亮地照亮了我的少年时代。不过它也像一颗流星，转瞬即逝……

13

就在我获得"三好学生"的那一年，父亲在单位也获得了"先进工作者"称号，这也是父亲一生工作当中获得的唯一荣誉。白主任把父亲树为典型，号召单位里的人向父亲学习。特别是那两个年轻人，白主任希望父亲能帮助他俩上进，安心干好本职工作，身在一堆破烂中，为人民服务的革命红心永不变。父亲也郑重地答应了白主任。

我第一次见到父亲说的这两个年轻人，是去父亲单位找父亲在废品收购站院子里见到的。陈中国五官周正，身材笔直，人长得稍帅气些。冉红旗个头稍矮些，长脸长下巴。在废品收购站里，冉红旗负责过秤，陈中国负责记账。陈中国的左上衣兜里常插着一管钢笔。用父亲的话说，他俩每天形影不离，时间一久两人就成了无话不谈的好朋友。

父亲第一次领他俩到我家来，是来帮我家锯烧柴。父亲特意到商店里去买了两盒带锡纸的大前门烟。平时父亲在家时只抽叶子烟，只有家里来了贵客时，父亲才买这种带锡纸的烟。父亲显然是把第一次到我家来帮忙锯烧柴的陈中国和冉红旗当成贵客了。父亲把他俩找到家里，还有一个原因就是白主任交代过的，要和两个年轻人多接近接近，让他俩安心在废品收购站里工作。那几日下班，他俩看父亲常在院外煤灰堆里捡没烧透的煤核儿回去，听父亲说家里烧柴不够过冬的了，就主动提出来到家帮忙拉烧柴、锯烧柴。

林区一到冬天，家家户户都要备足一年的烧柴。扒拉了一辈子算盘珠子的父亲显然是不胜任这样的体力劳动，有两个好劳力来家帮忙父亲自然是十分高兴的。父亲叫我们管陈中国叫陈哥，原因是他在家排行老大，下边有三个弟弟妹妹，他父亲比我父亲大不了几岁。而让我们管长下巴的冉红旗叫冉叔，他在家排行老小，上面有兄姐五人，他父亲却比我父亲大一轮。这种叫法让我们感到有些不伦不类，开始还不太适应。

干活的空歇，父亲拿出烟来，先递给冉红旗，冉红旗摆摆手说他不会抽。又递给陈中国，陈中国看了一下烟的牌子说："王会计，你这样破费干啥，我们也不会抽。"父亲嘴上说不破费，就又把手里的烟重新装进带锡纸的烟盒里。自己从兜里掏出旱烟口袋来，卷上一支叼在嘴上。呜呜的北风吹着，让父亲冻得不太好使的手划了两根火柴才点着。随即，一股辛辣的烟雾顺着风被吹跑了……

吃饭时，父亲又特意打发我去商店里买了一瓶瓶装的兴安白酒回来，他用牙将瓶盖咬开，给陈哥和冉叔倒上，两个人刚又要摆手说不会喝，父亲挡住了他们的手，说少喝点，暖和暖和身子，解解乏。倒完酒后又说了一句，年轻人嘛总得学会抽烟喝酒的。父亲当时是觉得过意不去才这样说的。好多年以后父亲还在为当初说这句话而后悔。席间，陈中国一小盅白酒下去后，脸就彻底地红了起来，看来他真的不胜酒力。而冉红旗脸上则一点颜色也没有变。饭后父亲又掏出那包打开的大前门锡纸烟来，递给脸成红布的陈中国，他接了，又递给脸白白的冉红旗，他也接了，父亲自己也叼上了一支。不过，冉叔吸了一口，就咳嗽起来，将那支刚刚点着的烟卷掐灭了。

以后，他俩再到我家来，父亲就只请陈哥吸烟，只请冉叔喝酒了。

陈中国的烟就这么在不知不觉中学会了，而冉红旗则享受不了，他有气管炎。

那时商店里最便宜的烟是经济牌子的烟，烟盒上印有一片黄烟叶，一盒九分钱，是我们这种小孩伢子过年背着大人买的放鞭烟时抽的。刚参加工作的小青年都抽一角八分钱的握手牌子的烟或两角钱的葡萄牌子的烟。这样陈中国的上衣口袋里除了插管钢笔外，平时就又揣了一包握手烟或葡萄烟，见人就先从兜里掏出烟来。父亲就蹭了他不少烟抽。原因是父亲和陈中国都喜欢下军棋，每天下班后父亲和陈中国总要在办公室里下两盘，烟雾缭绕中，冉红旗就抄着手陪在一边看。

冉红旗不会抽烟，单位人就取笑他，说冉红旗你这样省钱，是不是留着娶媳妇哇？冉红旗听了薄薄的面皮就红了。冉红旗在单位里其实是个挺大方的人。

父亲一直把他俩的婚事放在心上，父亲以他过来人的经验推断，如果他们两个人成家了，工作也就会安心了。特别是听说他俩以前处的对象都吹了后，父亲也格外关心起两人的婚事……

那天，父亲把一个清清秀秀的女子领到单位大院来，本来是想给冉红旗介绍的，冉红旗比陈中国大两岁，论辈分也比陈中国大。父亲就把认识的这个供销社的女出纳员领来了，领到单位来是想先让女方悄悄看一下男方，如果女方同意了，他再跟冉红旗说。父亲领着那女子站在大院门口，女出纳员羞涩地向院子里瞄了一眼问父亲是哪个。父亲朝院子里废品堆里站着的那个人影一指说，过秤的那个就是。此时的冉红旗正穿着一件蹭着铁锈的蓝大褂在往车秤上堆废铁丝，干得满头是汗，长下巴上还蹭了一块黑灰，就像长出的胡子。那女子皱了皱眉头。父亲灵机一动，又指着站在一旁记账的陈中国说，那个咋样？小伙子也没对象呢。那女子就向站在秤旁文质彬彬的陈中国看了一眼，就像在一堆废铁中发现了一块黄铜，好看的眼睛亮了一下，矜持着没说什么。父亲心下就明白了。

过后，父亲就引着他们两人见了一面。没过几天，他们两人就成双成对地出入区俱乐部看电影了。陈中国也吸取了以前的经验，很快就生米做成了熟饭，定下了婚期。

结婚时，单位里的人都去了，在陈中国家里，陈中国让新娘子转圈给大家点烟，烟是带锡纸的牡丹烟。新娘子这一天打扮得也像一朵盛开的红牡丹，格外醒目惹眼。白主任和父亲都被陈中国的父亲请到主宾上座。新娘子点烟点到冉红旗跟前时，陈中国特意介绍说，这是我最好的兄弟。新娘子不知是想起了那天到废品收购站去相亲时的情景，还是咋的，有些不好意思地看了冉红旗一眼，小巧的手点了两次才把那支烟点着。冉红旗接了，一直把这支烟吸尽，竟然没有咳嗽出一声来。冉红旗痴痴地望着陈中国的新娘子，心里不知在想着什么。父亲过后跟他说过那天的事儿。

就这样，冉红旗也学会了抽烟，兜里常常揣着一包香烟。

没过多久，冉红旗也结婚了，娶的是山外一乡下女子，没工作。不过人长得也很俊。去吃喜酒的父亲回来说，那俊女子的眉眼有点像陈中国的新娘子。后来单位里的人才知道那女子正是陈中国的媳妇给冉红旗介绍的，是她山外亲姨家的姐姐。就这么着，陈中国就和冉红旗成了姨表亲连襟。单位里的人都说，陈中国和冉红旗本来就形影不离，这回可以好得穿一条裤子了。

只有父亲听到了摇了摇头说，两家人走动得太近，不一定是什么好事。

虽然陈中国是先冉红旗结婚的，可是过了两年才有了个女孩儿。而冉红旗的媳妇当年就怀孕了，给冉家生了个儿子。单位里女同事去给陈中国媳妇下奶（东北时兴在月子里送红皮鸡蛋），看见女娃放在一边摇车里哭，公公不管，婆婆也不管。陈中国的媳妇就有些黯然神伤，原因是陈家希望长子能有长孙。如果没有姨家姐姐比着，陈中国媳妇的嫉妒也会小些，偏偏这姨家姐姐还常常抱着她白白胖胖的儿子来看自己，当着陈家公婆的面就叫她脸上有了难堪之色。懵懂的乡下妹子后来也看出端倪来，到姨表妹家的次数就少了。

本来结婚后，两家比较起来，陈中国的媳妇是有优越感的，自己家里是双职工，而姨姐家是单职工。每到换季她都会给自己男人买一身应季的衣服穿出去，而且衣服兜里的二角钱葡萄烟也换成了三角钱的大生产烟。冉红旗身上的衣服则是他媳妇裁剪做的，虽说手很巧，可总归和买的成衣差着一个成色，不过冉红旗是挺知足的。

媳妇归媳妇，陈中国和冉红旗还像亲哥俩一样好。冉红旗从学会了吸烟起，上衣兜里也常常揣上一包烟，自然是握手、葡萄之类的牌子，当然偶尔也会揣上一包大生产，大多是开会和人多时。冉红旗好脸儿，抽时也不忘先递一根烟给陈中国。

两人在工作时很少吸，因为废品收购站大院仓库外面的木板上就钉着这样一个警示木牌：仓库重地，严禁烟火！陈中国即使犯了烟瘾，也会跟冉红旗说一句，我到外面去吸根烟。然后就走到废品收购站院子外去，在外面吸完一根烟，把烟头踩地上踩碎了才回米。

秋天风大干燥，林区防火抓得很严，每个单位夜间都要留一个值班人员，废品收购站也不例外。废品收购站收了一夏天废品，仓库里装不下就像山一样堆在院子里，大多数都是废旧纸壳、废旧轮胎什么的，纸壳上面苫着油毡纸，怕雨淋着。

本来单位职工就少，防火期单位每天晚上值班是每人轮换的，除了职工外，单位还有一个更夫老头。那天晚上更夫老头的老伴病了，他事先跟白主任请了假。白主任就在下班前问谁能替更夫一下。冉红旗说他来替。这天晚上小黑板写着的轮流值班的职工是陈中国。

废品收购站那场大火是从下半夜着起来的。父亲被人从家里喊起来，只穿了一条裤衩就往外跑，刚一跑出大门口就看见镇东边的天空被烧红了一大片，父亲就在心里哀叹了一声：完了！一屁股坐在地上，他知道那天晚上陈中国和冉红旗在里面值班……

父亲赶到废品收购站，收购站院子里已经变成了黑乎乎的一片废墟。所有的废旧纸壳和废旧轮胎变成了一片黑灰，仓库烧得坍塌了。院子里站满了人，白主任也脸色煞白地站在人群中，赶到的公安人员在向他问着什么，父亲看到他右手上的手套被烧破了三个洞，那三个手指像是突然被齐刷刷烧掉了。

过了一会儿，陈中国和冉红旗浑身黑乎乎湿淋淋地从办公室平房走出来，被两个公安人员戴上手铐子带走了。他俩的头发都燎焦了，脸上黑一道灰一道的。从外面围观的人群里跑进来两个慌慌张张大哭的女人，要把他俩拦下，可是被公安人员挡住了。

"完了，完了……"白主任垂头丧气地哀叹。父亲不知他是哀叹这么一大院子的东西一下子被烧光，还是哀叹他俩被带走要去坐牢。

几天后从内部传来消息，公安人员在现场勘查中发现了一个烟头，火灾正是这个烟头引起的。单位里听到这个消息的人无不为之震惊，因为值班时是绝对不允许在仓库里吸烟的。

过了几天，又从公安局方面传来消息，陈中国和冉红旗在审讯中都不承认烟头是自己扔的。烟头肯定是他们两个人中的一个扔的，可是怎么审谁都不承认。接着公安人员又来单位调查，已查明烟头是大生产牌子的，问单位的人他俩谁抽这种牌子的烟，单位的人想了想说，最近看见他俩兜里都揣这种牌子的烟。因此案件一时陷入了僵局，两个人都在看守所里待审关押了好长时间。

这期间两家的老人都来找过单位，让大伙给说说好话。可这不是说好话的事呀，他俩当中只有一个人说了实话，另一个人才有可能被释放，或者两个人当晚都吸了烟，都要负责任的。陈中国的父亲找到我父亲，求我父亲给做证时说他儿子平时是个很要求上进的青年，在中学里就入团了。望着一夜之间白了头发的陈中国父亲，父亲连连叹气不知该说些什么好。冉红旗的父亲也来找过父亲，说他儿子那晚本来是主动到单位来替换更夫值班的，谁想竟摊上了这种事……让父亲做证时给说说情，看政府能不能宽大些。冉红旗父亲佝偻下去的腰背驼得更严重了，他走时还说了一句，他儿子原来是不吸烟的。这样一说就叫父亲心里有点发虚，想起还是他教会他俩抽烟的，心里觉得挺愧疚的。

这场大火也让父亲想起了苔青商店那场大火，他心里突然有了一种不祥之兆。

14

这场大火果然烧掉了父亲心中一个希望。

这场大火让白主任和父亲都受到了牵连。在收购站火灾发生一个月后，白茂林因负领导责任被撤掉了废品收购站主任职务，父亲因当日财会室的铁保险柜没有被抢救出来，站里当日收废品存放的现金一百二十元五角没有及时回交区商业科而被烧毁，受到警告处分。这是父亲参加工作以来第一个工作失误，一分钱也没有给公家丢过的父亲后来常常为这个失误十分懊恼。

父亲在火灾发生后，那几日照旧去白主任屋里擦桌子和倒茶水。白主任不再看报了，坐在那里唉声叹气。父亲见了说："都怪我，都怪我辜负了您对我的信任……"白主任瞅瞅他，知道他想说什么，当初是他让父亲帮助他俩安心在这里工作，谁承想竟惹下这么大的祸呢。白主任往窗外空荡荡的院子扫了一眼，叹了一声："唉，人有祸躲不过——"又无话了。

父亲小心翼翼地涮着那个茶缸子，奇怪的是着火那天夜里这个茶缸子就放在桌上，居然没有被烧化，一头沉的桌子都烧掉半个桌面，茶缸子只是烧黑了，第二天他把茶缸子擦出来，那茶缸子上面的字竟然清晰可见。

白主任新换了一个白茬木办公桌，窗台和窗框被火熏燎得黑黑的。每天进来，父亲都换一盆清水，不管他擦得多么仔细，那熏黑的窗台窗框总是擦不出来原来的颜色，白主任就不叫他擦了，并说了一句："黑的变不了白的，这样也好，是个教训哪！"白主任说着晃了晃头，他头上又添了不少白头发。

父亲给白主任泡了茶，还是茉莉花茶，白主任掀开盖，用嘴吹了吹浮在水上面的茶叶，呷了一口茶，说："连这茶叶都有一股烟熏的味道了。"其实这茶叶是他失火后从家里新拿来的，怎么会有烟熏味儿？父亲一想，还是屋里的烟熏味儿。

父亲白天来给白主任擦屋子，尽量把窗子都打开，放一放。然而，天渐渐凉了，开窗户的时间不能太长，况且对着的院里也是火燎过的痕迹，看着就给人添堵。

父亲觉得还是让白主任有事情做，他还想让他每天把看报的习惯捡起来，就在每天投递员李黑子送报过来时，故意从屋里迎出去，而且声音很大地问："李师傅，今天报纸上有什么新闻吗？"

"有哇，说了你都不会相信，美国乒乓球运动员要来中国打比赛了，嘿，庄则栋肯定会削他美国佬二比零的！"

这的确是个特大的新闻，父亲注意瞅了下窗里，里面的人果然把头转了过来，他又对李长路说："李师傅，麻烦你把报纸送进屋里去，我手占着，我得去打壶水。"

"好的，我拿进去。"李长路支好了自行车夹着报纸走进去。

等父亲回来，果然看到白主任坐在那里看报了。

第二天父亲过来时，白主任还在看着昨天的那张报纸，看见他进来抬头对他说了一句："我敢说，要不了多久，美国政要就能来中国访问了……"

"这是真的？"父亲一惊，小心地看了一下窗外，他可不想让白主任再惹什么麻烦。

"你不相信吗，我也觉得奇怪，这是一个信号……"白主任抖了一下手里的报纸，他的脸慢慢地涌上了红潮，屋子里有些凉意，刚才还能看见他嘴里哈出的白汽儿。不等父亲说什么，又听他接着说道："这是怎么回事，难道我们同美国人在朝鲜打的那场仗白打了吗？这才过去多久哇……"他在激动地挥动右臂，父亲看见他右手剩下的两个手指在颤抖，一个大拇指和一个小指。

"也许这只是体育，和政治扯不上边。"

"不，你等着瞧吧，我说的不会错的。"

这件国家大事，冲淡了白主任对自己被撤职的消沉。那几天他又开始关心起报纸上的新闻。而单位里人人都在关心大火后和自己有关的事，谁再来废品收购站当主任？

在白茂林调离收购站的前一天，他又和父亲说了一件事，那天他是把父亲叫出去说的，他俩站在收购站平房西边的汤旺河边上，汤旺河水还没有结冰，不过柳树毛子下已能看到白白的冰碴儿。这地方很安静，显然他不想让别人知道谈话的内容，无论是作为一名党员，还是作为父亲的前领导，他都觉得有责任和父亲说说这件事。

"你知道吗，如果不是这场大火，我们都准备去你老家搞外调了，我已经把你的材料补齐，一年前就报给商业科党总支了，可是上边总说再等等，要你再接受考验，一是这两年国家发生了重大政治事件，二是上回去你原单位调查，你的档案被烧毁了……我觉得你是够格的，这些年你表现得不错，我都看在眼里，唉，谁叫发生了这样的事……这肯定会对你加入组织有影响的，背了个处分。"白主任停了一下无奈地摇了摇头。

"这怨不得别人，是我辜负了您对我的信任……"父亲老老实实地说。

白茂林看了他一眼，又看了一眼缓缓流动的带冰碴儿的河水，停了一会儿犹犹豫豫地说道："有一件事我一直想问你，上次去苔青查你档案，他们那里的陈主任说，他们以前曾去过你老家调查过，说你有个叔叔是国民党，新中国成立前去台湾了……"

父亲听了心一惊，说："我也只是听老家那边的人这样说过，具体的情况我也不太清楚……"

"唉，我想你上一辈人历史情况你也不会很清楚的，这我能理解。"

白茂林这样说，让父亲心里轻松了许多，他明白了白茂林那次为什么没有在毕主任来之前跟他提去莒青搞外调的事。

"不过，你也不要灰心，好好干，入党重在现实表现，相信你的入党愿望早晚有一天会实现的。"

"嗯……嗯，唉……您好好保重吧，白主任……"

父亲觉得冰冻的河边上很冷，风吹得他的腿有点冻僵了。天黑了以后，他好像看着河边的白冰块是一点一点连着冻结在一起的。父亲的心也被封冻住了。

陈中国和冉红旗的案子一直拖到冬天才宣判，原因还是两人在里面都说自己没吸，他俩也没有说对方吸，这就给审案人员出了难题。最后只能由他俩共同承担责任。

在关押期间不允许亲属探视，家里有东西要送就由单位的人转交。父亲代表单位去过两次，一次是给冉红旗捎过他媳妇给他织的一件毛衣，一次是给陈中国捎过他父亲托他转的一条棉裤。陈中国的父亲来找父亲捎棉裤时，脸色戚戚地说，他儿媳妇提出要和陈中国离婚，要父亲进去劝劝陈中国，要他在里面表现好一些，争取能早点出来。父亲见到他俩没说白主任被撤职的事，也没说自己受处分的事。怕说了让他俩难受，他俩的样子本来也叫父亲挺难受的。临走只说了要好好配合公安人员调查，争取政府宽大处理。两个人低着的头抬起来，说："王会计给您添麻烦了。"

父亲回来私下里跟问起他的人说，陈中国在里面表现挺好的，挺主动配合公安人员工作的。当然父亲也没有跟陈中国说他媳妇要和他离婚的事。倒是冉红旗一直有抵触情绪，有两回不吃不喝，还被看守人员关过小号。

案子宣判了，依照惯例是要游街的。这天下午我放学走过区林业俱乐部前面的大街，就看见了游街的汽车。车篷前架着一个大喇叭，车厢两旁押解着一排犯人，有偷窃犯，有强奸犯……陈中国、冉红旗就被押解在这些犯人中间，他们胸前的白纸壳牌子上写着"纵火犯"。

天气很冷，解放汽车的轮胎碾轧雪板的路面，走走停停，上面蹲着的犯人一律光着头。几个月没看见，虽然陈中国剃着光头，可看上去没有多大变化，倒是冉红旗变得又黑又瘦。他俩分别蹲在车厢对向的两边角落里，头尽量低着。陈中国看到我，眼睛一亮！我嘴巴动了一下："陈——"旁边的王路问了我一句："你认识他？"我的嘴巴像被冻硬僵住了，摇了摇头："不……不认识。"我又移眼去看冉红旗，他也看到人群中的我，可是他像不认识我的样子扭过头去。

区俱乐部隔着一条马路就是东风区中学的灰色石头楼，我已经上中学了，我不能再像哥哥说我的那样，什么事都天真了。我拉着王路走开了，路面刮起刀子似的北风，吹得我俩脸红红的，我俩不约而同地捂紧了狗皮帽子。

回到家里，吃晚饭时听父亲说，陈中国判一缓一，宣判完就能回单位执行劳动改造了。冉红旗没有缓一，他要在里面服完一年刑才能出来。

父亲那天下班回来得挺晚，游街车开到河北时，在废品收购站的路边还停了半天，父亲和单位的人都没有出来看，父亲在屋里窗前看到了，胳膊上被白尼龙绳反捆着、胸前挂着白牌子的陈中国和冉红旗耳朵都冻得通红。

"为什么不给戴上帽子呢，这大冷的天还剃着个秃瓢头。"父亲回来嘴里反复嘟哝。家里炉子里火烧得旺旺的，让我们都想到了他俩给我家帮忙锯过烧柴的。

母亲一直向父亲打探这两个人判刑以后的事，她的关心一部分原因还有火灾给她带来的恐惧症，我们也断断续续知道了这两人后来的情况……

陈中国很快回到原单位改造，单位里的人没有谁再向他问起那天夜里是谁抽烟的事。大家都知道这是一个忌讳。大家都向他说着一些安慰的话。尽管他妻子在父亲到陈家去说和一次后没有和他离婚，可听父亲说他们夫妻关系大不如从前了。

一年以后，冉红旗也出来了。陈中国刑满了。新来的主任又分配他俩在一起干一样的活。不过两人在一起干活时再也不说笑了，甚至连话都不说了。父亲看这样下去也不是个事，就向新来的主任小心提了个建议把他俩分开。没过多久，主任就把他俩工作调开了。陈中国依旧负责记账，而给他打下手过秤的是另一个新来的工人。冉红旗去负责清理院子里废品的归类，这是一个又脏又累的活，没人愿意干。

出来后，陈中国就把烟忌了，别人也很少再当着他的面吸烟。而冉红旗出来后，并没有把烟忌掉，并且比以前抽得更凶了。有人看见冉红旗吸烟时就走到院子外面去，三口两口就将一支烟吸掉，然后狠狠将烟头踩在鞋底下，踩碎。

父亲看到了，就想，这两个人心中都埋着一个谁也不知道的秘密，这个秘密只有他们两个人知道。

15

我在上中学以后，坐在石头楼教室里，春天能看到远处南山坡上达子香花开了。山坡上雪化尽了以后，达子香就成片成片地开了，漫山坡上开成了粉红的一片。

"噢，富裕中农，政治面貌，群众……怎么一家人都是群众……"在填一个学籍表时，宋海波有意无意地看了我一眼。我不知道我怎么会引起她的注意。后来听王路说，她本来是想让我当体育委员的，或许是因为我个子高的缘故。在校园里，我常在篮球架下和同学打篮球。这是我最喜欢的运动，也是最痛快的时候。没有人嫌弃我什么，因为个子高，无论是外班同学还是本班同学，都抢着和我一伙。

宋海波是在这所中学高中毕业留校当老师的，她和王路的哥哥是一届的。来班上当班主任的第一天，王路就告诉了我。"你哥哥他还好吧，他还在部队吧……"她问过王路。问时，她还看了看王路，说："你哥哥可比你高多了。"

她教我们政治课。宋海波个子高，她写在黑板上的字也粗粗大大的，不像别的老师那样讲究点板书字体，不过我们坐在后边的同学却看得清清楚楚。

宋海波除了教政治课外，还负责写校园里的黑板报，黑板报通常用红黄两种颜色粉笔写，宋海波写黑板报时字体就比上课时写得规整一些，她还兼着学校团总支宣传委员。

宋海波写黑板报的内容一般是照着报纸的内容往上抄的，当然也有部分师生的批判稿摘抄，都是紧跟形势的。宋海波写粗体字的时候，粉笔用得很费，粉笔盒里空了，她往操场上扫一眼，看到我和王路的身影喊一声："王路，你去办公室给我取点红粉笔来。"王路就撒腿跑去取了，回来她看了一眼王路，一边往板报上写字，一边随意地问了一句："你哥有信来吗？"王路说："……最近没有。"

王路是在一天上学的路上突然跟我说："我哥在部队入党啦。""真的吗！"我惊讶地看着他。他嘴里还嚼着一块胶皮软糖，说他哥来信了，还给家里寄来一包软糖。那天本来我俩说好放学后去区俱乐部看电影《卖花姑娘》的，可是我不想跟他去看了。因为他可能向见到的同学炫耀这件事，而入党的确是一件重大的事。

那时我家的情况真是糟糕得让我有点在人前抬不起头来，父亲刚刚在单位里因为那场大火受到处分，哥的入团申请又没被批准。那段日子里，母亲常常这样问父亲："你受了处分，他们会不会开除你？"她担心的是，如果父亲没了工作，这一家人的日子今后该怎么办？"不会的，组织已找我谈过话了，不会丢掉工作。"他叫她放心。可是有两回夜里，她突然在半夜里醒来，拉着父亲往外跑。父亲问她怎么啦，她说她梦见他们单位又着火了，叫他赶快去救火。父亲只好把二姨找到家来，陪她住了一段日子。

"你的命里怎么总是和火相克呢？"母亲清醒时痴痴地盯着他问，父亲也觉得这两场火都给他带来了厄运，这个倒霉的男人只有唉声叹气的份儿了。

有点迷信的二姨说我们家应该像他们家一样住在河边上，不该住在红松街上，折腾不起的父亲只好说，他的单位在河边上，应该不缺水了。二姨听了只好由他这样信口搪塞了。二姨之所以来这里后嫁给这个铁匠，除了他有一份固定的工作外，还有就是吴大下巴有两间白房正好在河边街上。二姨说她属蛇是小龙，离不开水。她带我母亲在她家房后河边石板上洗过衣服，连洗衣服挑水都省去了。母亲羡慕不已，再也不嫌弃吴大下巴的长相了。我们呢，也去过她家里吃过吴大下巴现下河去摸过的鱼，那鱼就好像跳进他家锅里一样容易吃到。吴大下巴还亲手教过我们用罐头瓶子和白桦皮做捂鱼的工具。可是母亲警告过我们不要下河去。因为河里每年夏天都淹死过人，这同样叫她恐惧。她亲手将哥捂的一罐头瓶子胡罗子鱼摔到院外大街上，闪着银光的胡罗子鱼在阳光里蹦跳。

哥学习一直很好，当过班里的学习委员。他上初二开始就一直在争取入团。可是等到上了高中最后一年，也没有入上。

哥每回的入团申请书都是站在我家的柜子前写的，那靠墙的柜子是由两只榆木箱子拼成的。榆木箱面的木纹弯弯曲曲，上过清漆油让桌面很光滑。柜盖上方正中挂着毛主席画像，两边一边是镜子，一边是我家的相框。相框里只是我们自己家人的照片，还有两张是二姨、母亲和我们几个孩子的合影。

哥每回写，都是找出一个从没有用过的作文本来，端端正正写上开头：敬爱的团组织……哥开始还有点避开我们，后来就不避开我们了。哥的字写得很好，母亲常常夸他，说他字像父亲的字一样漂亮。哥最开始写入团申请是在晚上，我和三弟都睡下了，他站在那里写，柜子上点着一支蜡烛，蜡烛的光把他的头影放大到棚顶上。

他同学中常来我家里找他的是张红伟。张红伟个头不高，四方大脸，左上衣兜盖上戴有一枚团徽。张红伟是哥他们班班长。哥每回写好入团申请书，都交给张红伟，张红伟再交给学年团支部。哥每次交给张红伟申请书时都很激动，哥一激动就脸色发白，呼吸不太顺畅。母亲说这都是他小时候得的胸膜炎坐下的病根。张红伟一来我们家母亲就给他冲红糖水喝。张红伟喝完红糖水，对哥说："学校在五四青年节前要发展一批团员。"哥就脸白结巴起来，说："……有……有希望吗……"张红伟说："听于总支书记说，这回纳新重点对象放在高一。"哥的喉结轱辘了一下，望着张红伟张了张嘴，又闭上了。

"你是咱学年支部培养多年的积极分子了，这回应该有希望。"张红伟说。

哥那几天一直沉浸在激动中，嘴里还不时哼出一支歌曲："听吧，战斗的号角发出警报/穿好军装拿起武器/共青团员们集合起来踏上征途……再见吧，妈妈/别难过，莫悲伤/祝福我们一路平安吧……"他还从南山坡折来一大把达子香花，叫大妹找来一个空罐头瓶子把花枝插里去，放在柜台前，我们家暗淡的屋里顿时鲜亮起来。

学校头两年春天在南山汤旺沟塔头甸子上开垦了一块荒地，给学校食堂做菜地用。学校号召共青团员和入团积极分子星期天义务劳动，在那片塔头甸子上一干就是一天，中午从家里自带干粮。一开始去劳动，母亲还给哥烙了白面饼带上，叮嘱他干累了就歇歇。可等到他晚上回来，看他手磨出了血泡，嘴里抱怨个不停。等下次去劳动张红伟来找哥，母亲就对张红伟说，向国他小时候得过胸膜炎，可不能下大力累着。张红伟瞅瞅哥，哥说没事。母亲再想说什么，哥已扯着张红伟出了家门。

有一个星期天，母亲把镐头藏起来了，以为哥找不到镐头跟不上队伍就不能去了，可哥从邻居家借来镐头又追上了学校拉着团员和积极分子的马车。马车上传来欢歌笑语……哥能参加这样的劳动真叫我们羡慕。哥也说，这可不是随便哪个同学想参加就能参加上的。尽管晚上回来，哥手上又磨出了血泡，他说他们是把那刚刚化冻的塔头墩子当成顽固的敌人一镐头一镐头刨下来的，开始一镐下去还只是一个白印，可架不住他们的顽强斗志！那成片头朝下栽倒的塔头墩子就是我们胜利的战果！那四周的白桦林就是春天为我们鼓掌的少女，那白桦汁呀，真是比红糖水还甜……哥说得像朗诵政治抒情诗一样豪迈。但等母亲端水过来给他泡脚，拿针过来给他挑手上的血泡时，他头一歪，衣服也没脱就睡去了。他实在太累了……

可是高一这年春天，等到南山坡上的达子香花都开过了，学校的新团员名单才公布出来，可是上面仍没有哥的名字。

这次对哥打击挺大。

高中临毕业时，哥很少到学校去了，成了个逍遥派。

那天下午，张红伟又来到我们家，哥正在房后的木头垛上给我和三弟做木头手枪。哥削着手枪，张红伟站在旁边和哥搭着话。哥不时地把枪举起来，闭上一只眼眯着一只眼，瞄瞄枪筒，看看枪筒削得直不直，张红伟就等他放下枪来再跟他说话。

"这回可是最后一批了。"张红伟说。哥心不在焉地低着头。"校团总支能在我们毕业生中多发展几名。"张红伟再次提醒哥，并靠近些。哥手里的木刀削得飞快，眼花缭乱。透着果松香味儿的木屑零零碎碎飞溅到张红伟身上。

"我恐怕不行啊。"哥瞄了瞄，移下枪筒灰心地说，"上回黄老师查过我父亲档案，不是没有通过吗。"

"嗐，那有啥，这回强调重在表现。"

哥不再言语，闷头一下一下认真削着手枪。哥要赶在父亲下班前，把手枪削完。阳光一点一点地躲进潮湿的木头垛里。张红伟走的时候，手枪就差不多削完了。哥带着木头手枪去送张红伟到大门口。

来到大门外，张红伟握着哥被木刀勒得通红的手掌叮嘱："记住，关键是表现。"

哥被张红伟殷切的目光感动了，重重地点了点头，表示知道了。

张红伟矮小的身影走进夕阳里。哥慢慢地抬起新做成的手枪，独眼向远处瞄着。直到视线里走进来一个渐渐大起来的人影，哥方才慌慌地收起手枪，溜进了前屋。

父亲走进家门，母亲正蹲在灶坑前烧火。

饭还没做好，父亲坐在炕沿上吸起旱烟卷。母亲抬了抬头，睁开呛得流泪的眼睛，咳嗽了一声道："老大他们这回可是最后一批了……"下午张红伟来我家和哥在房后木头垛里说的话她都听到了。

"那能咋样？"父亲去年冬天刚刚背了个处分，心里正窝着火气呢。

父亲的话音传到东屋，哥正在柜盖铺开的稿纸上写着什么。刚刚写了个开头，我瞧见有"申请"两个字。我以为哥听了，会写不下去的。但哥没有。哥像没听见似的，仍埋头支着一条腿在那里写着。

学校没在五四青年节前发展团员。张红伟来家里跟哥说，学校团总支是想在他们这届同学中毕业前发展一批，这样也是为了鼓舞他们上山下乡的士气。哥觉得张红伟说得有道理。

张红伟再来我家时说，校团总支号召他们这届毕业生团员和入团积极分子带头写决心书，响应伟大领袖毛主席的号召，上山下乡，到祖国最需要的地方去。往年区中学高中毕业生和初中应届毕业生都分到林场青年点去，但总有几个毕业生嫌山上林场青年点艰苦，就留在家里混日子。一来二去成了街道上打架的混混儿，出了几次斗殴事件给学校造成了不良的影响，因此学校在毕业前就注重做好动员工作了。

哥对张红伟来家说的第二件事，想都没想，就写了一个充满革命豪情又文字激扬的决心书，在这个决心书里，哥明确表达了"到最需要的地方去，到最艰苦的地方去，接受贫下中贫再教育"，而且他在决心书里还提到了一个区林业局新建的最偏远的林场名字，如果哥要知道后来发生的事情，就不会那么去写了，在此后的日子里他深深地为当时的举动而后悔。

那段日子里，张红伟来我家的次数多了起来，他一会儿来送毕业考试成绩单，一会儿又来送全班毕业照片，有时又夹着两本几何代数书来问哥数学题。我家的红糖玻璃缸子已经见底了，母亲为拿不出来红糖而有点难为情，她给张红伟倒了一杯开水，说家里的红糖票已经用光了。张红伟说："没关系，没关系，我不能再吃甜的了，有一颗牙已坏掉了。"为了证实他说的话，有一次他来找哥问数学题时竟然把从家里揣来的一只苹果给哥吃了。

张红伟到我家来给哥送的毕业照片我看到了。八英寸黑白照片，哥他们男生站在最后一排。哥的身影被站在中排的女生挡了，只露出一个挺小的脑瓜。前排凳子上坐着黄老师和其他任课老师。老师们的边上，坐着一个学生，是张红伟。张红伟只半个身子坐在凳子边上，身子呈倾斜状。哥看了一眼照片后，笑笑对张红伟说："你以后也能当老师。"张红伟听了稍稍一愣，脸不自然地红了一下。他说还要给别的同学送照片去，就走了。

张红伟最后一次来我家，是在夏末的一天傍晚，西边山上的晚霞都像被火烧红了。张红伟没进我家门，而是把哥叫出去。哥一看到张红伟的神情就明白了。

"没批？"

张红伟点点头，叹息了一声："唉——"

"还是因为我父亲的档案？"

张红伟又点点头，说："我跟团总支强调了重在表现，可学校进驻了军宣队代表，于书记也无能为力……还有去你父亲单位查档时，你父亲他去年又受了个处分……"

张红伟走了后，哥在外面站了好久。那天晚上他像发了高烧，躺在炕上翻来覆去折腾了好久才睡着。

16

哥是在秋天毕业分到山上青年点的。学校给他们这届毕业生开了隆重的欢送会。

吃晚饭时，哥把他的分配去向告诉了家里。他被分在山上第九林场了，叫泉石林场。九场是山上新开发的一个最偏远林场。一场、二场骑自行车就可以去青年点干活，不用住青年点。往年应届毕业生分配时，毕业生或家长都找找学校、找找区知青办，要求分近一点的林场。哥没找，是自己提出要去最偏远的林场的，他在那个决心书里写到了。不过，这样倒是可以常年在外吃住了。自从那天晚上得知入团没通过后，哥就想离开这个家了。这我能看得出来。

哥走的前一天晚上，母亲一边抹着眼泪，一边为哥准备行李。而后，又下厨房用肉末儿炒了满满三罐头瓶胡萝卜咸菜丁，装进哥的黄书兜里。

我瞅着在炕头上睡去的哥，心里酸溜溜的不是滋味。明天他就要离开这个炕头了，山上当然没有热炕头，山上只有潮湿的帐篷和爬满臭虫、蚂蚁的地板铺……

第二天上午区里派两辆解放汽车把分到七场、八场、九场青年点的同学送到山上去，学校也在敲锣打鼓地欢送，车厢外面挂着红布条幅——"热烈欢送七三届高中毕业生扎根到山上林场去接受再教育！""向到艰苦的林场的同学致敬！"

张红伟也挤在送行的人群中，张红伟没有去山上青年点，他留校了。先留在区中学团总支工作，再代低年级数学课。哥和他们班同学也是走的前一天知道的。我明白了张红伟为什么毕业前总来我家找哥问数学题了，可他竟然跟哥一点消息也没透露。学校团总支也认为他很会做学生思想工作，所以就留他在团总支工作了。七三届高中六班百分之九十的毕业生都去了偏远的林场，其中包括最远的哥。

尽管张红伟脸上笑得很灿烂，可六班的男生没有一个主动跟他说话的，倒是有两个女生向他祝贺，这两个女生胸前都戴着崭新的团徽，那个穿着红格上衣的女生跟他说："张红伟同学，祝你在教师岗位上做出优异的成绩！我会记住你的话，广阔天地炼红心！"他的脸红了一下，说："向扎根山上青年点的同学学习致敬！我会期待你们的好消息传来。"他可真会做鼓动工作呀！我站在他旁边听着都有点为他感到脸红。

父亲没有来送哥，是哥不叫来的。当然他也不希望父亲像别的家长那样来送他，这只会更叫他觉得难堪。那些家庭出身好的或工作体面的同学家长，在这种场合只会让他们的孩子更觉得脸上有光彩。他们一遍一遍叮嘱这些十七八岁的孩子，"到了山上往家里捎个信或打个电话"，"到了青年点要听工人师傅的话"。

哥一直冷着脸，两眼望向天空，不知他这会儿在想着什么。汽车要开动了，哥放下脸来，对我说："二弟，回去告诉咱妈，不要惦记我。"

汽车开动了，车下人群也跟着车厢蹿动了一下，车上的人摇晃了一下，车下的人群像被撕开一样与车拉开了距离，踉跄着脚步后退一下又跟着汽车追，车上的红旗迎风飘展起来，映红了旗下人的脸。我看到哥的嘴巴动了一下，他轻轻地哼出："再见吧，妈妈/别难过，莫悲伤/祝福我们一路平安吧/再见吧，亲爱的故乡……"

我看见蹲在车厢板后面刚才跟张红伟说话的那两个女生，背过脸去偷偷在用手背抹眼泪。车上、车下最后嘈杂的告别声都卷进了断断续续的秋风里，被风吹得渐渐飘远了。

…………

哥去山上青年点后一直没有音信捎回家来。母亲开始惦记起来，一个月两个月过去了，父亲每天下班回家，母亲总要问一遍："他有没有给你打电话来？"父亲摇摇头，说："没有。"

不久后，一同跟哥上去的同班一个男生下来了，来了我家，捎来了哥的一封信，这样我们全家才放心。只有母亲还在一遍遍追问，他平时没事儿怎么不回呢，山上的活是不是很累，住得怎样？吃得怎么样？

那个男知青说，活是累点，和林场小工队工人住的一样都是帐篷，不过窝窝头儿还能吃饱。

那男知青走时，母亲特意叫他带了一布口袋炒面上去，这袋炒面可是用粮本买的两个人定量月供应的细粮白面炒的。这就是说，母亲和我们家中的一个人要一个月没有细粮吃了。

中秋节的时候哥依旧没有回来。二姨来家里，把区里副食商店发的月饼供应票送给我家一斤，月饼票是按户发的，每户二斤。二姨家还没有孩子只有两个大人。

父亲咬咬牙用三斤月饼票买了三斤月饼，一斤五块，十五块月饼分成三包用纸绳扎着，父亲拎到家，那黄包装纸都被油透了，看着就诱人。

"把老大的那份留出来吧。"母亲说，父亲瞅瞅母亲没说什么，母亲就把一包月饼拎走，走到柜前，打开柜子放进去，锁好。

剩下的两包月饼，每人两块。母亲做了一大锅菠菜汤，一家人围在桌前呼噜呼噜香香地吃喝起来。往年二斤月饼六个人分每人轮不上两块，母亲不吃她那份。这回母亲吃了她那份，慢慢地吃，大妹先吃完了月饼，她的眼睛还往柜子上瞅。母亲慢慢吃完一块，说不吃了，这月饼她吃着烧心。就把她剩下的那块给了大妹。

晚上睡下，躺在母亲身边的大妹叫三块月饼撑着了，翻半天身没睡，她问母亲，为什么给大哥留那么多月饼？

母亲叹息了一声，说："你大哥在山上干活苦着呢。"

元旦哥也没下来。母亲怕月饼放坏了，时常拿出来通通风。大妹见了，又勾起了馋虫，直吧嗒嘴。母亲也不再给她一块半块吃。

一直到了快过年时，山上青年点放假了，哥才披着一身雪尘回来。一进家门，哥摘下挂着厚厚冰霜的狗皮帽子，从黄杠杠服棉袄里兜掏出一沓钱来，啪地摔给母亲。那是哥的分红，有一百八十多块钱。母亲先不接钱，慌慌地磨转身子从柜子里拿出来月饼给哥吃。哥就喘着粗气，一块一块地吃起来，一气吃了五块。哥塞饱了才转眼看一直盯着他的我们。

哥身体结实了，手掌也粗糙了，他的右肩膀明显比左肩低了些。他说这都是抬大木头压的。哥说青年点冬天的活，除了抬大木头，还放树。开始不太敢放，后来人人抢着放了，因为放树的活总比抬大木头轻快些，抬大木头走在没膝深的雪里，回到点里那鞋都成了冰疙瘩，得赶紧抢着在炉子上烤干，天亮还得穿。哥穿回的棉鞋面硬得像石板。他身上那件黄杠杠棉袄也是被汗水溻了再穿。哥在说这些时，母亲一边坐在灯影里给他缝着棉衣挂破的口子，一边叹着气。

过年时，父亲照例给我们每人一元钱压岁钱，那钱都是父亲事先换好的崭新的两角票。哥给我们每人两元压岁钱，是一张车床工人图案两元票。有了这三元钱，我和弟弟、妹妹不再为开学交学费发愁了。

想想，哥是给家挣钱的人了。

过了年，哥又去山上泉石林场青年点了。哥说泉石林场是因为有一处山石泉眼而得名，秋天的时候还看到一只梅花鹿在泉石边饮水，男知青要下套套住这只梅花鹿，被女知青拦住了。我问哥还看到过什么，他说还看到过熊瞎子。工人冬天伐树，在树洞里伐出过冬眠的熊瞎子，他们都吃过熊瞎子肉。哥上去后，又好长时间没音信捎回家了。

开了春，学校组织打防火线，在山边的林地里，张红伟和我们班分在一起，可他拎着镰刀干了一会儿，就跑到一边歇着去了。我就想，就他这体格，要分到青年点去恐怕也得当逃兵。听区知青办的人说，有上去的知青借泡病号回来没再上去的。

南山坡的达子香开了，坐在教室里又能看到那满山遍野的粉红色。我正陶醉呢，同桌孙满桌说："瞧吧，她又要给我们上'政治课'了。"

果然，只见宋海波急匆匆走进教室来，目光扫了一眼全班的同学，最后把嘲弄的余光落在两个女生身上，那两个女生是按捺不住脱去厚衣衫，换上粉红色的衣衫和一件花色鲜艳的高领毛衣来上学的。"看来资产阶级情调要在我们班抬头哇……不知这样的人是怎么想的，臭美什么呢……"那两个女生早已通红着脸低下头去。

我心里很同情她俩，都不如山上的达子香自由，想什么时候开就什么时候开。孙满桌发育的胸脯也怕人看，她里面穿一件葱绿色碎花衬衫，被外面的一件小翻领的黄上衣罩住了。

第一节课是数学课，张红伟拿着书本走进来，又让我把眼睛移向了窗外。好在，他也不敢碰我的目光，他的小眼睛总像在躲着我什么。他的课讲得一塌糊涂。

我从来没跟母亲提过张红伟给我们上数学课，我怕再刺激她什么。春天她也瞅着什么都发呆。常常伏在缝纫机上砸着什么，像突然想起来什么说："我灶坑里的火怎么忘了呢？"其实那灶坑里她还根本没生火。而蹲在灶坑前突然又会说："看我这记性，衣服上还差一颗纽扣没钉呢。"等她去缝纫机上翻看一遍后，那衣服上纽扣完好地钉在上面。可是回到外屋厨房时，锅里彻底煳了。

"学校怕是要宣传什么典型吧。"这天，又是孙满桌对我说了一句，我看到校园里宋海波和张红伟都站在黑板报前，表情很凝重的样子。还有黄老师也站在那里。

等下了课，黑板报前已围满了人。黑板报上用粗体的白粉笔写着：向扑火英雄周云梅同志学习！我挤进去细看板报的内容，才得知这是一位去年分到山上青年点的女知青，在刚刚发生的一场大火中壮烈牺牲了。黑板报上清清楚楚写着她是七三·六班的，分到泉石林场。这么说是和哥一批上去的？我的眼睛被刺痛了一下。旁边的议论声不断传进我的耳里，是她，没错，我去年在送哥时见过她，她就是向张红伟祝贺的两个女生当中的一个，是那个穿红格上衣的女生，刚上去不到一年她就牺牲啦？那么哥怎么样？直到这时，我才知道九场太远了，发生了这么大的事，竟然一点不知道。

当区里广播站把知青周云梅的英雄事迹通过广播喇叭铺天盖地宣传开来的时候，母亲终于知道了这场火灾。母亲的第一反应是嘴哆嗦着说："向国，向国，他怎么样啦？"父亲先她知道了山上发生林火的事，他安慰母亲，应该没事了，上去扑火回来的人说，这场山火已经扑灭了。"他怎么样，扑灭了怎么不见人回来？"母亲还是恐怖地失色道。山上林场电话不畅通，还是手摇的电话机，父亲已打过好几遍电话也没有接通。

一周以后，哥回到了家中，他脸色带着极度的疲惫，哥说他们在山上灭火已半个月没睡个囫囵觉了。他瘦了，带下来的衣服有好几件都烧了破洞。母亲紧张地问他，没伤着吧。哥说没有。我问："听说烧死了人，还是你们班同学。"哥半天没说话。《伊春日报》已发了长篇通讯。父亲把报纸带回来了。可哥连看也没看一眼，他脸色很冷。有点吓人。我想经历这场山火的人一定都被吓坏了。

哥睡了两天两夜，缓过精神来。这天下午放学，我又把学校里号召向他们班这位扑火英雄周云梅学习的决定告诉哥。哥听了，一副无动于衷的样子。

在他要返回山上去的前一天晚上，他把我叫出了家门，在桦子垛外面，他对我说："我们班这个女同学她死得很可惜……"他犹豫了一下又停住了口。这时西边的山顶又出现一片火烧云，那片火烧云不断在变化着形状，一会儿变成一只绵羊或一只烈马的形状，一会又变成了一只奔跑的兔或鹿的形状，哥的眼皮跳动了一下，又说："她其实是为了救那只梅花鹿卷进火舌里牺牲的。真可惜呀，她刚刚十九岁，什么都没来得及做就走了……"哥欲言又止。哥深深叹息了一声，返身走回去了。

山顶上的火烧云还没消散，那只鹿状火烧云还停在那儿，

我看着火烧云发愣，哥的这番话给我留下了一个云雾一样的谜团。

17

学校开展了轰轰烈烈的向周云梅烈士学习的活动。学校请来周云梅生前的知青战友、泉石林场知青点指导员吴大海做报告，他讲述了周云梅奋不顾身英勇扑火的英雄事迹，说到她牺牲的经过，这个壮壮实实身材高大的汉子，也忍不住红了眼圈。台下有许多女同学哭泣落泪。我看到坐在我班前面的宋海波也用手绢擦着眼睛。七年五班有一个女同学更是泣不成声，过后才得知她是周云梅的妹妹。

作为周云梅母校同班同学代表的张红伟也坐在台上，轮到他介绍一下周云梅生前在校的表现时，他站起来像刚才那个指导员一样举手向台下敬个军礼，可是他发现自己没有像人家一样戴着黄单帽子时，就慌乱了一下，瞅瞅台上的领导又瞅瞅台下的我们，表情有点滑稽。坐在我身边的王路差点笑出声来，可我们还是捂嘴忍住了。宋海波回过头狠狠瞪过来一眼，会场气氛严肃得叫人大气不敢出。

张红伟镇定了一下，开始介绍起周云梅来，他说周云梅烈士在校学习期间就是一名品学兼优的好学生，她一直思想积极要求进步，忠于党，忠于人民。在校期间光荣地加入了共青团组织（说到这里他没忘说一句作为她的入团介绍人，他为她感到骄傲），临毕业时是她自己主动要求到最艰苦的林场接受锻炼的，并向校团总支递交了决心书，要把自己的青春和热血奉献给艰苦的北疆林场建设……

我眼前浮现哥向张红伟递交决心书的情景，看来决心书都是他动员写的，与哥不同的是周云梅临毕业时戴上了团徽。那是她梦寐以求的团徽！那个吴指导员在介绍周云梅牺牲后收集到她的遗物时，在现场烧焦的衣服上找到了团徽，红漆烧掉了，只剩下浅黄的铜色。他向我们展示了这枚黄铜色团徽。我眼前又浮现出去年在送行的汽车厢里见到的她，她正是胸前戴着这枚崭新的团徽向大家挥手告别的，不过在汽车拐出学校大门口，听到哥嘴里哼出那支《共青团之歌》时，她跟着哼唱了两句就偷偷背过脸去用手背抹了下眼泪……

周云梅的妈妈也被请到学校来，是由她爸爸陪着来的，这个没见过多少世面的大妈一提到女儿的名字，就忍不住要流泪。周云梅的父亲是一位朴实的贮木场工人，他倒比妻子坚强些，在讲述时，说到他们家就是一个老贫农家庭，从小教育孩子要听党的话，听毛主席的话，今天的好日子都是共产党、毛主席给的……云梅走了，可是她走得光荣，她是为保护国家财产走的，俺摆弄了一辈子大木头，知道大火无情……俺和她娘虽然很痛心，但俺也为俺的闺女骄傲……

接下来一周，周云梅的妹妹周云燕被学校团总支突击发展成团员。这个和我们同一年级的周云燕我以前也注意到过她，她是学校文娱宣传队成员，曾听到她和另一个男生合唱过《浏阳河》，穿着少数民族多彩条的裙子，边唱边跳舞。歌声和优美舞姿都像一只轻盈的云燕。可是现在，她尽力不让各年级的同学注意她了。

在发展她入团的宣誓仪式上，宋海波是领誓人，在团旗下宣完誓后，校团总支书记于百余又殷切地对她说："周云燕同学，从现在起你就是一名共青团员了，你要继承你姐姐的遗志，牢记入团的誓词，做一名像你姐姐一样的共青团员，为团徽争光！"那一刻，周云燕眼中又有泪水在闪动。

后来，周云梅烈士的事迹就由周云燕来宣讲了，她到各班去宣讲，讲稿都是张红伟事先写好的。来我们班时，我突然发现她脸上庄重了不少，穿着一件黄上衣，据说是她姐姐留下来的，她原来的两条细长的辫子也像她姐姐一样剪成了短辫。

每次宣讲都是宋海波给她开场的，说她是英雄的妹妹。这一句开头介绍总让我想起电影《英雄儿女》里的王成的妹妹王芳。

学校的黑板报在不断地更换着，那一阵子宋海波忙坏了，学习英雄事迹和表决心的稿件像雪片一样落到她的手上。她的粗粉笔字体比原来好看多了。有时她也需要班干部帮忙。

班上的团员和入团积极分子都写了稿件。有一次我和王路从黑板报前走过，宋海波抬头看见了我，说："王向群，你不打算写点什么吗？我记得你的哥哥也在泉石林场青年点，他也参加了那次扑火吧。"我说："是的。"她能这样说已叫我感到荣幸了。我动了心思，我的作文刚一上初中时，曾得到那个从知青中抽调到学校的语文老师的表扬，他留的作文是《我和雷锋叔叔比童年》，班里别的同学都抄报纸流行的开头，而我的开头是这样写的："一群鸟儿从天空飞过，我们就像鸟儿一样自由快乐地生活在祖国蓝天下……"显然，我这篇作文让语文老师眼前一亮，在班上当范文大加赞赏起来。

我很快就把一篇名为《烈火中永生》的稿件交到了宋海波手里，没等到第二节课下课，她就把这篇文章抄写到黑板报上去了。

下了课，黑板报前站满人。我没有过去看，我能背下我写的每一行文字："……你就是天边那朵火烧云，还没等喷薄出青春所有的光彩，就燃烧了自己；你就是白桦林中那丛达子香，还没等生命的绚丽完全绽放，就和那场大火一同卷进了春风里……你是泉石山上的青松，无情的火舌吞噬的是你的身躯，凤凰涅槃是你永生追求的理想化身……"

我从窗子里看到周云燕也站在黑板报前，她再宣讲时，表情不再僵木了，我听别人说她的宣讲稿不再干巴巴的了，她甚至引用过我文章里赞美她姐姐的两句话。我听到了，倒是十分开心的事。

那篇文章在黑板报上放了很长时间，而别的同学学习心得呀，决心书哇，都换过好多次了。

"你和你哥哥一样，都这么有文采。"一天，张红伟在校园里看见我凑过来说。我没有搭理他，要走开。

"我听宋老师说，你还从来没写过入团申请书呢，为什么不写一份呢？"

"对不起，我离团员标准还差得很远。"我故意这么说。

"你可以努力嘛……"

其实，自从知道哥在学校最后一次入团申请没通过后，我就不抱任何希望了。而且看到像张红伟这样的人也叫我恶心。我冷冷地走开了。

王路戴一顶草绿色的确良军帽出现在校园里，是他哥哥给他寄来的。做课间操时，他还把那顶军帽戴得正正的，无论男生还是女生都很羡慕，这种的确良布料刚刚流行。

放了学，孙满桌跟我们一起往家走，她还把王路头上那顶军帽要去在自己头上戴了戴。"小心，别弄出褶了。"王路小心地看着她把军帽在头上试着时，要回也不是，不要回也不是。孙满桌修长的腿，个头比王路还高一点。她在宣传队里演过《红色娘子军》里的吴清华。

"你问没问过你哥，部队现在招不招女兵？"

"招，咋不招呢，你好好练，将来就等着部队招文艺兵吧。"王路喜欢看孙满桌跳舞，特别喜欢看她跳红色娘子军独舞的大劈胯。

"好看吗？"孙满桌歪着头问我俩，孙满桌戴上军帽可比王路戴好看多了，军帽下孙满桌鹅蛋形的脸显得更白皙了。

"我哥说，人家现在军队里的女兵都戴无檐的军帽。"王路说。

"听说招女兵比招男兵把关更严格？"

"就是政审严一些，你家不是贫农吗？"王路说完看了她一眼，又开了一句玩笑，"当然，你要是周云梅的妹妹就更好了，烈士的妹妹肯定会照顾的。"

"去你的，我可不想当周云燕，多累呀——"孙满桌拍打了王路一下，顺手把帽子摘给他。她和我走到我们两家那条街胡同口，就快到家了。

说者无意，听者有心，我心情有点沉重起来。

18

父亲的单位红光废品收购站在这一年的夏天和区林副产品收购部合并起来，合只是对外一块牌子，对内还是分开的两家，林副产品收购部只收松子、榛子、蘑菇、木耳、兽皮等山货，收购站还收废品。不过对外叫着好听，统一叫区收购部。

这样父亲又和白茂林在一个单位里了。两人虽不在一个院子里，可也相隔不远，红光废品收购站在河东铁道口北侧，林副产品收购部在河北铁道南侧，相隔二里路的样子。自从白茂林调到区林副产品收购部去以后，父亲也常去那里看白茂林，白茂林在那里做收购员工作，每天不整日坐办公室了，在一间门市房里站在柜台后面收山货，有晒干的蘑菇、木耳、灵芝、鹿茸什么的，收的山货就摆放在柜台里面，蘑菇、猴头儿散发着浓烈的山珍味道。白茂林端着茶缸子站在柜台里，常常享受地吸一下鼻孔，然后再喝一口茶，盖上茶缸子盖。

榛子和松子一般是秋天收，在收购部门市房后面的场院里。小兴安岭山上多是红松树，碰到丰收年，家家户户上山去捡红松塔，都不用上树打，秋风一刮落得满山坡都是。有的人家来卖松子都是推着板车或赶着马车来，上面堆着好几麻袋沉甸甸的松子，这个时候收购部的人就要忙碌起来。

有一回父亲去看白茂林，正赶上白茂林站在人群里收松子，他站在车秤前负责过秤，另两个人和卖主在往车秤上一麻袋一麻袋搬松子，过好秤又倒在旁边一座板皮房前的空地上晾晒，那被竹席围起的松子堆已堆得像小山一样高了。阳光照在黄灿灿的松子堆上，老远就闻到一股好闻的松子香味儿。那时父亲就想，白茂林在这里收松子，可比他们收破铜烂铁、破胶鞋底好多了。

白茂林忙得满头大汗，一条毛巾搭在蓝布大褂肩上都顾不得擦一下，他的白茶缸子放在身后的凳子上，他的茶缸子里的茶水都见底了，也没空再去续一下茶水。一只带水嘴的开水桶就放在院子中央，是供收购部工作人员和来卖松子的人打开水喝的。秋老虎的阳光顶在头上，吆喝声让人嗓子眼儿里发干，白茂林已经两次把手下意识地伸向了茶缸子，瞅了一眼又放下了。等他再次把手伸向茶缸子，有人将茶缸子伸过去递到他手上，他接过抬头一看，是父亲，茶缸子里的水已替他续满了。

"你什么时候来的？"白茂林端起茶缸喝了一口问道。

"刚来。"

"你看看这松子丰收的，让人喘口气儿的时间都没有。"

白茂林左手端着茶缸子，戴着白手套的右手还在扒拉着秤砣，他的大拇指和小手指是如此的灵活，而在废品收购站时，白茂林可是从来没有动过车秤秤砣的。父亲那时候在想,一是白茂林是主任,二是他的手也不适合扒拉秤砣,而现在倒是让他看呆了。

卖松子的人还在拥挤着,他嘴里还在吆喝着:"别挤,别挤,都会给你们过完秤的!"又扭过头来对父亲说,"一会儿进屋待会儿?"

"你忙,你忙。"父亲就匆匆挤出了人群。阳光晒在头上也快让他头上冒汗了。

父亲还清楚记得春天那次去,那是不太忙的季节,白茂林站在柜台后面看报纸,屋里有些暗,他并没有看见父亲走进来,父亲听他嘴里咕哝了一句:"难道他又要出来工作啦?""你说谁?"听见话音白茂林抬起头来,见是父亲,此时屋里没有别人,白茂林在他耳边小声说了一句:"那个被打倒的副主席。"

父亲听了吃了一惊,有点不相信地看着他。他点点报纸,上面有一则在北京体育场举行的足球比赛的新闻报道,配了一张照片,照片上周总理在观看比赛,周总理旁边还有一个有些熟悉的面孔,其实旁边那个人影照得不太清晰,不注意看是看不出来的。他竟然发现了!

不过一年多没动静,父亲有点怀疑他说的了。直到父亲又从《参考消息》发现了一则消息,这才相信了。那则消息说那个人去联合国参加了联大会议引起了一些轰动。白茂林又这样对父亲说:"我说得没错吧。"

两家合并之后,白茂林又当上了区林副产品收购部副主任,他又有了自己的办公室。其实在合并之前,军宣队代表进驻林副产品收购部时,白茂林就引起军代表的注意了,特别是得知白茂林是一位在抗美援朝战场上立过功的伤残军人，这样的人怎么能安排他做他力所不能及的工作呢？尽管白茂林的手一点也不耽误过秤，而且做得非常熟练了。至于他先前的撤职处分，两年的时间足以抵消了，况且那场火灾的责任人已经判刑。这样在军代表的力推下，白茂林又当上了副主任。

白茂林当了副主任后，父亲每次去他办公室，又能帮他打扫卫生了，又能给他擦那只茶缸子了。两年，那只茶缸子里积了厚厚的铁锈似的黄茶垢。白茂林确实无法像父亲那样用两只手把茶缸子里面的茶垢清除掉。

茶缸子恢复了里面的白颜色，父亲轻轻舒了口气，他又给白茂林泡了一缸子茉莉花茶。那茶叶的清香味儿就在清澈的茶缸子里漂荡开了，白茂林用嘴吹拂了一下，喝了一口茶，他也长长地舒了口气。

"王会计，听说你的大儿子到青年点干活去了。"

"是的，毕业上去有一年多了。"

"真快呀，我记得你刚到东风区时，他才刚刚上中学？"

"是呀，可不是嘛，白主任，那会儿还多亏了您跟学校找熟人说了，人家才肯收下他这个插班生，亏您还记得他。"

"小伙子现在怎么样，我记得我当初问他将来想干什么，他说将来想当兵来着的……"白副主任慢慢喝着茶，又翻了下报纸。

"当兵可不是说当就能当上的，总得由单位推荐吧，想去的人又多，况且你是知道的，俺家这种情况……"父亲在擦窗户，有一搭无一搭地回他说。

"什么事情都事在人为。"白主任扬了下手里的报纸。

父亲手里的抹布停了一下，外面投进来的阳光晃得他眼睛细眯了起来。

19

哥在这年一入冬从山上下来了，他带回来一个好消息，林场推荐他报名参军。他手里这份推荐报名表就是林场青年点队长给他的，上面还盖着林场革委会的红印章。

全家人都跟着他兴奋起来，兴奋之后是紧张，因为在区武装部报名名单通过之后，首先是体检，哥的身高穿着棉鞋才刚过一米六，听说体检测量身高是光脚测的。哥的身高这两年成了他一个心病，从高中毕业到上山这两年，他身高一厘米也没再长过，本来刚刚二十岁的他个头还可以长一点的。母亲说，都是这两年抬大木头压得不长个了。她说的可能有点道理。

报名参军的红榜在区武装部门口张贴了，孙满桌看到了第一个告诉了我。仅两天工夫红松街上的街坊邻居都知道了。张厨子还给我家送来了一碗杀猪菜，指名说是给哥增加营养吃的。

刚下过两场雪，就有人家杀年猪的，杀年猪的人家都找张厨子去家里做杀猪菜，张厨子杀猪菜做得地道，除了酸菜炖血肠、五花肉，那熘大肠和红烧猪尾巴，更是一绝。张厨子有个习惯，在人家做杀猪菜从不在人家吃饭。他走时，人家就送他一碗杀猪菜或一根猪尾巴让他拎着。

张厨子送来的这碗杀猪菜上头还放着一段红烧过的猪尾巴。一家人没明白什么意思，还是父亲看明白了这意思，张厨子送来这碗杀猪菜一是希望哥吃了能长高一段，过了身高这一关；二是张家有三个姑娘，老大成家了，老二也成家了，只有老三没对象，张厨子是不是看上哥了，想收尾做他的女婿？这后一个意思父亲没说，只说了头一个意思。哥就呼噜呼噜一个人吃光了这碗杀猪菜，看得我们直流口水，但也希望哥不白吃这碗杀猪菜，能体检过关，当上兵。

哥从回来头发就很长，母亲叫他理理，他说冬天冷不理了。其实我心里明镜，头发厚实点也能增加他个头的高度。

体检的前一天，哥早早地睡下了，到了半夜哥翻来覆去，好半天也没睡着。哥睡不着，我就同他说话，我问他们林场怎么会把报名参军的这个名额给他。哥说他也挺奇怪，本来指导员想把这个名额给另一个知青的。队长和指导员意见不合，队长给哥的理由是哥在那场扑救山火中表现突出，而那个知青在发生山火时休假回家了。这样一说那个指导员就无话了。

"你还记得那个吴指导员吗？他还给你们做过报告……"哥问我。我说记得。哥又说："扑打山火时，他和周云梅在一起了……那一阵子青年点有人在私底下议论，他在追求周云梅，还有人说他想培养周云梅入党，有人看见那天打山火休息时，他们两人单独坐在山坡上，后来据他讲火头过来时，他本来拉起周云梅逆着风向跑的，可是一只惊慌的小鹿顺着火头跑过来，眼瞅就要卷进火舌里，周云梅就冲过去了，把小鹿推到了一处断崖下。这是他的说法。后来青年点有人议论，那天他们不单独在一起周云梅也不会死的，那天他俩说了什么话，吴指导员没说，他只说找过周云梅谈心，叫她积极靠近党组织，做扎根林场的知青表率。周云梅也表示要扎根林场一辈子……在周云梅牺牲后，出现了两种说法，一种是周云梅是冲着火头去扑火的，一种是周云梅是救小鹿被卷进火舌里牺牲的。后来林场领导在地区报社记者去采访时，叫统一了说法，是扑山火头牺牲的。吴大海也不再说她是因为救小鹿被烧死的了……当时在现场毕竟只有他一人。"我想起来了，当时那个吴指导员在学校讲述周云梅牺牲时眼圈发红流泪了。

"他当时为什么不拉住周云梅呢，他是有经验的呀。"我为周云梅可惜。

"过后青年点里也有人像你这么问，可谁能说得清楚当时的真实情况呢……"

我的脑海里浮现那个穿红格上衣女知青在去山上的汽车上招手的情景，人的生命说消逝就消逝了。

"睡吧。"哥不愿再说了。

"睡吧，明天还要体检。"

第二日一早，区武装部统一组织他们应征报名参军的十来个青年到区医院去体检，夜里刚刚下过一场雪，早起还在下，十来个小青年踩着脚踩着雪嘎吱嘎吱向区人民医院走去，领他们去的是一名区武装部干事。快走到医院门口时，哥恍惚看见一个披着一身雪花的熟悉人影闪进医院门里去，他一时不明白父亲跟来干啥。走进门里，医院走廊里的来苏水味儿顿时让他们人人觉得紧张起来。

"王向国。"第三个轮到哥体检，听体检室门口有人在喊。

"到……"哥应了一声，小心走进去。

体检第一项是测量身高和体重，测量身高的那个医生看了哥一眼，说了句："把鞋子脱掉。"哥站到那个体重秤前，解开鞋带脱掉鞋子，脚丫一触到冰凉的水泥地面，哥就想尿尿。为了增加体重，早上哥在家里喝了不少水。

医生叫哥在标杆尺前站好，哥的腿有点微微发颤。"别动！"头上的标尺在移动，他觉得头发丝碰了一下就停住了。"1.599米。"哥觉得他没听错，如果脱掉了鞋，他最多1.58米。哥量体重时，几乎是弓着身子站到体重秤上的。

体重一量完，哥像抢什么东西似的向卫生间跑去。一泡尿慢慢撒完后，他觉得浑身都轻松多了。他舒了一口气，走出来转向内科检查。

上午体检完，区武装部的干事就要他们各自回去等体检结果了。哥刚刚走出来，就听身后一个声音叫他，回头看见父亲披着一身雪花抄着袖站在门口。

"完了？"

"完了。"

"走，回家去吧。"两个人抄着袖往回走，雪地里一前一后响起脚步声。

在路上，父亲跟他说，他刚才进去问过老谭了，老谭说哥的各项结果应该没有问题。哥问，老谭是谁？父亲说，老谭是他们医院一个看门的老头，别看他是一个看门的，可老谭人缘好，和这里医生护士都很熟。哥又问父亲是怎么认识老谭的？父亲说，老谭每隔半个月去废品站卖一次废点滴瓶子和空纸壳药箱子。

过了两天，他们体检结果公布出来，哥体检合格了。全家人都很高兴，我还把这消息告诉了王路和孙满桌，孙满桌还说等我哥当兵走的那天，她要好好组织一下街坊姐妹扭大秧歌欢送。我二姨也说，等到了那天，她把家那头猪杀了，摆上两桌请请亲戚邻居。母亲听了有点气短，这两年家里日子紧张加上她身体不好，还没喂上口猪。

父亲也很开心，他说老王家终于有了一个当兵的人。我知道他心里是怎么想的，他一定想起了四叔爷早年没当上八路的事。

自从哥体检合格名单公布以后，哥几乎每天都去区武装部问一下消息。区武装部人答复是，还要再等等。

开始几天，哥还是兴高采烈地去，兴高采烈地回。后来他回来时脸色就渐渐郁闷起来。我和三弟都没有去注意他的脸色，我们还都沉浸在他走时能够吃一顿好吃的杀年猪菜的期盼当中。我还想到了二姨在厨房里一定会把刚刚烀好的肥肉偷偷塞到我的嘴里两块，弄得我满嘴是油的情景。

我甚至还想到哥走时，一定会比王路的哥哥当年当兵走时还热闹。我们家的大门上也会多一块"光荣军属"的红木牌。

可是这一切很快就成了泡影，当那天下午孙满桌告诉我，区武装部刚贴出的征兵入伍的红榜名单上没有王向国的名字时，我的心情别提多沮丧了。我没有理会她的追问，跑回家去……看到哥蒙着被躺在东屋的炕上，晚饭也没有吃。

后来哥告诉我，他的政审没过关。

这次入伍未成对哥的打击是非常大的，对父亲的打击也是沉重的。一连两天他都不知该向我们说什么好。我们家沉默冰冷的气氛就像柜子底下藏着一颗凝固的定时炸弹，仿佛随时都可以爆炸。连一向多嘴的大妹，在饭桌上也变成哑巴了。

哥要回山上青年点了，他把上回扛下来的行李再扛上去，而且多带了不少东西。父亲叫调到贮木场铁匠炉里当铁匠的二姨父给找了一辆往林场去拉木头的解放车给哥捎上去。

父亲和我去送哥，我们一大早赶到父亲单位收购站旁边往山上去的道口，说好在那里等车。一出门天空就飘起清雪，红松街上街坊邻居还都没出门，清雪覆盖的地面上只有我们三人的脚印。这也正合我意，我们都不想碰到邻居。

到了道口不大一会儿，开过来一辆顶着雪雾的长挂解放汽车，停在我们面前，司机从驾驶室里探出头来："是王会计吗？"父亲迎上去，说是，又展开冻僵的笑脸："是李师傅吧？"那个司机点点头。父亲就从兜里掏出一盒带锡纸的烟递上去："抽根烟吧，李师傅，辛苦您了。"李师傅摘掉白线手套把烟接过去，父亲赶紧给他点上，他吸了一口，一摆头："上来吧。"哥把行李扔到后面的车厢里，脚蹬到另一侧的驾驶室门外。

"等一下。"父亲像刚想起什么，慌慌地折身往他单位平房跑去。

过了一会儿出来，他手里多了一张卷起的狍子皮。这张狍子皮是他买好前几天放在这里的。

"山上冷，这东西放在褥子下面御寒。"父亲递上去。

哥没接，从家里出来他一直冷着脸。

我接过去，蹬到车门外车阶上把狍子皮塞进车里。

车开走了，一阵西北风吹来，卷着雪粒抽打着我和父亲的脸，生疼！

哥这回上去后，过年也没有回来，青年点下来的人说，哥留在青年点看屋子了。有一个和哥关系不错的知青来家里说，是哥觉得他对不起队长，白白浪费了一个报名入伍的名额，就主动向队长要求留在山上看屋子了。

哥过年不回来，母亲就整天抹眼泪抱怨父亲，说是这回让老大伤透了心。

父亲听了也不争辩什么，他多数时候是沉默地吸着纸烟发呆。

20

这一年刚开春，南山坡上的雪还没有完全化净。父亲突然收到老家发来的一封电报：父病危，盼速归！电报是五叔发来的，父亲接了电报，像被烫了一下，手一抖。

这么多年他还是头一回接到老家拍来的电报，多年和老家没什么联系。突然收到这封电报，让他愣了一会儿，随即他就向单位请好了假，又到车站上买了当晚的火车票，打算当天就走。

回到家里他跟母亲匆匆说："俺爹病危，打来了电报，车票已经买好了，今晚就走，你给俺烙点路上吃的东西吧。"母亲听了也一惊，说："用不用我跟你一起回去？"父亲一边收拾他要穿的衣服，一边说："不用了，这回走得急，我一个人回去就行，回去看看情况再说。"母亲就去厨房给他烙发面饼了。发面饼烙好了，她给他放进一个随身带的黄挎包里。母亲又问他一句："你真的不用我和你一起回去？"父亲正站在院子里低头刷牙，张着一口白泡沫子说："不用。"

我实在想不出父亲为什么这次一个人回老家去，他完全可以带上母亲一起回老家看看，虽然母亲只见过祖父一面，可她到底也是老王家的儿媳。也许他想的是，这么远的路要是母亲和他一样坐硬座回去，这一路折腾她身体会吃不消，还有母亲晕船，晕得比二姨还厉害。

父亲当天晚上就登上车走了，出山去的旅客列车就这一趟绿皮慢车，第二天下午到达省城哈尔滨中转，顺利的话乘上当晚到大连的那趟车，第三天晚上就能到达大连，再坐一宿的船就可到家了。这个路线已在父亲脑子里想过无数遍了，可是从打他离家，几十年中只回去过两次。

父亲坐在晃荡的夜间车厢里，毫无睡意，脑子里一遍遍在想，这么多年他为什么才回去？如果不是这封电报他是不是还不能回去？这么一想，父亲就深深自责起来。古人讲，父母在不远游，可是现在他真无法知道他能不能见上祖父最后一面。他反复看了电报发报日期，电报都在路上走了三天了。他无法预料路上会不会发生什么意外情况。直到这个时候，父亲才意识他离开老家太久，小兴安岭也离老家太远了。

小兴安岭密密匝匝的林木在黑乎乎的车窗外一片一片闪过，车行在山里如同行在无边的海上，看不到尽头。等到第二天白天火车钻出山去，眼前出现大片的平原时，父亲才轻轻吐出一口气。这个时候他也有些困倦了，便靠在硬木座椅上想眯一会儿，因为晚上还要接着坐硬座车呢。

到了省城哈尔滨还算顺利，他买到了当天晚上一张硬座票，要等到晚上八点多才能上车。父亲就在候车室里找了一个长椅空位坐了下来，等车等到肚子有点饿了，他又掏出黄挎包里的发面饼去啃，又在饮水处接了点水喝。啃着发面饼，他又想起母亲来，女人那样问他也一定想家了，他想着下次回去一定带她一起回去，这么多年她也没回山东娘家看看。这样一想他觉得有点对不起这个女人了。娶这个女人到东北来并没有跟他过上几天好日子，先是因为照顾孩子丢掉了工作，后来又得了肺结核，这些年因为担惊受怕精神又出了问题，夜里经常失眠……唉，这种日子什么时候是个头呢。

上车时他跟着候车排队的人群往站里走，打量了一眼火车站，哈尔滨火车站还是老样子，和他十七岁从关里出来途经这里时一样，票房子是那种俄式建筑风格，钟楼上的大钟都没有换。晚上站台上的风有些冷，他竖起了夹层大衣的毛领子。

由于头一天晚上坐车几乎没睡，上了车不大一会儿他就靠在椅背上睡着了，反正行车的时间还长着呢。

一天一夜车到沈阳时，停车时间比较长，他下去到站台上买点吃的，带的饼已经吃光了。他买了两个面包。抬头看到好几个站台上都拥挤着等候上车的人群，这个东北最大的车站，南来北往的列车很多。他想幸亏他买的是通票，不然在这里中转倒车是很麻烦的，弄不好还得耽搁一天。

上了车，他发现车厢邻座上来了不少操着辽宁口音和山东口音的旅客，山东口音让他觉得一下子很亲切，搭讪了两位，问人家是哪里的，人家说是威海的，都是胶东半岛的。人家问他是哪里人，他说是黄县的。问的人就挺怀疑地瞅着他："听您口音不像啊。"他说："俺出来快四十年了。"两人中另一个人说："怪不得。"

又是将近一天一夜的旅程，火车到大连时，他和邻座那两个威海人匆匆往大连港口客运码头上赶，进了船站票房子，看见里面人山人海，每个售票窗口都挤满了人。他就在写有发往龙口的窗口那排队买票，队伍很长。这回排队买船票的人多是山东人了，而且是烟台地区的人居多。他前后两个人一个是掖县的，一个是蓬莱的，这两个县都是和黄县相邻，口音很接近，他听着特别亲。和掖县挨着的前面又是黄县的人。胶东老家有个说法，叫黄县的嘴，掖县的腿。说黄县人特别会做买卖，而掖县的人特别能在外面跑生意。就听那个黄县人一直在跟掖县的人说话，掖县的人在点头听着。说着说着，那个黄县人隔着掖县人回头问他一句："你是哪人？"

"俺是东北人。"他的口音叫他不敢再说黄县人了。怕人家再怀疑他什么。

"到哪去？"

"去黄县。"

"做什么？"

"……探亲。"

黄县人瞅他一眼，掖县人也回过头来瞅他一眼。掖县人长得黑，厚嘴唇。

终于排到了售票窗口，他前面的掖县人刚买完票，售票窗口从里边挂出一个"停止售票"的红牌，后边的人就炸了："没票啦？"就听他身后的蓬莱人说："完了，又得等一天了。"原来去龙口的船不是每天都有，隔一天一发船。父亲蒙啦，就是说他还要在大连等两天两宿，直到这时他才想起兜里揣着的电报，他举着电报敲着要关上的窗口："能不能卖给俺一张站票？俺父亲病危，俺急赶着回去。"里边的人无动于衷，说船上不卖站票。父亲就绝望了，木木地看着小窗口关上，半天没动。

"你是赶回去奔丧？"是刚才买完票走开的那个掖县人又走回来问他。

尽管话问得难听，父亲还是沮丧地点点头。也许真的这最后一面见不到了？

"俺这张船票卖给你吧。"

"真的？"父亲以为听错了，愣愣地看着他。

"俺还可以坐发烟台的船走……"

父亲赶紧掏船票钱给他，嘴里一个劲儿道谢，竟忘了问人家姓什么。

当晚上登上船，走进四等舱里，放下随身带的行包，坐到铺位上，心里还在想着真是遇到好人了。这样坐一宿船可以到家了，父亲终于松了一口气。他卷了一根叶子烟抽起来，船舱里随处可见和他一样抽叶子烟和劣质烟卷的人，乌烟瘴气中还夹杂着小孩的尿布腺气。可这是父亲多么熟悉的味道哇，他十七岁时正是在拥挤的船舱里闻着这种味道漂洋过海的。

次日早下了船，父亲的心情五味杂陈起来，他感觉不是回来见祖父最后一面，而是还乡回来了。在大连上船时他就脱掉了那件大衣，收在了包裹里。从龙口坐汽车往中村去，又从中村步行往高王胡家村走，他觉得这一路都浑身发热。他的眼睛热辣辣地打量着这熟悉的一切，柏油马路两旁的柿子树和梨树都开过花了，田间土路旁田地里的小麦苗绿油油的一片，头上的日头也比东北晒得多，一会儿就叫赶路的人脖颈流出汗来。

从中村镇下了汽车往高王胡家村走，父亲的脚步就变得迟缓起来，少小离家老大回，他眼里已噙上了泪，他也想不明白为什么才回来……

此时他还不知道祖父躺在家中的炕上奄奄一息，望眼欲穿等他回来……五叔和二大爷都说父亲不会回来了，叫祖父合眼走吧。可祖父那混浊的目光仍固执地盯着门口。祖母已颠着小脚几次出院到大门口去看了……

父亲正是在一大家子人的期盼中跨进大门的，祖父的目光抖了一下，随后他对贴在他耳边的祖母说了一句什么，祖母就叫围在身边的一大家子人退下去了，独独留下了父亲。父亲扑到祖父身边，握起了他干枯的手，含着泪看着祖父的脸，祖父也定定望着他的脸，先说了一句："三子，你也有白头发了……"父亲泪就流了下来。

之后，祖父断断续续地说："三子，你……你还记得你四叔吗？"父亲点点头。祖父又说："你小时候……他……他最喜欢你。"父亲又点点头。

"我……我要走了，我要去那边找你……你四叔了，有一件事我要交……交代给你……你四叔换过我的命，可这么多年了，你四叔死得不明不白的，我怕到了那边你四叔不认我这个哥哥，有个疑问在我心里头藏了许多年，到……到头来能回答我的也许只有你，你……你要老实回答我……"祖父的目光直直地瞪着他。

父亲把耳朵贴近了祖父嘴边："爹您说——"

祖父的声音越来越小："你……你四叔当年为什么被还乡团杀害？他……他是不是……"

父亲的眼泪泉水般地涌："……是的，四叔他……是共产党！"

浑浊的老泪爬上了祖父的皱纹，父亲低着头，这个守了太久的秘密压得他喘不上气，在终于重见天日的时刻，却并没有想象中那样轻松。祖父的沉默像鞭子一样抽打在父亲身上。

良久，父亲听见祖父沙哑微弱的声音："……三子，你四叔共产党员的身份，没人知道，政府也会不认，我要你去找……去找到他们组织上的人，这样你四叔就不会死得这样不明不白，你要答……答应我去……去找……"祖父用尽最后的力气说完了这番话，就定定地看着父亲。

父亲看着祖父的瞳孔重重地点点头："我答应您！"

祖父瞳孔里的目光就熄了。

父亲趴在祖父身上号啕大哭起来——

21

父亲开始了艰难的寻找。

父亲是凭着儿时朦朦胧胧的记忆开始寻找的。他想起了小时候的一件事。四叔爷说好放学要带他去村后沙河里摸鱼的，那天放学回来，还没有走进家门，远远地看见四叔爷急急忙忙往外走，他以为四叔爷等不及他放学回来，一个人先去沙河摸鱼去了，可是他并没有看见四叔爷手里拿着摸鱼的网片，他觉得有些奇怪，就在后边追着四叔爷远远跟过去了。

四叔爷走的是一条村人不太常走的村后小毛道，大步流星。正是夏末，小毛道上两边的蒿草很高很茂密，没到了四叔爷的腰部。父亲在后边追着，就看见四叔爷露着一个肩头在前边走。这条毛道通向村后一片坟地，所以平时很少有人走。走到那片坟地时，父亲有些害怕，可他又不敢喊，听别人讲过，遇到坟地时不能喊人，一喊前面的人一答应，鬼就招来了，喊的人就会被坟里的鬼抓去，成了那坟墓里的替死鬼了。所以尽管父亲吓得头皮发麻，可嘴巴却闭得紧紧的，两眼紧紧盯着前边那个移动的身影。毒辣辣的日头顶在头上，晒得他汗珠顺着脖颈往下流，他也顾不上用手背去擦一下。

走到了沙河边，四叔爷蹲下身子挽起了裤脚子，走下河里去了。他并没有在河里停留，直接走到河对岸上去，上了岸又放下了裤脚子。

父亲走到河边有点犯难，他把上衣褂子脱了，包上书包，顶在头上游了过去。上了岸，四叔爷的身影更小了，落下他挺远了。父亲赶紧穿上褂子，紧跑着追了过去。好在刚才从河里游水过来，头和身子凉快了许多，不那么热了。

又穿过一大片高粱地，这回前边的四叔爷走得不那么急了，父亲也有些累了，脚步也慢了下来。高粱地里的高粱头都红了，通红的一片，没过了前边四叔爷的身影，父亲只能看到前面的红高粱头在动，顺着拨动的高粱头在后面跟着。他几次想喊四叔爷，可是嗓子干得冒烟。在快出高粱地时，他折了一根细高粱秆儿，在嘴里嚼了起来，甜涩的秆渣，甚至让他吞进肚里，这会儿走得他肚子也有些饿了。

走出高粱地，四叔爷终于回头发现了父亲，站下了，愣住了："学业，你怎么来啦？""你不说要带俺摸鱼去吗？"父亲一肚子的委屈，跟上来气喘吁吁地说。

"你一直在后面跟着走到这儿的？"四叔爷警觉地看看四周。

父亲点点头，张口说："四叔你干啥去？"

这一问，又叫四叔爷愣了一下，他说："学业，你回去吧。"

父亲说："俺不回去，俺一个人回去害怕。"

四叔爷想想可能也觉得叫他一个人回去不太可能，日头马上要落下去，走不出这片高粱地天就黑了，还要过河，还要穿过那片坟地……万一走丢了咋办？四叔爷犯难了。

父亲从来没见过四叔爷这么犯难过。

最后，四叔爷咬咬牙，叹了一口气："那你跟俺去吧，不过回去不要向家里任何人说。到了地方你也不要乱说话不能乱走动。"

父亲点点头，从那一刻起，四叔爷在他眼里变得有些神秘了。

接着，四叔爷又带父亲往前走，父亲实在走不动了，四叔还把他背到背上，走了一会儿，他趴在四叔爷背上睡着了。

天黑了时，他们走进一个村子，四叔爷摸到一户院前，敲了几下门，门开了，出来一个人，像是这户的主人，问四叔爷哪来的。四叔爷说是高王胡家村来的。他把四叔爷放进去，又插好了门。他引四叔爷进院，往东厢房指了指，四叔爷就过去敲门，敲了三下，门开了探出一个人来，见是四叔爷，问："你怎么才来？"四叔爷说："路上耽搁了一下。"那人看见四叔爷背上的孩子惊问："这孩子是谁？""他是我侄儿。""你怎么还带他过来？""他偷偷跟来的，他睡着了。""这么不小心……"那人嘴里埋怨道。四叔爷嘴里一个劲道着歉。"快进来吧，梁书记等半天了，他今晚还要赶回去。"

走了这一路，父亲也累坏了，趴在四叔爷背上一直没醒，那人叫四叔爷把父亲放到外屋炕上，就到院子里去了。

不知什么时候，父亲醒来了，听到里屋有动静，还有油灯光从门缝里露出来。父亲悄悄下了炕，扒在门缝往里看，看见里屋地上站着四个人，除了四叔爷外，还有三个人，其中一个人站在四叔爷和另外两个人的侧面，里屋的窗上蒙着一条花被，在对面的墙上挂着一面带有镰刀铁锤的红旗，几人都面朝着这面旗，举着右拳头。那个站在侧面的人说一句，四叔爷和另外两人就跟一句："我志愿加入中国共产党……"父亲从来没见过四叔爷脸上变得这么严肃过。他这会儿想起四叔爷在路上警告过他的话，到了地方不要说话，不要乱动和乱看。

父亲赶紧溜回炕上装睡。过了一会儿，听里屋的人往出走了，先是一个人的脚步声走出去，院子里的人悄声问："梁书记，我们现在就走吗？""走。"门吱呀响了一声没动静了。接着里屋又走出两个人来，一前一后，听后面的人说："老董同志，你路上小心。""哎，俺知道咧。"那前面的人走过外屋炕前时，父亲闻到一股浓烈的烟油子味儿。接着跟出去的那人又回屋来，这回四叔爷和他一起走出来，在外屋停下了："王秉义同志，你今晚在俺家住一宿吧，你带着小孩子怕是天亮也走不回高王胡家村的。"四叔爷说："不咧，俺得赶回去，不然家里人会着急的。"四叔爷摇动了父亲一下，父亲就醒了。四叔爷又背上父亲，走到门外，四叔爷跟父亲说，跟张叔说再见。父亲就同门里那个模糊的人影说张叔再见。那人突然说你们等一下，他转身进屋，工夫不大又出来，手里拿着两个烤地瓜，塞给四叔爷，四叔爷要推辞，这个留平头的小伙子憨厚地一笑，你和孩子都没吃晚饭，走路会没力气，路上吃。他一笑还露着两颗小虎牙。

有了地瓜吃，父亲精神了，他也有力气走了，就自己下地跟着走了。

"记住，今晚你不要跟任何人说咱们去哪儿了！"四叔爷又叮嘱一遍。

那天夜里，四叔爷带着父亲回到家中已是下半夜了。祖父和祖母都急坏了。四叔爷对家里人说带着父亲到村外野地里捉鸟去了。四叔爷挨了太祖父好一顿训斥。从此之后四叔爷再没提起过那天晚上的事。

父亲试图想没人时从四叔爷脸上探出那天晚上的秘密，可四叔爷再也没向他提过那天晚上的事，就好像那天晚上四叔爷和他从没去过张村一样。没过多久，四叔爷被太祖父送到济南城师范学堂读书离开了家。渐渐地父亲也把那天晚上的事忘得一干二净。

现在当父亲凭着四十八年前模糊的记忆想起这件事时，首先想到了张村。他就去了张村。

儿时他走过的去张村那条路已记不得了，或者已改道了。现在从高王胡家村去张村有一条宽敞的土路，他就顺着这条土道打听着向张村走去。

走着走着他遇到一条河，就是那条沙河，不过河上已建了一座木桥，能错开过两辆马车。父亲走热了，也走渴了，就走下桥去，蹲在河边捧了两捧水喝。阳光晃在水里，晃得父亲眯起了眼睛。他在河边的一块石头上歇了一会儿脚，又接着上桥走了。

下了桥走了一会儿，遇见一辆往张村去的毛驴车，父亲问他可不可以捎一下脚。赶毛驴车的那个农民说："你上来吧。"父亲就坐上了毛驴车。

"大国（哥），你到张村做什么？"赶毛驴车的坐在车上摇晃了一下鞭子问。

"找人。"

"找谁？"

"找一户姓张的人家。"

"这话你等于没说，俺村百分之九十都姓张。只有外来的十几户姓李。"

"哦，哦……"父亲尴尬得脸红了。

赶车的男人有五十岁左右，按这个年龄推算，他要是在这个村子出生的就应是张村的老人了，父亲就顺口问了一句："你是在这个村出生的？"

赶毛驴车的回他一句："不光是俺，俺爹俺爷都是在这村出生的。您是哪的人？"父亲听出了他话里的不太友好。

"俺是高王胡家村的人。"

"高王胡家村俺卖豆腐也常去，咋没见过你？你是谁家的？"显然父亲的口音又引起他的怀疑。

"俺是王秉仁家……"

"王秉仁家的？……前一阵老人刚过世，还从我这订了两板豆腐，以前咋没见过你？"他不大的眼仁如炬地盯了父亲一眼。

"俺是王家老三，刚从东北回来……早年就到东北闯了。"

"怪不得……"他又打量了他一眼就专心赶车了。

父亲卷了一支叶子烟，递到他的手上，他接了，点着吸了一口，咂巴了一嘴："嗯，是咱这地场的黄烟叶，好抽。"

快到晌午时，毛驴车进了村子。父亲跳下来了。那个做豆腐的张把式又看着他说了一句："你要找不着，再搭我车回去，下午我还要往中村送两板豆腐，路过高王胡家村。俺就住在村东头，一打听豆腐张家没人不知道的。"父亲说声谢谢。

父亲在村口上站了一会儿，辨别了一下进村的方向才向村里走去。他要凭着从前的记忆找到那户人家的位置。在村子里转悠了一个多时辰，父亲终于找到那户人家院门前，院门是后换过的，怪不得刚才从这条街走过了没引起他的注意。后来他又回头走过一遍时，看见门开了，一个妇女出来倒水，他一下子看见了院子正中的樱桃树，他的眼皮一跳，这棵樱桃树还在？当年他在四叔爷背上离开这家院子时，看到了这棵樱桃树，就想要是有樱桃多好，他那会儿饿了，见着果树自然会引起条件反射，可惜那不是樱桃下来的季节。他还看见院子里的房屋格局没有变，一座正房，一座东厢房。房子还是老房子，只是年头久了，房顶上的青瓦更显出一种陈旧的黑灰色，在房瓦缝里长出青草来，有两只麻雀在上面蹦蹦跳跳。

"你找谁？"那个妇女看他往院里探头看了半天，警觉地回身问。

"哦，哦，请问这户人家姓张吗？"

"不姓张，姓李。"那个中年妇女回身把院门关上了。

难道他记错了，他摇了摇头，不会呀。此时那棵樱桃树正结满了樱桃，顽强地证实着他四十多年前那个夜晚的记忆。

他又上前敲了门，门开了，又是那个妇女站在门里面："你到底找谁？"

"我想问一下，您是这房子的原住户吗？我是说新中国成立前。"

这回妇女摇了摇头，说："不是，是俺孩子他爷土改后搬过来的。"

"那原来的住户是不是姓张？"他急切地问道。

"好像听村子里人说是姓张。"

"那你孩子爷在吗？"

"他过世多年了。"

"那你男人在家吗？"

"他下地了。"

他蹲在大门外，等了约莫一个时辰，等到了这个叫李河的男人下地回来，这个扛着锄头的男人一边擦着汗，一边听父亲说明了来意："你知道那户姓张的人家搬到哪里去了吗？"李河莫名其妙地摇摇头："俺不知道，俺爹带俺来这村时，俺还小，听俺爹说当时是村里把这户房子分给俺家住的。"看来他真的不知道原来的住户搬到什么地方去了。

从李河家出来，他又问了两户张姓邻居，邻居都不知道，父亲有些失望。看看时候不早了，从中午到现在他还没吃饭，就想先回去了，等过两天再来打听。

他想起进村时那个赶毛驴车做豆腐的人跟他说的话，他下午还要往中村送两板豆腐，就向村人打听着豆腐张家在哪儿，村人指给他，他就找到了那个院子里有一个青石磨盘的豆腐张家。豆腐张刚把三板豆腐装上毛驴车，看到他闪进院子问："回去？"

"回去。"

豆腐张扔给他一个蒲草编的垫子，他坐了上去。毛驴车晃晃悠悠赶出了村。出了村上了来时的路，豆腐张又问他一句："找到啦？"

"没……"

"咋的？"

"人搬走了，现在住的那户人家不知道搬哪儿去了。"

"是哪户？"

"李河家。"

豆腐张听了眉毛挑动了一下，半晌无语。默默走了一阵，他又开口道："你要找的是原先张保田家，你找张保田家做什么？"

"为俺四叔来找他家……"

"做什么？"

"找他家人证明俺四叔加入过共产党。"

豆腐张听了，手里的鞭子一抖："那你找不到了——"

"咋啦？"

"当年张保田家为他儿子当共产党惹了大祸，一家人差不多都叫'还乡团'杀了，只有他儿子张富贵那会儿逃走了，再也没有回来过村子……唉！"

父亲惊讶之余，心里想怪不得从李河和邻居那里打听不到张富贵的下落。而且那两个张姓邻居在他问到张家人时脸上还闪过惊慌的神色。直到这时父亲才知道当年临走给过他地瓜的那个人叫张富贵，他爹叫张保田。

应当说这次张村之行他还是有收获的。毛驴车到了高王胡家村的路口，父亲下了车，他嘴里向豆腐张感激地道着谢，脚步略显沉重地向村子里走去。

夕阳驮在慢吞吞走着的父亲的背上，有一种血色的红晕。

22

隔了两日，父亲又去了一趟张村。这次父亲直接去了豆腐张家，他想好了，一是了解一下张富贵家人当年遭"还乡团"灭门报复情况，二是看看能不能找到点张富贵当年离开村子后的去向线索。

父亲是头晌去的，豆腐张刚刚卖出去几板豆腐回来，正在院子里赶毛驴拉磨，准备做下晌的豆腐，毛驴戴着眼罩，豆腐张不时地往磨眼里下着黄豆，又不时地用刮板刮着磨槽里乳白的浆液。豆腐张像是知道他还会来，并没有停下手里的活儿，说道："你要想再问什么，就进屋去问俺爹吧。"

父亲就走进屋去，西屋的炕上躺着一个七十多岁的老头，瘦瘦的面孔，脖颈细长，褶纹很深，两只眼睛先是闭着，看见来人，浑浊的眼仁睁开亮了一下。看来他行动不便，盖着的被子微微颤动了一下。

父亲把手里的两瓶地瓜烧酒放到柜盖上，扎着围裙的豆腐张跟进来了，他在老人的耳边大声说了一句："这位大国（哥）是高王胡家村来的，他想了解一下张保田家的情况。"

"……哦……哦。"先是有一道惊慌的神色从老人的目光中闪过，接着他沉静下来，待豆腐张又走出去忙，他便向父亲讲述起来。也许是平时很少有人同他说话的缘故，一旦说起话来他黯淡的瞳孔里突然放光，一点也不像七十多岁卧炕多年的老人。老人很是健谈，看来他儿子每天做豆腐太忙了。

从老人的讲述中，父亲知道了张富贵入党以后张家发生的一些事情，这些事情都是随着张家惨案发生后，逐渐被村人知道的，张家的惨案在人们私下的谈论中一度造成极大的恐慌，以至于张村的老人都不愿向张村后生再去谈论这件事，反正张家人已没了好多年了。

老人说，张保田一家在跑日本那年就躲过日本人一劫，村里被人告密，那个帮助八路军的村长被日本人抓走了，张保田他们家人躲了出去得以幸免。第二天村长被人抬回来，遍体是伤，最后是被日本人的刺刀刺死的。说到这个村长时，父亲想起四叔爷曾向家里人讲过这村长，四叔爷一定见过他，这个村长还向四叔爷转交了八路军走时收下他家粮食的银圆。

小日本投降了，他们家堡垒户的身份和张老二秘密党员的身份也都公开了。张富贵还当上了贫协主任兼民兵连长，带头领人分了村子里地主、富农的土地等家产，村子里的大地主张福禄就是他带人抄家押到村子里批斗的，在挖张福禄屋里地窖埋藏的银圆和金条时，张福禄的老婆和小儿子上来阻止，他小儿子还打伤了两个民兵，张富贵叫人把他老婆和小儿子一起绑了，押到村里土台上去批斗。批斗完，因张福禄家抗拒不交财产还打伤民兵，贫协宣布坚决镇压张福禄和他小儿子。

枪毙张福禄父子没多久，村里哄哄传国民党部队要来了，又要跑国民党了，闹得人心惶惶的。一天上午张富贵接到紧急通知去区里开会，走时，他跟家里人说当晚是要赶回来的。张富贵的老婆刘桂花刚怀孕不久，已显怀了。

快半夜时，张保田家响起了敲门声，一直在屋里油灯下等男人回来的刘桂花挺着肚子走出去开门，她刚刚把门闩拿下，嘴就被人堵上了。接着几个人影闪身进了两间正屋和一间厢房，把张保田和他老婆，张富贵他大哥和他大嫂都嘴里塞上毛巾，绑了胳膊带到院子里来。一个阴沉沉的声音低声问："张富贵呢？""他没在家。"刘桂花战战兢兢回答。"去哪儿啦？""去……区里开会了……""跑了和尚跑不了庙，先把他们都带走。"有人上前对着阴沉脸的人耳朵低声问："把他们带哪儿去？""村后的北沙坑……"又是那个阴沉沉的声音，他头上的礼帽压得很低，穿着一身黑衣服，手里拿着一把撸子手枪。"你们两个留在院里守着。"他又挥一下手里的枪。有两个人影应了一声，等他们走出去后，把大门重新关上了。

村后的北沙坑就是头些日子枪毙张福禄父子的地方，到了那里，那个头戴礼帽的黑衣人扑通一声跪下了——"爹，儿子回来晚了……"少顷，他站了起来，目光凶狠地盯着张保田的脸扫视了一下，"穷鬼，我要让你儿子把分我们家的田产都吐出来，我要用你们的命来偿我爹的命！"随后，他向两个手里提着大刀的黑影使了一个眼色，张富贵的大哥和他女人腿一软瘫跪到地上，这个老实巴交的农民吓傻了，他拼命挣开捂在嘴里的毛巾，呜噜呜噜地喊着："别……别杀俺——你们去找俺弟弟去。""你弟弟我一定会找到，不过你得替他先走一步了。"那个阴沉沉的瘦子说，他接过了一个持刀人手里的刀，举起来。"你……你杀了俺，俺弟弟也会找你报……报仇的……"瘦子手起刀落，毫不手软。轮到刘桂花时，不知刚才动手的"还乡团"的人看刘桂花有几分姿色，还是看她怀了孕，动了恻隐之心，他伏在黑衣人耳边低语了两句："留下她或许能抓到张富贵。"可黑衣人不为所动。"杀！"他狠狠吐了一个字。

就这样，在那个黑漆漆的夜里，张家六条人命就惨死在村北边沙坑里。据说张福禄的大儿子带着的"还乡团"的人在张家大门里守了一夜，也没有等到张富贵回来。村里人后来在谈论这件事时，都说幸亏张富贵那一晚没有回来，否则张家一个留后的人也没有了。这同时也给村人留下了各种各样的猜测，有人说那天张富贵去区里开会，开完会就和区里的干部转移了，也有人说张富贵参加八路军到东北去了，还有人说张富贵那天后半夜回来了，得知"还乡团"的人进村了，就偷偷逃走了，至于逃到哪里去了没人知道。这成了张村的一个谜。

如果说后一种说法成立，那么在张福禄的大儿子张子成被抓到，政府在村里开了公审大会，会后把他镇压了之后，张富贵总该回来了吧。有人更倾向于第二种说法，就是张富贵参加了八路军去东北了，在解放东北的战争中牺牲了，所以至今村里也没有他生存的任何音讯，否则总该回村看看吧。

总之，这成了张村的一个谜。父亲听后，也跟着陷入张富贵令人费解的失踪当中……看来想打听到张富贵的下落不是一件容易的事了。

到晌午了，豆腐张进屋，他一手端着一碗小葱拌豆腐渣，一手端着一块新出笼的豆腐，要留父亲一起吃饭，父亲就留下了。豆腐张又从厨房端上一笸箩煎饼和一碗大酱。嫩嫩的水豆腐吃在嘴里满口香，豆腐张的手艺果然名不虚传。

"那张家在外边有没有别的亲属啦？"嚼着煎饼，父亲又问了一句。

"没听说有啥亲属了，张家出了事以后，房子一直空着，后来政府收去分给了外来的农民，这么多年了，也没见张家外边有什么亲戚来找。"

"他老婆刘桂花的娘家人会不会知道他的下落呢？"

"啥？他老婆刘桂花娘家人？都恨死张富贵了……"豆腐张头也不抬地丢出一句。

父亲想想也是，看来想从张富贵亲戚这边找是没啥指望了。

吃了晌饭，下午豆腐张又要去中村送豆腐，父亲就搭豆腐张的毛驴车回高王胡家村了。

父亲回到家里苦思冥想了一夜，想到了从公家这条线索来查找。当年张村上头的区里，是黄县下面的十区。现在叫东日升人民公社，张村生产大队和高王胡家村生产大队都归东日升人民公社管。父亲已打听好了去公社怎么走。

第二天他出门时，五叔王学德问用不用他陪着过去？父亲说不用，就出门了。

五叔瞅着父亲的身影挺奇怪，祖父办丧事的日子里，五叔曾问过父亲一句："啥时回东北？"父亲说，烧完三七吧。可这些日子看父亲整日不着家他就有些奇怪了，不知道父亲在忙些什么。祖父临终交办的事情父亲没有向王家任何人说，父亲是想等找得有些眉目了再和家里人说。

父亲已向东北的家里和单位分别打了电报，说祖父过世了，他得在老家烧完三七再回去。父亲在给家里的电报里还叮嘱我们哥仨要给祖父戴孝，母亲就去商店里扯了二尺黑布，分别给我们仨做了三个黑孝布戴在胳膊上。这是我们头一次戴黑孝布，见人有点难为情。不过那时我们更担心父亲，父亲这么多年没回老家，祖父的过世会不会叫他悲伤过度？只是我们谁都没有想到，父亲正整日为寻找四叔爷入党证明人的事忙碌着。

这天上午父亲赶了四十多里路，走了一身汗，在晌午后找到了东日升人民公社。这是一趟红砖平房，房前有一个刷着天蓝色油漆木条围起的院子，院子阳光灿烂。父亲走进去，站在院子里停下了，他不知该向哪屋去。

"同志，你找谁？"有一间敞着窗子的屋里探出一颗人头来问。

"我……我找……"父亲站在那里不知怎么回答才好，就借故擦了下汗。然后，向那人的屋子走去。他看到这间办公室门上挂着"党办"的牌子。

"您来办事？"那个人很客气地请父亲坐下后，又给父亲倒了一杯水后问。

"嗯。"父亲点点头。随后父亲就向这个人说明了来意。

"您是来搞外调的……"父亲的东北口音使他这样问。

"……不，不，俺只是来查找张富贵这个人，是想让他为俺四叔打个证明，俺四叔是在新中国成立前和他一起入党的，俺小时候见过张富贵这个人，他还给了俺一个地瓜吃……张富贵一家人遇害的那天晚上，村里人说他是到公社，不是，是到十区来开会的，从那以后村里人再没有见到张富贵这个人，俺想组织上是不是知道他的下落……"

这位公社党办的同志总算听明白了父亲的来意，他等父亲喝完了杯里的开水，说："你跟我来吧。"

他把父亲又领进走廊另一间办公室里，这间办公室有三个人在办公，他对一个埋在一堆卷宗里的年轻人开口道："小李，这位老同志来打听一个老党员，是原张村的贫协主任张富贵，你看你知不知道。"随后他又在小李耳边低语了一阵，走出去了。

父亲又把他刚才说过的话重说了一遍，这位公社组织员小李听后，十分为难地说："老同志，您来打听的这个人年头太久了，全公社新中国成立前失踪的党员我这里都没有登记，我才来这里工作八年……再一个你要通过查档案查找，得有单位介绍信，还得是党员，你有介绍信吗？你是党员吗？"

父亲连摇了两下头，脸上流露困惑失望的表情，这表情和刚才一进院脸上的阳光灿烂形成了强烈的反差。

"那真对不起，让您白跑一趟了。"

父亲默默站起身来，要往外走了。刚刚走到门口时，忽听身后那个李组织员又叫住了他："等等，我可以给你提供一个人，或许他能知道你要找的这个人，这个人在公社干了三十多年组织员工作，现在退休回家了，我是八年前接替的他。"

"谢谢！"父亲回过身来，紧紧地握住了李组织员的手。父亲的手发烫。

23

按照公社组织员小李告诉他的住址，父亲出了公社大门就去找了原公社组织员陈平山。陈平山家住在公社偏西头，一间矮矮的茅草房，院前种着一排向日葵。到了院门前，看见门上挂着一把锁，问东院一个在菜园子里铲地的邻居，他说到公社光荣院里能找到陈平山。父亲又照他说的光荣院地址打听着去了光荣院。

东日升光荣院在公社的东头，挨着一处水库，水库岸堤到光荣院的房后是一大片人工杨树林，郁郁葱葱的。光荣院的大院门口有个门卫房，门卫问父亲找谁，他说找陈平山。门卫就放他进去了，并告诉他陈平山在那排红砖房的第三间屋子里。

这个时候是下午两点多，光荣院的大多数老人还在午休，温热的阳光照在院子里很安静。父亲也放慢了脚步……在从公社出来去陈平山家之前，那个组织员小李也告诉过父亲："你最好去公社光荣院找找看，他平时都是在光荣院的时候多。"小李还告诉他，公社的光荣院住的多数是抗战时期、解放战争时期和抗美援朝时期负过伤的无家人照顾的复员老兵，没准在那里能打听到要找的人哩。

"……张营长，你别管俺，你带着人快撤退，俺是党员俺留下来掩护……冲啊——"从那间屋子里传出一阵梦呓声，是床上一个七十多岁的老人嘴里发出的。

这间屋子里摆着四张床，有两位老人躺在床上睡觉，一个瘦瘦的老头戴着墨镜倚在床上的行李卷上听收音机，另一位空着一只袖管的老人倚坐在床上，他的双腿平放在床上，一个人背对着门口坐在一只矮凳上在用双手给他按摩脚，这个背对着门的人影剃着平头，发茬已全白了，背有点驼。

"你找谁？"床上那个戴墨镜的老人移开收音机问。父亲的脚步刚刚移到门口他就听到了。

"我找陈平山。"

"小陈，找你的。"

"请等一下。"那个背对着门口的人开口了，他并没有回过身来。

父亲就站在门口了，那个戴墨镜的老人又重新把收音机贴到耳朵上，收音机里在放《智取威虎山》的京剧片段，他还跟着摇头晃脑。敞着的窗子射进的阳光很足，照在他的墨镜上。父亲这才发现他双目失明。

约莫过了半个小时，陈平山给那个空袖管老人按摩好了，他起身端起地上一盆洗脚水走出去。这时床上刚才那个喊梦话的老人也醒了，他坐起身来，下床穿鞋时，父亲才发现他右腿安的是假肢。

"你找谁？"

"他找小陈。"不等父亲回答，刚刚按摩过的那个空袖管老人替他回答了。那个假肢腿老人盯着他又要问什么，出去倒水的陈平山回来了，对他说一句："您跟我到外边来吧。"父亲就跟他走了出去。

"您找我？有什么事吗？"到了院子里，陈平山上下打量问他。

"是你们公社小李同志叫我找你的，我想向你打听一下张富贵……"

一听到这个名字，陈平山的眼睛突然一亮："你是他们家的什么人？"

父亲摇摇头，又把来意重新向他说明了一下，见陈平山听得很仔细，就说："听说您早先在区里和后来公社里做了三十多年的组织员，张富贵的事您一定清楚些吧。他是在抗战年间就入党的老党员了。"

"……是的，我知道他，三十年前来区里开会那个晚上最后见他一面的人也是我，而且他们家发生惨案的事我也知道……这么多年，我也一直想打听他的下落。"陈平山慢慢沉浸到回忆中，这正是父亲所期待的。不过，他很快收起了回忆，因为屋子里又传来了喊他的声音。

"王同志，这不是一句话两句说得清的，您等等我好吗？晚上跟我回去说。"

父亲说："好，您先忙您的。"

陈平山就折身走回屋去了。院子里陆陆续续多了晒太阳的老人，还有坐在院子石桌旁的石凳上下象棋和下军棋的。

父亲重新走进屋去时，看见陈平山正坐在床上同一个胖老头下军棋。陈平山看他进来，把屋里的每个人向他做了介绍，年纪最大的是那个一条腿假肢的老人，他姓战，今年七十八岁，是一位参加过抗战的老兵，腿炸断时是一名班长。年龄排第二的是刚才陈平山给按摩脚的那个老人，姓陈，七十五岁，还是陈平山的一个远房叔叔，他是攻打济南城时胳膊中弹后截肢的，复员时是解放军的一名连长。戴墨镜的这位老人是四野部队的一名侦察排长，姓孙，七十岁，参加过解放长春和沈阳的战役，入关攻打天津时，被守城的敌人打瞎了双眼，就被送回老家了。和陈平山下棋的这位老人年纪和陈平山差不多，六十八岁，姓杨，参加过抗美援朝战争，是一名营长，他的耳朵被美军大炮震聋了，而且他参加长津湖战役时，身体受过严重的冻伤，肩部、腿部和腰部神经受到严重损伤，一到阴天下雨，他就浑身疼得睡不着觉。

听说父亲是东北来的，姓孙的老人就放下手里的收音机，凑过来："东北那疙瘩还那么冷吗？冬天的雪可以下到没腰深吗？"父亲点点头，说："冷，这时候山顶上的雪还没开化呢。"孙排长又说："俺们围长春时，就化雪水喝。还有沈阳的火车站还那么堵吗？"父亲说："不堵了，沈阳站可以同时对发十对列车。"孙排长就咂咂嘴，说："是吗，等什么时候俺再回东北看看。"

那边陈平山和杨营长一声不吭，倒是站在一边看的战班长叫了起来："他营长怎么能吃了你团长呢？不行，他搞错了。"陈平山温和地笑笑，"叫他吃吧，你没看我还有一个团长吗。""那也不行，营长怎么能吃团长呢？"他又动手把吃掉的团长重新摆到棋盘上，杨营长又给他拿掉了，无论他怎么喊，杨营长就是不看他，陈平山就坐在那里温和地笑。这盘棋就走得很慢，吸引了父亲过去看。父亲也是下过军棋的，看棋盘上的棋子都翻过来了，白棋即使被红棋吃掉团长也占有绝对优势。陈平山一直坐在那里微笑。红棋的两个营长都在，并且各有一枚炸弹掩护左右。战班长又一次把吃掉的白棋团长放到棋盘上，并且用一只干枯的青筋毕现的手摁住了。杨营长抬头看了看他，又看了看屋里进来的这个生人，终于明白他喊的是什么了，把棋盘一推，大声说道："营长怎么不能吃团长呢，在朝鲜战场上，俺就活捉过美军的一个团长！"他这样一说，屋里看棋的和不看棋的都不说话了。

"好了，你该吃药了。"陈平山对老战头说，他下床去拎了暖瓶往一个白缸子里倒水，又给他拿了两个白药片，看着他把药片吞进嘴里。

"小陈，我们到院子里去走走。"戴墨镜的老孙头说。陈平山把床头一个竹节拄棍递到他手里，又对床上的老陈头说："叔，你去不去？""去吧。"陈平山一边说着，一边引着老孙头和老陈头走出去了。

院子里的人好像都认识他，不断有人同他打招呼。陈平山也笑着同人家点点头。那个穿一身灰干部服的院长从院子里走过，也同他打招呼："小陈，你有客人。"陈平山点点头。父亲看了他一眼，那个院长看上去最多四十多岁，也叫他小陈？

陈平山今年六十八岁，团圆脸，生就一副娃娃相，再加上手脚勤快，看上去比实际年龄年轻些，可那个院长总不该这样叫他小陈吧。

太阳落下去了，养老院开饭了。陈平山就带父亲离开养老院往他家走了。到了家进院，陈平山先走进菜园子，从地里拔了几个红红的水萝卜，又拔了一把青绿的小葱，走进屋里，又从房梁吊着的一只腰筐里拿出几卷煎饼来。在炕上放上一张炕桌，那炕桌的一条木腿已朽烂成半截。

"不好意思，王同志，让你对付一口了。"

刚才在养老院里，那个院长本来要留陈平山和他一起吃晚饭，陈平山谢绝了，养老院晚上刚从水库新打上来鱼，院长看他有客人要他拿一条回去。他也谢绝了。

"您就一个人过吗？"父亲打量了一眼屋里，屋里空荡荡，没有像样的家什。

"老伴在头些年走了，一个儿子在外边当兵。家里就我一个人，这些年也习惯了。"陈平山笑笑，盘腿坐在炕上。桌上的水萝卜刚用井水洗过了，水灵灵的有些透明。陈平山先拧断两根萝卜缨子蘸了一口酱，嚼了起来。

"您不介意吧？"

"介意什么？"

"晚上住在我这里……"

"怎么会呢，给您添麻烦啦。"

刚才在路上时，陈平山问过他从哪里来，父亲告诉他从高王胡家村来，陈平山说高王胡家村离这里有四十多里路，那你晚上别走了住下吧。父亲答应下来。

"他们为什么都叫您小陈？"

"我十几岁就在区里工作，那时大家都叫我小陈，后来许多老人一直叫我小陈，叫习惯了，再后来认识的人也跟着这样叫了……"

"怪不得，看来您真是这里的老人了……"父亲心下暗自思忖看来找对人了。

"……您向我打听张富贵对吧，这个人我记得他，一晃快有三十年了，真是不抗混哪……"陈平山露出一种慢慢沉入回忆的神色。

"……我还记得那天还是我通知他到区上开会的，因为国民党部队要来了，区里通知各村的党员干部到区里来开会，动员大家能转移的就跟着区县武装大队转移，不能转移的就投靠亲戚躲一阵，先隐蔽起来。记得开会那天，已传出胶东别的县已有村干部被'还乡团'杀害的消息了。各村来开会的贫协主任和民兵连长听说了都有点紧张。但一听说要跟着区里县里干部一起转移，大家又议论纷纷，上级是不要求这些村干部家属跟着走的，要家属能投亲靠友的就投亲靠友。那天的会开得挺晚，散会后就要各村干部回去告诉家里一声，跟区里转移的第二天一早就赶到区里来统一走。那天我本来是动员张富贵和区里武装队一起转移的，张富贵是张村的民兵连长，枪法很好，张富贵本来也答应了和区里武装队一起转移，可是他有点放心不下他媳妇，他媳妇快生了，他说他得把他媳妇安置好，把她送回娘家村里去，然后再一早赶回来追赶区里转移的同志。他从区里走时，是我送他到路口的，他走的时候已经是夜里快九点钟了，从区里到张村有三十多里的路，我给他算了一下，他走到张村得半夜了，再送他老婆回刘洪村然后赶回区里来还要有四五十里的路，天就得大亮了。我还问了他一句，他老婆能不能让他大哥给送回娘家去。他听出我的意思，说他快点走，回去也不歇脚，明天清早能按时赶回来，你就放心吧。他说这话时还冲我笑了笑，随后就大步流星走进夜色里去了……

"谁想第二天都大亮了他也没有赶回来，我和区长正等得心焦时，忽然一个民兵从张村跑回来，慌慌张张说，'还乡团'昨天半夜里摸进张村，把张富贵和另外一个村干部的家属都杀害了。我一听，心想坏啦，张富贵一定遭遇上'还乡团'遇害了，'还乡团'之所以半夜先摸进村就是冲着张富贵去的……我了解他们村的地主张福禄的儿子张子成，是一个非常有心计又心狠手辣的人，村里土改又是张富贵带人把他爹镇压的……

"我们也就不再等了，迅速从区里转移了。区里干部和武装人员转移到别的地方，后来又听说张富贵一家老少在那天夜里遇害，张富贵并没有遇害，张富贵一直没有在村里露面，张子成和他的'还乡团'在村子里住下后，曾四处寻找过张富贵，并扬言赏人大洋和金条也要抓到张富贵，为他爹报仇。

"张富贵那天夜里没有遇害，我们也做过两种猜测，一是他看到村子里摸进了'还乡团'就没有进村，会回来找我们，可是他并没有回来找我们。二是他返回来找我们时已经晚了，我们已经走了，找不到我们他兴许先找个地方躲起来了。可是这两种猜测随着他下落不明我们又都推翻了。因为两年以后，解放军解放了胶东，我们部队又打了回来，张子成也被抓到镇压了，按说他可以回来了，可是他并没有回来。我又想，他是不是参加了解放军跟着部队走了，因为他们家里也没有什么人了。在国民党来了的时候，有很多青年就参加了解放军，可是无论是在华东野战军当过兵的我远房叔，还是跟到四野去当兵的孙排长，我问过他俩也委托他俩打听过。部队每年统计战士的原籍，他们都没有看到或打听到本乡张富贵的名字，就连历年阵亡的名单我也向县民政部门打听过了，也没有。你说奇怪不奇怪？

"你要问我这么多年为什么还想着张富贵，因为我一直是区里后来是公社的组织员，我负责党员统计工作，每隔两年全区的党员我要重新做一下统计，死去的或调走的党员我要从名册上画去。张富贵一直在我统计的党员名册里，因为他既不能算调走也不能算死亡。每次统计写下他的名字时，我都会想起和他分手那天晚上的样子来，一笑露出两颗小虎牙……唉，这么多年了，一点他的消息也没有。"

陈平山絮絮叨叨向父亲讲述了这么多，父亲觉得陈平山是个很细心的人。两人躺在炕上好久也没有睡意，父亲过了一会想起什么又问了陈平山一句："张富贵在那天晚上他家人遇害后，到没到过他媳妇的娘家去过呢？""到过，我们后来也去他媳妇娘家查问过，不过问到的是他被他媳妇娘家人轰走了，唉，两条人命呢，才刚刚过门一年多就遭此不幸……"

父亲又问："那后来组织上通没通过组织关系向外查找过？"

"查过，我当组织员那会儿还跟着去跑过外调，可查来查去也没查到什么线索。刚解放那会儿，像他这样失踪的党员很多，查到的线索一断，就很难再查下去了。"陈平山说着叹了口气。"但是党组织始终没有放弃过寻找他们的下落，现在也陆续找到了几名失联党员……

"很多人都是通过家人亲属来查找的，可张富贵家人都被灭门了，这就难办了。"

"你知道张富贵还有没有什么亲属在外村？"

"张家在本地没什么亲属，只是在他最早一个登记表里填过一个远房亲属，好像是房家村的，是他姑家一个表兄，我也想不通他为什么填这么个表亲属，因为那时的党员登记表除了要求填直系亲属外，还要填一个不是直系的亲属，他可能就是因为这个原因填了表哥的名。在张富贵失踪后，我们也派人去这个亲属家打听找过，可是并没有打听到任何消息。"

陈平山深深叹息一声，聊困了，很快睡着了。父亲走了一天的路，也累了，想了一会儿也睡着了。

第二天早上醒来，看陈平山已早早起来在菜园子里忙活了，他又拔了不少水萝卜和小葱，还有香菜、菠菜。看父亲起来了，说饭热在锅里，叫他自己吃，他得给那老哥几个送点园子里新鲜的蘸酱菜过去，他们就得意这口。

吃过了饭，父亲又到光荣院去向陈平山告别，陈平山刚给他的远房叔洗过脸，走出来，对他说，如果你要打听到张富贵什么消息回来告诉我一声。

父亲说，好的。看来张富贵的下落不明，也是组织员陈平山这么多年的一块心病了。

24

刘洪村离东日升公社只有二十里地，父亲离开公社后，看看上午时间还早，就想到刘洪村走一趟。在一个路口他拐向了刘洪村，在路上他脑子里还在想着，如果那天夜里张富贵把刘桂花送到娘家后，再回到区里和大家一起转移，这个路线设计是合理的。只是他回村晚了一步，这一步就要了两条人命啊。

走着走着，父亲头上就冒汗了。他站在路边歇了下脚，掏出手帕擦擦汗，又接着走。地里绿油油的庄稼长势挺好。

两个小时后，父亲走到了刘洪村。问人家刘桂花家在哪儿，没人知道，一问刘年的名字就知道了。幸亏他问过刘桂花爹的名字，陈平山记得张富贵填的党员登记表里有刘桂花爹的名字。

父亲走进刘家院子里，一个中年妇女正在喂鸡，那群鸡争先恐后抢啄她撒在脚下的玉米粒。一抬头，见院子里进来一个人影，停住了手问："你找谁。"

"我找刘大爷。"

她冲窗里喊了一声："爹，有人找你。"

屋里一个七十多岁的老人颤颤巍巍走到门边，用手遮到额头上，看了父亲半天说："俺不认识你，你是谁?"

父亲说："我是从高王胡家村来的，能进去和您老说话吗?"

"那你进来吧。"老人说。

他走进老人住的西屋，他看见院子里喂鸡的妇女随后走进东屋去，门上的白布帘在动。看来她是老人的儿媳。炕头上放着几个空药盒。

等老人盘腿坐在了炕上，父亲才说："我来是想向您打听一下张富贵的事。"

老人像是没听清他说的话，怔了怔呆木的脸，随后又问了一句："你说谁?"

"张富贵，您以前的姑爷。"

这回老人听清了，脸上突然有了变化，阴沉下脸说："他不是俺姑爷，他是来讨债的……"过了一会儿，他又说，"这个该死的东西，俺闺女替他偿了命，这么多年一直没来还俺闺女的命……"

"那您知道他去哪儿了吗?"

"俺不知道他死哪儿去了……这个说话不算数的东西……也都怪俺当初把闺女许配给老张家……是俺害了桂花呀……她还那

么年轻就……呜呜……"老人说着说着哭了起来，他嘴角歪咧着，右肩胛和右手臂抽动得厉害。

这个时候东屋门帘一挑，他的儿媳妇走了进来，对父亲说："你别再刺激他了，现在一说到俺那个大姑姐，他就哭个不停。"

"对不起，我让老人伤心了。"父亲嘴里道着歉，心里却还想从他嘴里知道些什么。

"你要问什么，等俺男人收工回来再问吧。"她在炕上放好一个枕头让老人躺下了。老人嘴里又呜噜呜噜不知说些什么，在女人的哄劝下总算平息下来。

父亲识趣地和她走到院子里去，又听她说道，俺公爹十年前得了脑血栓，这两年才能下炕走路。他刚才在炕头上看到放着的药盒了。

那群鸡见女人走出来，又围拢过来，她踢了一脚，走到房头的鸡窝下摸了一把，空缩回了手喝道，就知道吃，也不知道甜活人！那只大白公鸡倒是一抻一摆地抖着通红鸡冠跟在她左右。

快中午时她男人刘桂树从生产队收工回来了，看到院子里站着一个陌生人，就把他媳妇拉到一边去问了什么。然后走过来问他："你是公家来调查的？"

父亲摇摇头说："不是。"

"那你来打听那该死的东西干什么。"他眼里透着一种怨恨。

"俺想找到他给俺四叔打个证明。"

"证明什么？"

"证明俺四叔是一名共产党员。"

"俺还想找到他为俺姐证明是为他而死的呢……可是这个家

伙自从跑走了后再没回来。"

"你姐死后他来过你家吧，他都说了什么？说没说他要到哪里去……"

刘桂树摇摇头说："他没说……那天晚上他是抱着俺姐一颗人头来到俺家的，俺爹和俺都吓坏了，他痛哭流涕地说，他一定要给俺姐报仇！可是张子成都被政府枪毙了也没见他回来过……这个说话不算话的家伙，想起他来俺就觉得俺姐死得冤。"

"这么多年，你们一点他的消息都没有吗？"

"没有，他的良心喂狗去了……"刘桂树呸地吐了一口痰在地上。

父亲觉得该走了。

下午回到高王胡家村，父亲打算第二日去房家村。房家村在黄县的西北角兴隆公社，离高王胡家村有八十多里地。父亲回到高王胡家村祖母家里时，给单位写了一封信，在信里他跟单位说明，他在寻找他四叔的证明人，可能会耽搁一些日子回去。收信人他写的是白茂林收，他想白副主任会允准他的假期的。信写好后，他想明天路过中村镇，那里有邮政所可以发走。

晚上父亲睡在西厢房里，躺下时脑子里还在想着找人的事，还在想着小时候在张村见过的那个人。夜里就做了个梦，他梦见那人给了他一书兜熟地瓜叫他路上吃，等他把书兜里的东西倒出来时，却倒出一颗人头来，是刘桂花的人头，他一下子吓醒了！

吃过早饭离家时，祖母给父亲书兜里装烤地瓜和火烧，叫他路上吃。他又想起那个梦来，他有一种不好的感觉，他今天去那里还打听不到张富贵，梦都是反着来的。但不管能不能打听到张富贵的消息，去了也就死心了。

父亲走到中村坐上了发往县城的长途汽车，在县城又中转去兴隆公社的长途汽车，下午汽车到了兴隆公社，他又步行二十多里赶到房家村。天气越来越热了，他穿着长袖衬衫都走热了。他本来有些黑的皮肤，这些日子在外奔跑，晒得更黑了。

父亲在村子里打听到张富贵那个远房姑表兄的名字，就径直找到了房小谨的家，他的表兄和表嫂还都健在，都是七十多岁的人了。房小谨一看就是老实巴交的农民，见到生人来家，眼里流露一种怯色。倒是他老伴张罗着给客人让座，又递上一个烟笸箩，并为父亲卷了一支叶子烟。

问父亲打哪里来，他说从东日升公社高王胡家村来。两个人同时吸口气，好远的路呢。

见两个老人不问他来干什么，父亲就直接说了："俺来是想打听一下您的亲戚张富贵。"

房小谨听了手里的烟锅一抖，差点烟末都撒到炕上。他与老伴对视一眼，老太太说："你找他做什么？"

我找他打个证明。

"俺不知道……"这回房小谨抢先说了。

事情果然像他早上出来预料的那样，父亲倒也不失望了。他有一句没一句地同老太太拉着家常。得知他们家有两个儿子一个闺女，闺女嫁到外村了，两个儿子都在村子里立门户单过。他们老两口身体还硬朗不愿给儿子添麻烦。

看看日头偏西了，父亲站起来要走。老太太说这么远的路你怕是赶不回去了。父亲也有点为难的样子，犹豫着停下脚步望着她。"不如在俺家住下吧，明早去赶车走。"这正合父亲意，他嘴里说给你们添麻烦了，眼睛看着她男人，老头脸上有点不自然，没说留也没说不留。父亲说俺住厢房就行，饭俺自己带着呢。老太太就把父亲领到厢房里，进了厢房，告诉父亲在院子里打水洗脸。父亲放下背篓去院子里水缸打水想洗把脸，看水缸里水不多了，就挑起水桶去村子的水井挑水，挑了三趟水缸才满。洗了脸他刚进屋，老太太端了大酱和大葱、小白菜进来，说自个院子里的，就口酱吃吧。父亲谢过，老太太并没走，站在那里问他一句："你真不是公家人来调查张富贵的？"

"不是。"父亲看到老头的脸在正房窗口往这边瞅着。

老太太出去了。

父亲吃完大葱蘸大酱和自带的火烧，一直等到天黑透了，才要睡，那个老太太又敲门进来，她送过来一顶蚊帐，说夜里蚊子多。父亲有些感动，谢过大婶。又说："听口音您老不是黄县人吧？"老太太说："俺是掖县人，俺十七岁嫁过来的。"

老太太犹犹豫豫又说："你要找到张富贵打证明有什么用？"

父亲说："为俺四叔，俺四叔早年死得不明不白，俺四婶一直在为他守寡，还带着一个孩子过得不容易。俺四叔是和张富贵一块入的党，现在只有他能证明俺四叔是党员了。"父亲按照刚才想好的说。

老太太脸上有了变化，她悄声说："你别怪俺当家的，他一直胆小怕事，特别是他表兄弟一家出了事后，他当时更是害怕和他表弟有什么瓜葛。"

父亲赶紧问："这么说张富贵家出事后，张富贵来过你们家？"

老太太叹了一口气，说："……唉，来过，那天夜里他表弟来，要在这儿躲些日子，可俺那个当家的，一听他全家人都被杀了，就吓坏了。叫他兄弟快离开这里，说不定还有人在追杀他，俺当家的怕惹祸。他兄弟在俺家住一晚，第二天他走时，是俺叫他往掖县走的，去找俺的一个堂兄，叫他提俺让他找的，俺那个堂兄是一个热心肠的厚道人。俺当家的叫他别再回黄县了，他来过俺家的事，他不向任何人说，以免害他的人再去掖县找他。他兄弟走时还给俺磕了个头，俺说你别怪你表兄吧……他说他不怪，就走了。隔了两年有公家的人来俺家打听他，俺也没说出他的去向。因为他兄弟走时也告诉过俺，说谁来找他就说他没来过这里。他走了这么多年一点音信没有，俺也没回去过掖县，他是死是活俺也不知道。"

父亲心下明白了。这老太太的话倒叫父亲心里一亮，看来她真是一个善良的好人。

父亲这一夜睡得很踏实，第二天一早起来了，看房小谨出来倒尿桶，他打了一声招呼就走了。不知老太太跟没跟他说昨夜里告诉他的话，父亲感觉后背有一双目光一直看着他走了挺远。

父亲昨天夜里临睡时还在想，今天要不要返回高王胡家村去，过两天再去掖县寻找。但早上醒来他一想，去掖县从兴隆公社走近，能少走八十里，他问过老太太了，这里去掖县她说的她堂叔家那个村，还要走一百六十多里地，如果返回高王胡家村去，还要加上八十里地，何必再多走八十里地，不如直接就从这里走好了。只是这次去掖县恐怕得好几天才能回来，怕家里惦记才想先回高王胡家村的。现在他顾不了那么多了，越早找到张富贵越好，一想到他终于打听到三十多年前他见过的那个人，父亲就恨不得马上见到他。

到了兴隆公社长途车站点，打听到恰好有一趟从黄县发过来到掖县去的长途汽车途经这里，父亲就在公社长途站牌慢慢等了起来。这趟行程会很长，他带的干粮已吃光了，就去附近供销社里买了一包饼干带上，这包饼干花了他一斤全国粮票和一元两角钱，他还是头一回这样为自己在路上买这么多饼干，那个营业员还看了他一眼。显然看出他不是当地人，看他的打扮也不像县城里下乡来的干部。父亲还买了一包葡萄烟，他带的黄烟叶也不多了。这样为自己破费对父亲来说也是破例的。日头晃着从供销社门里出来的这个人的脸，他的脸上有一种按捺不住的喜色。

　　我能想象父亲当时心情有多么兴奋和激动，到了掖县马家庄就能找到张富贵了，找到了张富贵就能给四叔爷打证明了，四叔奶家的日子就会有所改变，他还想到了远在东北的我们因为有了四叔爷这样一个身份，入团、当兵再也不会受到家庭的牵连了，甚至他入党因为有了四叔爷这样的身份也不会再有什么障碍了。一想到这些，可想而知父亲的内心该会多么激动啊！

　　父亲站在那里等车时，嘴里还点了一支烟卷，然后悠闲地打量着这个陌生的地方。旁边供销社门脸上一行红漆字是他熟悉的，发展经济，保障供给。苔青商店水泥门脸墙上也有这样的字。这样一个陌生的地方，此时在父亲眼里也变得格外亲切起来。

25

　　长途汽车到了掖县县城是下午两点钟左右，在这里可以中转往乡下去的班车，在县城汽车站他看了一下往乡下发的车次，下午四点钟有一班途经马家庄的汽车。可是他等不及了，打听到了从县城去马家庄是二十里的路程，就迈开大步往马家庄去了。午后阳光很足，走不一会儿就叫他的额头和后背出汗了。

父亲风尘仆仆、心情兴奋地走进马家庄，他看了一眼手表，刚刚四点钟。太阳还在村庄农户家院子里向日葵上吊着。他问了一下马本力家怎么走，有人就指给了他。

他走进这户农家院子，菜园子里有一个人影在铲地，他刚要开口问，却愣住了。眼前的人影有些面熟，他想起来，这不是在大连客运码头让给他船票的那个掖县人吗？父亲的脚步声也惊动了他，他抬起头来也认出了父亲："是你——"

"是你？"

"你找谁？"

"俺找马本力。"

"马本力是俺爹。"

父亲又是一阵惊讶。

"爹，有人找你——"他冲敞着的窗户喊了一声。

一个四方红脸膛、满头鹤发的老人走了出来，他望了望院子里站着的父亲，问："你是谁？打哪儿来？"

父亲说："俺叫王学业，俺是从黄县来的。"

"你有事？"

"是马秋凤叫俺来的。"

老人一听眼睛亮了一下，冲菜园子里的人喊一声："憨娃，去村里割二斤肉来，家里来客了。"随后对父亲说道，"快进屋——"

憨娃走过父亲身边看他满头是汗，问他："你是从县城走过来的？"

父亲点点头，说："是的。"

"看你不是下力的，这条道俺常走，你进屋歇歇脚。"

老人把他让进屋，老伴又给他倒一杯水放在炕沿上。

"俺这个妹妹家里还好吧？"老伯问。

"她家里还好，我刚刚去过她家里。"

"你是俺妹妹什么人？"

"俺是来找张富贵的。"父亲急不可待地说，眼睛向屋里屋外打量。

老人一听这个名字，身子抖了一下不说话了。这时他的儿子憨娃马广海也买肉回来了。他老伴接过了肉，拿进厨房去。

"你是张富贵什么人？"老人又狐疑地问。

"俺不是他什么人，俺是替俺四叔来找他的……"

"你四叔谁？"

"俺四叔叫王秉义，新中国成立前是和他一块入的党，俺找他打个证明，俺四叔也过世了，家里只有俺四婶跟俺堂弟一起过……"

"张富贵在哪儿？"父亲见老人半天没吱声，终于忍不住问道。

"张富贵在村外……"

"在村外？"父亲不懂。

"张富贵他死了。"

"死啦？"父亲手里一抖，手里的水杯差点掉到地上，他觉得眼前有点发黑。

"憨娃，带他到富贵的坟上去看看吧。"

父亲是脚步有些发软地跟着憨娃向村后的一条水渠走去的，

168

和进村来时不一样的是，此时父亲的心情真是沮丧极了。他通过千辛万苦的寻找好不容易找到掖县来，这个人竟然死了。一天阳光灿烂的心情，就像这快要从庄稼地里坠落下去的夕阳一样匆匆收走了。憨娃和他在大连客运码头票房子刚见到时一样，闭着厚嘴唇很少言语。

在村后一条人工渠的岸边高岗上，立着一块青石墓碑，石碑上刻着：张富贵同志之墓。生于1925年7月21日，卒于1958年4月1日。石碑背面刻有简短的文字介绍：张富贵同志生前系马家庄村民兵连连长，1943年参加中国共产党。1958年4月1日在带领马家庄民兵连开凿马家庄人工渠排除哑炮时，壮烈牺牲。

石碑后面的坟包上，青草已长得挺高了，憨娃转到坟包旁蹲在那里拔了拔青草。父亲站在墓碑前鞠了三个躬。残阳照得石碑上的字如血一样红。一只从草丛里飞来的黄蝴蝶突然落到墓碑上，父亲怔了怔。

"你见过他吗？"走在回村的路上，憨娃问他。

"俺见过。他还给过俺一块地瓜吃。"

"他死的时候，俺也在工地上，他的头被炸成了血葫芦，他躺在俺怀里跟俺说，他要死了，把他的坟冲西南方向，那样他就能看着家了。他的家离俺这儿挺远吗？"

"挺远。"父亲心力交瘁地说了一句，可他又在心里想了一下，张富贵应该是1947年秋天从老家过掖县这边来的，到他过世已有十年了，这十年他就没有回去过一次黄县张村吗？这样想着嘴里就问了一句："他来这里再也没回过黄县？"

"没有，他从来俺这儿就再没有回去过，他跟俺说过，他老家回不去了，他老家没啥人了。"憨娃说。

两人一前一后走进院子里，一股炒菜香味儿就扑进鼻孔来。炕桌已摆好，三只牛眼酒盅也倒满了酒，马本力端坐在炕桌前，见父亲进屋，说："看过啦？"

　　"看了。"

　　"那好，脱鞋上炕喝点酒解解乏。"

　　吃饭中，酒过三巡之后，老人慢慢讲起了张富贵来到这里以后的经过……

　　张富贵刚来马家时并没说他父母和他妻子遭"还乡团"杀害的事，可马本力从这个年轻人的眼睛里看出他心里藏着一团仇恨的火焰。从来到马家，他很少说话，特别是家里的事更是很少提起，只是说村里来了"还乡团"，自己是和区里连夜转移人员掉队了，黄县张村无法待了，才不得已到表兄家躲一躲，表兄胆小怕事，这么着表嫂马秋风才又介绍他到掖县躲一躲。马本力爽快地说："都是亲戚连着亲戚，你只管住下来。俺知道俺那个堂妹夫胆小怕事。"这样一说倒也叫张富贵心安了，好在马本力和堂妹家平常没什么来往。

　　张富贵刚来这里时原本是想暂住一段日子再回黄县去，他跟马本力说他还得回去寻找区里转移人员，找组织报到。马本力是马家庄贫协主任，只不过他们这里没有"还乡团"，他的身份也就半公开着。马家庄的土改比黄县张村搞得晚。张富贵刚来时，身上带着两件东西，一件是驳壳枪，一件是随身带的党员证。马本力听说张富贵在张村时是民兵连连长，就叫张富贵帮着把村里民兵连给建起来，张富贵枪打得好，就叫他教村里民兵打枪。马本力看到张富贵的党员证后，就叫张富贵把党员关系临时落到马家庄的临时党支部里，马本力是负责人。张富贵也同意了。

张富贵每天带着村子里挑选的青壮年民兵骨干在村后沙岗林地里进行训练倒是兢兢业业，那时掖县上级也要求各村尽快把民兵组织起来，准备打仗。张富贵每天都起早贪黑在训练场忙活，区里发给村里民兵的枪支少，只有十支，张富贵就把民兵分成两伙，一伙在早上训练，一伙在下午训练。马本力也让他的儿子憨娃参加了民兵连，让张富贵带着一起训练。

张富贵住在马本力家里时，就和憨娃住在西厢房一个屋里，张富贵也挺喜欢这个不多言语的后生。每日早起，带他一起到村后的训练场，晚上又一起带他回来。憨娃很喜欢张富贵那把驳壳枪，训练时，张富贵就叫憨娃练习平举驳壳枪往枪靶上瞄，憨娃有力气，觉得平举驳壳枪太轻了，张富贵就叫憨娃在枪管上用绳子吊着一块石头站在那里平举。一站就是两袋烟工夫不动。憨娃就不说驳壳枪比长枪轻了。

一天夜里，张富贵说梦话把憨娃惊醒了，憨娃睁着眼看着他。等张富贵满头是汗地醒来，憨娃坐在他头前说："你说梦话了。"张富贵问："我说什么啦？"憨娃说："你说你爹叫人杀了，你媳妇也叫人杀了，你要回去找那个张什么成的人报仇。"张富贵听了一翻身坐起来，惊慌地对憨娃说："俺说梦话的事不要向人讲。"憨娃点点头。"你爹也不要讲。"憨娃又点点头。

张富贵又带着民兵在村外训练了一个月，民兵都会打枪了。这时候张富贵来到马家庄已经四个月了，张富贵有点心焦，嘴上起了火泡。马家庄村上除了马本力是党员外，还有另外两个党员，加上张富贵是四个党员。他们四人秘密开会商量事情，也传达上级最近敌情通报。从通报中，张富贵得知，黄县地面的国民党军队还没有撤走，"还乡团"活动还很猖獗，那边的党组织还无法联系。张富贵就想黄县一时半会儿怕是无法回去了。

憨娃一天下半夜起夜，看身边的被窝里空着，墙上挂着的那把驳壳枪也不见了，还有张富贵的衣服。憨娃一惊，就去东屋里叫起了他爹。

马本力和憨娃抄近路追了半个时辰，在一个路口追上了张富贵。

"富贵你要干什么去？"

"俺要回黄县张村。"

"回去干什么……找'还乡团'报仇吗？"

张富贵看一眼他身后跟着的憨娃，就什么都明白了，说："是的……"

"可你现在是马家庄的民兵连连长，你走了民兵连怎么办？"

"民兵我已经训练好了，别人也可以把民兵连带起来。"

"可你还是一名党员，我们干革命不是为了报家仇，而是为了解放全中国，你忘了入党宣誓说过的话了吗，你这样脱离组织去报仇，还是一名共产党员吗？"

张富贵听了猛地一震，看了看马本力，无力地蹲下身子，捶了一下头，而后跟着他俩回去了。

"你说一个人心里装着秘密的话，活着该有多沉重啊……那晚要不是他出走憨娃告诉了俺他全家都被'还乡团'杀害了！俺还不知道他有这么大的难！唉——"马本力呷了一口酒，看了父亲一眼，深深地叹口气，"一年以后，从黄县张村传来张子成被政府镇压的消息，张富贵听说了，并没有显得特别的高兴，俺还觉得有些奇怪，更奇怪的是，俺觉得张富贵这回该向俺提出离开这里回黄县张村，因为黄县的国民党部队撤走了，他们区里转移的干部已回到十区工作了。可是张富贵不但没有向俺提出回去，反而这样跟俺说，黄县张村家里没什么人了，他想留在这边村里工作。他这样说俺正乐不得呢，俺以为他怕回去想起亲人惨死伤心，才决定留下来的。可是后来憨娃跟俺说，富贵跟他说起过，他离开张村的那天晚上，去过他老丈人家，他答应过他老丈人要给他媳妇报仇，如果这个仇他不报，他就没脸回去了。俺就明白他为啥不回去了。新中国成立后，俺当了村支书，还让他当村民兵连连长。可渐渐地俺发现他还有些不对劲，工作是没啥说的，起早贪黑地干，可他也老大不小了，俺一说给他介绍个对象，他就说他不想找。他决定留在村里后，就从俺这儿搬出去在村子里找间房单过了。头几年俺还想他是忘不了为他死去的媳妇，可也不能老这样啊，日子总得过下去……这不一直到他死去的那年，他都三十三岁了，还是一个人过。

"他死去的那年，他又向俺道出了另一个秘密，那天在医院里抢救他时，他拉着俺的手跟俺说，马支书，俺对不起组织，其实在俺离开张村去俺岳父家的那天晚上，本来从他家出来俺是可以追上区里转移的同志一起转移的，可是俺答应了岳父要报仇俺就不能跟着区里同志转移了，那样就没机会报仇了，俺就动了私自留下来的心，想避开风头躲一阵，再回村里找张子成报仇……那次俺要回去报仇你把俺拦下了，你说得对，这样做俺还是一名党员吗？可是现在俺觉得对不起十区党组织了，俺也没脸回去见区里的同志了，俺走后，请把俺的党证和这些年俺的一些积蓄，作为党费转交给俺原来的党组织吧，那边的党组织给不给俺除名由他们决定吧……可俺除了这件事，没有做过对不起党组织的事……他说这是他向俺说出的最后一个秘密，他说这样可以安心地走了，说时还痛苦地咧着嘴努力向俺笑了笑。俺当时紧握着他的手流着泪心疼地说："富贵，你是一个合格的党员，你安心地走吧……"

"他好像知道有一天会这样离开的，俺和另一个党员同志在他家里的柜子里翻出一个红布包时，他把党证和八百七十块钱都放在一起了。上面还写着请交黄县十区组织员陈平山同志收。"

马本力老人说完，眼睛里已含泪了。

"你一定问我这么多年为什么没把这笔钱转交给他老家区里党组织，一来早先的区变成了公社，叫什么公社俺不知道，这些年公社名字老变来变去；二来俺是想让张富贵的党员身份在俺这里保留得再长一些，俺不知道他们区里在得知他这样脱离组织后会不会把他除名，所以就一直没有转交。王同志你来了，今天俺就把他的情况不瞒你都跟你说了，你说你来时还去找过他们原先区里的人，认识那个叫陈……陈平山的同志，那就请你把这笔钱带回去转交给他们区里的这个陈同志吧，不管除不除名你都要来信告诉我一声。"

老人和父亲碰了一杯酒后，颤颤巍巍下地打开一个箱柜，拿出一个红布包来，从里面拿出一个白纸党证给父亲看，又把一沓钱交到父亲手里，叫父亲数数，说这些钱都是张富贵来这里这些年在生产队每年的分红攒下来的，他平时不舍得吃不舍得花的，一个人日子过得十分简朴。在我们这边支部里的党费他都按月交纳了。

吃完这顿花费很长时间的晚饭，都快半夜了，马本力叫憨娃带父亲过西厢房里去睡觉了。

第二天早起，父亲临离开马家庄时，又到张富贵坟墓上去看了看，去时他在村外的草甸子上采了一大把野花，放到石碑前。憨娃昨天夜里告诉他，修水渠排除那个哑炮时，本来他爹和村里一个是党员的生产队长抢着要去排除的，张富贵把他俩都推开了，说让他去排吧，他也是共产党员，一个人无牵无挂。

他把来时买的饼干摆放到石碑下一些，又点了三支葡萄烟放到墓碑下，他听憨娃说张富贵是抽烟的。然后，喃喃地说："富贵叔，你在这里安息吧，我会把你的党费带到东日升公社交给陈平山同志的，你就放心吧。"

回来他就同马本力老人和憨娃告别了。然后又步行去县城坐汽车，走在路上，父亲在想他这趟并没有白来……想不到小时候给过他一个地瓜吃的人，今天会和他有这样一种交集，先前的失望慢慢从心里退去了。

坐在发往黄县的长途汽车上，他又摸了摸揣在黄挎包里的那个红布包，忽然觉得这包里沉甸甸的了。车窗外照进来的阳光，热热地晃着他的脸膛，他一点困意也没有了。

26

父亲下午坐车回到黄县，没有歇脚就坐车去了东日升公社。在光荣院里，他找到了陈平山。陈平山看到他从书包拿出的红布包，惊讶地问："你找到张富贵啦？"父亲说："找到了，在掖县马家庄，不过他在1958年就牺牲了。"陈平山脸上又是一阵惊讶。

听完父亲讲述的经过，陈平山把红布包接过去，对他说：

"关于他失踪结果的事,我得和组织汇报,由组织来决定认定不认定他的党员身份,接受不接受他的党费。我现在就去公社,你和我一起去一趟吧。"

父亲就和老陈一起去了公社,在公社里又见到了上次来见过的那个李组织员,他也认出父亲来。见到老陈他很热情,倒了两杯茶水后,问老陈:"您来有什么事?"老陈就把这件事跟他说了,李组织员好像原来也听老陈说起过这件事,他的脸慢慢变得严肃起来,在听的过程中不时看一眼坐在一边喝茶水的父亲。

听完老陈讲的经过,李组织员想了一下,对老陈说:"这件事我得请示一下。"老陈说:"好的,你请示吧。"

李组织员随后拨了桌上的电话,好像是给县委组织部打的,在电话里李组织员和对方说了半天。放下电话后,李组织员走过来,又对老陈说:"经请示县委组织部,这件事我们得去掖县核实一下情况,再给张富贵同志做结论,得按正常组织程序走,您做过组织工作,这您也懂的。"李组织员恭敬地说。

老陈说:"我懂。"

接下来,李组织员向父亲详细询问了张富贵所在的掖县公社和生产大队地址名称。父亲一一告诉了他。

而后,李组织员又从卷柜里拿出一份材料来,好像是一份党员登记表,让老陈在证明人一栏签上他的名字。

最后,李组织员对老陈说,张富贵的党员证和党费可以暂时放在我们这里保管,有了结论后再做处理。他接过老陈递过的红布包着的党员证和党费,又在一张白纸上写上物件名称和钱数,分别叫老陈和父亲在上面签了名字。

从公社出来,已是他们下班时间了。在走出公社大院时,老陈问父亲："你还回高王胡家村去吗?"父亲想想,这么晚了,四十里路他怕是赶不回去了,他也有点累了,就摇摇头。"那你还是去我家住吧。"老陈说。父亲就跟他往家里走。在路上老陈又说了一句:"谢谢你把张富贵找到了。"父亲心里有一种说不清楚的东西在搅动,他没想到组织程序会这么复杂。看来马本力委托他办的事还不能算办完。

进了家门,老陈又去菜园子摘了新下来的黄瓜和水萝卜,那水萝卜用井水洗了还是鲜红的透明,老陈又从腰筐里拿出几卷煎饼来,还做了玉米面粥。两人吃了晚饭。

吃完饭,老陈又问他一些去掖县寻找张富贵的经过,嘴里发出一阵阵啧啧声,特别是听到当年区里派人找到房家村他那个远房表兄家时,他表兄没有告诉他去了掖县,否则就能把他找到了……老陈又是一阵遗憾。老陈是那天晚上最后和他分手的人,老陈一再劝他和他们一起走,他亲口答应要回来和区里同志一起转移的。

看来张富贵到了掖县去确实觉得有点愧对老陈了。父亲心里想。

"不过换谁摊上家里出了这么大的事,都会产生一时的冲动的,谁也无法预料后面会发生什么事。"老陈叹息过后,善解人意地说。

"俺一路上也是这么想的,他家里突然遭到了这么大的不幸,真是可怜的人哪!"

"你说你四叔也是遭'还乡团'杀害的?"

"是的,他是在去给龙口地下党交通站送情报的路上……"父亲说,他突然问道,"陈大哥,俺四叔叫王秉义,你听说过这个名字吗?"

老陈认真想了一下,摇摇头:"没听说过,如果是在十区下面村子里工作的党员俺都有印象,你四叔一直在你们高王胡家村里吗?"

"没有,他当时刚从济南城师范学堂毕业回到村子里来不久。"

"怪不得呢,像他们这样从外边回来搞地下交通工作的同志,一般都是单线联系,不和当地地方组织发生横向关系。"

看看外边天都黑透了,老陈拉下被子来,说睡觉吧,你今天跑了一天也乏了。父亲果然连打了两个呵欠,刚才吃饭时点着油灯进来了蚊子,老陈铺好了被子又举着油灯在打蚊子,父亲迷迷糊糊的也听到蚊子在耳边嗡嗡叫。

"你说你四叔是和张富贵一起入的党,那天晚上你还跟去了,那你知不知道他们的入党介绍人是谁呢?"老陈一边往墙上拍蚊子一边问道。

"那天晚上……那天晚上俺跟到张村后困得要命,睡着了,醒来时他们都往外走了……对了,俺听到张富贵往外送一个人管他叫梁书记……"

"梁书记?你确定?"

"俺确定,当时俺还在想这么黑的天这个梁书记去哪儿呢……"

"那就对了,是有这么个梁书记,当初张富贵填的登记表上入党介绍人就是梁书记,他叫梁烈民。"老陈想起来。

"他在哪儿?这个梁书记现在还在吗?"父亲一激灵,猛地翻身坐起来。他精神了,眼睛直直地盯着老陈。

"你说的这个梁书记还在,他可是老革命了,抗战时期就是胶东这一带地下党的负责人，有一回他在发动锄奸行动时被汉奸告密，躲避在张村张富贵家中，还被张富贵和他爹救过一回命。他当过黄县县委书记，新中国成立后又做了胶东地委副书记，现在应该还在地委工作……对了，你可以去找这个人给你四叔打个证明，既然你四叔和张富贵是一起在他家宣誓入的党，梁书记一定会想起来的。"

父亲一阵激动，他也正是这样想的，看来找到这个梁书记，四叔打证明的事就又有希望了。

父亲激动得无法入睡了，看着老陈躺下睡着了，他翻来覆去一直到半夜才入睡。想着明天回去可以把这个消息告诉家人了，这几天家里人一定很惦记他。

天大亮时，父亲醒来，老陈早已不在家里了，一定又去给光荣院送青菜了。锅里有热的干粮，父亲抹了一把脸吃了一口就去光荣院找老陈了。

刚刚走进院子，隔着窗子看到，那间屋子的四个老人都从床上起来了，而且都穿上了军装，在椅子上坐成了一排。战班长穿着一身旧灰色的八路军军服，陈连长和孙排长穿着一身洗得发白的黄军装，杨营长的军装最新，每个人胸前都挂满了勋章、军功章。陈平山坐在他们前面，拿着一个名册在点名，每叫到一个人的名字，就听到一声洪亮的"到"，随后又敬个标准的军礼。在这四位老人的对面墙上挂着一面鲜红的党旗。陈平山点完名字后，说："今天咱们党小组的党员活动日活动内容是……"他还没有说完，就听到一声报告："报告陈党小组长，这个月的党费您还没有收，请您先收下。"说话的是战班长，他从上衣兜里掏出一个手绢，打开，把三张纸币交给陈平山。接下来杨营长、陈

179

连长、孙排长也纷纷把准备好的党费交到他手里。

父亲没有进去打扰他们，在外面站了半天，光荣院那个院长走过这里看见了他，请他到院长办公室坐一下，父亲说不必了。院长又说："这个小陈从打退休，就成了我们这里的常客，他还把组织关系也落到我们这儿了，你看他把党小组活动开展得多好哇，不愧是做过多年组织工作的老党员了……那几个老功臣，更是把过党日看得比什么都重要！你瞧瞧，他们像过节一样。"

"这可能是他们晚年活着的精神支柱吧！"父亲说，和他第一次来这里见到他们相比，他们人人都容光焕发，精气神足了许多。

"您说得对，人有信仰和没信仰活着是不一样的……他们从来没有为自己伤残的身体难过过。"

院长又和他说了几句，有人过来叫他，他走开了。

屋子里突然传出了一阵歌声："……没有共产党就没有新中国……共产党他一心救中国……"

陈平山打窗子里抬头看见了父亲，走了出来："你要回去了？"

"是的。"父亲说。

"那好吧，张富贵的事落实了后有了消息我就告诉你。"陈平山说。

父亲给陈平山留了高王胡家村的地址。陈平山送他往院门口走。

"听这里的院长说，你每月把工资大部分给光荣院了，能告诉我为什么吗？"父亲走到门口时问了他一句。

"也不为什么，你想想他们这些人为了革命的胜利，缺胳膊少腿的都毫无怨言，能为他们做点什么还有什么可说的呢。"老陈温和地笑了笑。

告别时，老陈郑重地握了一下父亲的手说："王学业同志，谢谢你。"

父亲一愣，脱口说："为什么谢我？"

老陈说："我在区上做组织员时，最大的心愿就是找到张富贵的下落，没想到今天你把张富贵同志找到了！"陈平山眼睛有些湿润了。

父亲注意到老陈今天穿了一件干净的蓝卡其布干部服，老陈站在门口同他挥了挥手，与他告别了。

走在回高王胡家村的路上，当了半辈子会计的父亲还在想，老陈的工资比他们公社主任都高，老陈是新中国成立前参加工作的，如果他把工资攒起来会生活得很好，至少家里不会像现在看到的这样清贫。可是老陈一点也不觉得清贫，老陈生活得不好吗？他脑子里闪过老陈脸上那灿烂的一笑。

父亲回到高王胡家村，走进祖母家门，为他担心了好几天的祖母和家人都围上来问他这些日子到哪儿去了。他说去掖县了。五叔说："掖县可老远，你一个人去的？"他说是一个人去的。五叔说："是不是单位有事情要你跑？"他说没有。五叔就拿过一个公函信封交给他，他心里就明白了。

他拆开了信，信是单位白副主任写来的，白茂林在信里说，让他安心在老家处理家事，如果能顺便查到他四叔入党的证明人就更好了！让他尽管放心去做这件事，如果假期不够他可以再写信或拍电报和单位说，他会跟主任说明这件事，准他假期的。信的末尾还请他代向祖母老人家问候。

看过信，父亲觉得心里热乎乎的，能够得到单位方面的理解和支持，也让他有信心再查找下去了。

当晚吃过饭，父亲去了四叔奶家，四叔奶看到他很高兴。问他这些日子都去了哪里，也不过来看看她这个老婆子。父亲就告诉了她，这些日子他跑了东日升公社、兴隆公社，又跑了掖县……在查找当年和四叔爷一起入党的那个张村的人。

"找到啦!"四叔奶一阵惊喜地打断他。

"找到是找到了，不过那个叫张富贵的人已不在人世了……"看到四叔奶脸上又露出失望的神色，父亲赶紧说，"我又打听到了四叔当年入党的介绍人，听说他在城里当了大官，我明天就动身去找他，相信一定会找到他的……"

"真的?"四叔奶目光里又露出惊喜。

"我明天就动身去胶东。"

"快给你三子哥带点路上吃的东西。"

四叔奶吩咐她的儿子学根给父亲带吃的东西，地瓜和油饼带了不少。父亲只好拿上了，他不想叫四叔奶失望。

"三子，其实俺就是想有人证明你四叔是共产党员就行，这么多年了俺和你堂弟也不想借他什么光，俺就是想你四叔没白死就行……"四叔奶眼里有什么炙热的东西在滚动。

父亲重重地点点头，说："四婶，俺知道……"

回到家里，父亲跟祖母说，明天他得去胶东一趟。祖母问："还为你四叔的事?"他说是的。祖母问他："你身上带的盘缠够吗?"他说够呢。祖母就说，那早点休息吧，明天还要赶路呢。

父亲在祖父的遗像前鞠了三个躬，又给祖母请了晚安，就回西厢房休息去了。

27

去胶东得从县里坐汽车，一早父亲赶到黄县县城，坐上了发往胶东市的长途汽车。一晃他回来快两个月了，地里的庄稼全都绿油油长高了。父亲的心情又像滚动在田野上的太阳一样，难以抑制地生起一种希望。就连车窗外闪过的大田里苞米叶子上晶莹的露珠都让他看得真真切切，涌上一阵莫名的激动。

从黄县县城发车出来，一路向东，长途汽车跑了两个小时后，到达了胶东市。

下了车，父亲问人家胶东地委怎么走？人家告诉了他。他就去了胶东地委，路不算太远，他没歇脚就赶到了那里。一幢四层大楼威严地挺立着，院子里正中央还有一座毛主席挥手的雕像。在大楼外面，父亲被门卫拦住了，一个年轻的戴红袖标的门卫出来问他找谁？父亲说找梁烈民副书记。那个门卫上下瞅瞅他，说梁书记不在这里。他刚要问梁书记在哪里，那个门卫回身进屋了，并且把门卫室门关上了。父亲识趣地住了口，就站在门口等楼里出来的人再问。

过了一会儿，走出来一个干部模样的人，父亲走上去问："同志，请问梁书记在这里办公吗？"那干部模样的人瞅了瞅他说："梁书记休养了。"父亲又问："他家在哪里？"那个人问他："你是梁书记什么人？"这一问倒把父亲问住了，他随口说了一句："俺是梁书记老家过来的……老乡。"那人就低声告诉了梁副书记家的地址，地区里干部住的一个家属楼区。父亲道过谢，就回身走开了。

父亲按照那人告诉的地址，找到市里干部住的家属楼小区时快到中午了，三幢小二楼外面围着一个铁栅栏院墙，正面有一个门，他犹豫着要不要这时候进去找，赶上饭时不太好，他想等到午后再进去。正在外面徘徊犹豫着，看到一个保姆模样的小姑娘走过来，她左胳膊挎着一篮子菜，筐上还捆着几条长长的白带鱼，右手还拎着两只乌鸡，大概走得热了，她抬起右手抹一把汗，一条带鱼从筐里滑落掉到地上她也没察觉，仍向里面走。父亲捡起来追上去："姑娘，你的鱼掉了。"她回过头来，热得通红的两腮像两个红苹果，挂着汗珠儿。"谢谢。"她接过来，道了一声谢。

"请问你知道梁书记家住几号楼吗？"

"你找梁书记？"她有些惊异。

"是的……"

"你是打哪里来？"

"我是从黄县来的，是梁书记的老家过来的。"

"你是从黄县来的？"她眼里亮了一下，"梁书记不在家，他在康复疗养医院里……俺是他家的保姆。"

"梁书记生病啦？"父亲心一凉。

"是的，他前一阵子得了脑血栓……"

"我能见到他吗？我有很重要的事情找他，你能不能帮我见见梁书记……"

"看你大老远来的，等一会儿吧，我一会儿带你过去试试看，我是回来给梁书记烧他爱吃的刀鱼和乌鸡汤的，他吃不惯那里的饭菜。"

"谢谢你啦，好，我就在外面门口等着你。"父亲十分感激地道谢。他就在门口的柳树荫下等了起来，这棵树冠很大的柳树上有知了在死命地叫……早上从黄县过来时，他捡了一份别人看过的《胶东日报》，这会儿蹲在树下看了起来，看完了他把那张报纸折起垫在屁股下等了起来。

约莫过了一个时辰，那个保姆出来了，手上拎着一个多层饭盒和一个保温瓶。胶东疗养病院在海边，保姆乘公共汽车过去，父亲也跟着上了公共汽车，在车上他同保姆聊了几句，才知道她姓郭，家也是黄县的，怪不得一见到他觉得亲切呢。她来梁家做保姆有三年了，看得出她是一个手脚勤快又懂事的乡下女孩子。问及梁书记休养以后的工作上的事，她从不多说什么。 .

下了公共汽车，走不多远就看到海边那个疗养病院的黄楼房了，绿树环绕的院子里安安静静，能听到大海的波浪声。院子大门口的门卫，看父亲和保姆说着话走进去，也没过问。小郭一直引他走到院子里那幢黄楼后面，黄楼的后面直接通向海边，是一片沙滩浴场，这片沙滩浴场是专供疗养病院的人用的。正是午后，有一些人穿着泳衣在沙滩上晒日光浴，还有一些人穿着泳衣泡在海水里，头上的烈日似乎比市区更炽热。

沙滩上有几处躺椅旁立着遮阳伞，伞下多半坐着穿疗养院蓝条病号服的病人，还有坐在轮椅上的病人，坐轮椅的病人都是由护士或家人陪伴在身边。

"大叔，您先在这里等一下吧。"小郭对父亲说了一句。他停下了脚步，脚上的黄胶鞋已半陷在地面沙滩里。他看着小郭向一处遮阳伞走去。

父亲的目光跟随着小郭的身影在移动，她穿过或躺或坐在沙滩晒阳光的人，走到了那个遮阳伞下。

那顶伞下放着一只木桌，木桌上摆着水果和水杯，木桌两侧放着两把半躺椅，有两个人坐在躺椅里。在木桌的前面，有一位老者坐在轮椅上，他戴着一只黑黑的墨镜，满头的银发暴露在阳光下，他半侧着脸一动不动地向远处的海面望着。

看到小郭走到跟前来，三个人都动了一下，一个女人动手把桌子上的水果盘收拾下去，另一个年轻的男人走到老者轮椅的身后，把轮椅掉转了一个方向，推到木桌前来。之后，小郭把多层饭盒里的菜和保温瓶里的乌鸡汤摆到桌面上。那个女人给老者摘掉了墨镜，又给他脖子围了块白方巾，女人动手给他喂起菜和汤来。小郭在收拾地上一个垃圾袋，送到远处一个垃圾桶里。

父亲觉得胶鞋有些烫脚了，就坐在那里把胶鞋脱掉了，像周围的人一样光着脚坐在沙滩上。湛蓝的海水在阳光下有些晃眼，耳边听着海水一阵一阵涌动的涛声倒是十分惬意的，吐到沙滩上的白沫儿，还会引来海鸥在浪尖上盘旋……

约莫过了半个时辰，父亲看见小郭向他这边走过来，赶紧把鞋穿上了，站起来又拍了拍衣服上沾着的沙粒。"俺和方大姐说了，您过来吧。"父亲和她一前一后，向那顶伞走过去。

"你是从黄县来的？"刚刚走到跟前，那个保养得很好，看上去有五十多岁的女人直视着问父亲。

"是的。"父亲说，并看了一眼坐在轮椅里的老者，他又把墨镜戴上了，脸冲着父亲。他一只胳膊横挎在腰际，一只胳膊垂落在右侧轮椅里，穿着一件的确良半袖衬衫。

"你来找梁书记有什么事？"又是这个女人在问他。

"我来找梁书记是为我四叔的事……"

“你四叔什么事——”

“我四叔新中国成立前就参加革命了，那时就加入共产党了，可是现在没有人能证明他是党员了……梁书记能证明他是党员，他入党时梁书记是他的介绍人。”

“你四叔叫什么名字？”

“叫王秉义。”

女人伏在轮椅旁对老者的耳边说了几句什么，老者抬起眼睛，从墨镜后面望了望父亲，又望了望女人，摇了摇头，嘴里呜噜呜噜不知在说着什么，女人又凑到他耳边听一阵，点点头。

女人抬起头来，对父亲说：“首长并不认识你说的这个人，你回去吧，首长要回屋休息去了。于秘书，推首长回房间。”

刚才站在旁边那个年轻人走了过来，推起了轮椅，刚刚吃过饭的老者脸上的确显出些疲惫之色，有一丝光亮的涎水从他嘴角流出，这个病态的老人真的是小时候自己见过的那个威严地领着四叔他们宣誓的梁书记吗？父亲站在炽烈的阳光下也有点怀疑了。

“请等一下，我四叔真的是梁书记领着宣誓入党的，1943年秋天在张村张富贵家里！……”

刚刚转过去的轮椅停了下来，那个老者听了他的话身子一震，嘴里又呜噜呜噜起来，那个年轻人把轮椅转了过来。那个女人听了父亲的话，也站下了脚步，回身定定地看着他：

“你认识张富贵？”

“我前些日子刚刚寻找过他……”

“他怎么样，他在哪里？”显然这个女人是知道张富贵的。

“他在掖县，1958年修村里水渠时，牺牲了。”

"当年他全家不是被杀害了吗，他怎么会在掖县，你是怎么找到的……"

"张……张……富贵……"轮椅上的梁副书记的右手突然冲父亲摇摆着指了两下。父亲赶紧走上前两步，简单地说了找到张富贵的经过……他看到梁书记的夫人时而蹙蹙眉头，时而又不安地瞅瞅轮椅上的丈夫。

"……张富贵……张保田……"轮椅上的梁书记突然从嘴里清晰地吐出这两个人的名字，让梁夫人和于秘书都吃了一惊。梁夫人俯下身子在他耳边说："是他们父子在1941年时掩护过你，救过你的命！"

梁书记重重地点点头，一行浑浊的泪水从他的墨镜下面流了下来……梁夫人赶紧掏出手绢给他擦去，又哄着他说："医生告诉过，你不能激动，咱回去休息一下吧。"

"梁书记，俺四叔也是在他家里和张富贵一起入的党，您还记得吗？"父亲像抓住救命稻草似的紧张地伸过头去说。

"叫……叫什么名字？……"梁书记拨开梁夫人挡着的手臂，望着他问。

"俺四叔叫王秉义。"

梁书记怔怔地想了半天，又瞅瞅梁夫人，最后无奈地摇了摇头。

梁夫人走过来，说："当年在胶东一带经首长发展介绍入党的有上百人，他怎么会都记得？你们这样的人我见得多了，当年看革命危险困难时就脱离了组织，现在看革命成功了，就跑来找组织关系，找证明人了，要待遇了，你们这些家属也能跟着借光，可你们这样做就不觉得脸红吗？比起那些为革命献出生命的烈士和家人来，比方你刚才提到的张富贵同志和他的家人，还有首长，他身上留下了四处枪伤，脑子里还有一块弹片没有取出来，压迫他的脑神经，无法动手术，医生说他的脑血栓发作之所以这么严重，就是这块弹片引起的……首长现在还不宜见人，刚才是听小郭说你是家乡来的人，首长才急着要见了，你要是有别的事，我们或许可以帮忙，这件事真是无能为力了，也请你回去告诉你四叔，一个脱离组织的人不要再四处找证明人了，这也不是什么光彩的事……好了，你走吧，不要再打扰首长养病了。"

这个女人越说越激动，白皙的面部变得潮红，这番话像这大热的晴天下起的一阵冰雹，兜头打下来，一下子把父亲打蒙了。他插不上一句话。也许是她看出父亲是一个老实巴交的人，也许是看到轮椅上的病人热得有些受不了，几次在向她摆手，她才不说了。可是她刚刚转过身去，又听到发呆的父亲嘴里轻轻吐出一句："俺四叔也死了，他是在1946年春天被'还乡团'杀害的。"

她听到了，身子一抖，仿佛有一块冰雹落到她身上。

父亲呆呆地站在那里，看着他们把轮椅推进那幢黄楼里去。现在父亲感受不到刚才的燥热了，他只觉得从头到脚有一种清醒的透凉！他想告诉梁夫人，这么多年不管多难，他都没有想去证实四叔爷是党员，现在是因为祖父的遗嘱，因为想让九泉下的四叔爷安息，他才踏上了这辛苦的寻找之旅。可现在……现在他觉得他该走了。

父亲刚刚转身走过沙滩，忽听身后一声喊："王大叔，请您等一下。"他回过头来，见是小郭保姆和那个于秘书，向他这边追过来。

"首长请您把您的单位地址告诉我，如果首长想起什么来，会写信告诉您的，您看可以吗?"那个于秘书说。

"可以，十分感谢。"父亲把地址留给了他。

"再见，祝您好运!"

"再见，请代我谢谢首长，祝他早日恢复健康!"

那个小保姆带着父亲走出了康复疗养病院的大门，并告诉他到长途汽车站怎么走，坐几路车。

父亲赶到长途汽车站，坐上发往黄县的班车。跑了大半天，他这才觉得肚子饿了，从黄书兜里掏出带的油饼吃了，吃完有些困了，就打了个盹儿。

到了黄县正好有一趟发往中村的汽车，父亲就坐上了这趟车，下了车步行到高王胡家村，走进村里时，太阳刚好从庄稼地里落去，将一片橘红色的光洒在村里和田野上。

父亲刚刚走进家门，还没等放下黄书兜，五叔王学德见了他说:"下午大队的人过家里来，说有公社的电话找你。"他晃了一下头，想应该是陈平山来电话找他，就转身去了村头大队部。

摇起队部那部黑色电话机，接通了东日升公社，叫转到光荣院，说找陈平山。过了一会儿，话筒里传来陈平山熟悉的声音，他在电话里激动地告诉他，县委组织部与掖县县委组织部和马家庄大队核实过了，鉴于张富贵同志在马家庄的表现，这边公社党组织承认他的党员身份了。能够听出电话那边陈平山的兴奋来。父亲嗯嗯两声说知道了，他会把这消息告诉马家庄的老支书马本力的，随后就放下了电话。

这是父亲这些日子来收获的唯一有意义的事，事情有了结果，他并没有显得多高兴。那个陈平山一定也会感觉出来。

回到家，父亲给马本力写了一封信，打算第二天走时在中村上车前发出去。晚上吃饭时，父亲跟祖母和五叔两口子说，他打算明天回东北了。五叔两口子互相瞅了瞅，祖母说："不再住些日子啦。"父亲说："不啦，家里、单位都还有事。"五叔说："也是，三哥回来这么久了，家里、单位肯定还有不少事等他。"五婶说："回去给三嫂带点地瓜干和小咸鱼吧，这个时候还啥都没下来。"

吃完饭，睡前，父亲又到西屋祖父的遗像前，给祖父鞠了三个躬，说了句："爹，儿子没完成您老人家的嘱托……"起身时，已有泪洒在了地上。

28

父亲从老家回到山里，南山坡的达子香早已开过了。春天走夏天回的父亲，足足在老家待了近三个月，这三个月父亲的面孔黑了，也瘦了。父亲回去后只往家里来过两次电报，这让母亲很为他担心，特别是父亲最后一个月在外奔波没有给家里任何音信，母亲每天夜里都要念叨好几遍，她的失眠也越来越严重。我担心父亲再不回来，她会崩溃。

父亲带回来的地瓜干和小咸海鱼成了我们的抢手货，每次吃饭，母亲都要在灶坑里烤几条小咸海鱼，咸鱼在炭火上吱吱冒着蓝烟，飘出一股好闻的味道来，把邻居家的猫都招引到院子里来了。母亲常常忙着在锅沿上面贴大饼子，底下小海鱼就烤煳了。母亲赶紧扒拉出来，噗噗吹掉灰说道："这么小的海鱼在我们那里猫都不稀罕吃。"我和三弟赶跑了猫，忙坐到饭桌前，吃着大饼子就着烤煳的小咸海鱼吃得满嘴香，烤脆的鱼刺也咽进肚里。

父亲听了没说话。父亲自从关里回来，很少说话，常常是一个人发呆。我们以为是因为祖父去世，并不知道父亲心里真正想的是什么。总之，父亲这次从老家回来，悄然发生了一些变化。这是我们后来才意识到的。

父亲到单位上班先去见了白茂林主任，跟他详细说了在老家查找四叔爷入党证明人的情况。"白主任，我得跟您汇报一下事情经过……"白主任让父亲不要叫得那样生分，直接叫他老白就行。老白也仔细听了父亲说的经过。父亲说："我辜负了你和大家的期待。"老白说："王学业，你并没有辜负我的期待。"父亲一愣，有些不解。老白说："以前你只跟我一个人说你四叔新中国成立前加入了共产党，那时我还不相信，现在我信了。"

"为什么？"父亲还是不解。老白说："以前你说时我只是听你一个人在说，而且还是在讲一个孩子模糊的记忆，谁会信呢？恐怕连你自己都不太相信。现在我信了，因为这件事你找到了那么多的证人，这就不会有假了，你看看你都跑黑了，跑瘦了。"父亲听了差点涌出泪来，一把拉住老白的手说："老白你懂我！"老白又说："这里面关键有两个重要的证明人，一个死了，一个病了，但只要那个梁书记还活着就有希望，你就没有白忙活，这世界上的事只要有一丝希望你就相信自己没有白做。你说说是不是这个道理？"父亲重重地点点头，他从心底里彻底服了老白。

临了，老白又跟他说了一件事："你不在的这些日子，废品收购站又新调来一个女同志当主任，叫刘英，她是我们支部的组织委员，你多和她谈谈心。她人很好。"停了一下，老白又说，

"本来上边让我再去兼任废品收购站的主任，我跟组织提出年纪大了，手又不利落，让年轻的同志去做吧。组织上就派了刘英。再一个现在班子讲究老中青三结合。"父亲开始没听出老白话里的意思，后来就琢磨出老白话里的意思来。由老白的残手他又想到这次回老家在那个光荣院见到的那个耳朵震聋、神经冻伤的杨营长，比起杨营长来老白还是幸运的。他们都曾是从抗美援朝战场上下来的部队营级转业军官。老白还能工作。

父亲回到收购站就去了刘英主任办公室，还是老白当主任的办公室，和老白不一样的是，办公室里干净利落，窗台上还插了一罐头瓶野百合花，散发着一股花香味儿。刘英看上去四十岁左右，剪着齐耳的江水英式短发，圆脸儿，黑眉眼。父亲敲门进去后，刘英就热情地站起身迎过来："王会计，您回来了，老家的事都处理完啦？"父亲说："都处理完了。""我刚来，听说您回老家料理老人后事去了，您刚回来，要不要在家歇两天？节哀顺变，有什么困难请和我提出来。"刘英温和地注视着父亲说。父亲顿觉心里热乎乎的，连忙说："没啥困难，耽搁了这么久没上班也给单位添麻烦啦……""这个您不必过意不去，白副书记已和我说了，您除了料理老人的丧事，还顺便去查找了您四叔入党证明人……是这样的吗？""是的，情况是这样的，我给单位写过信。""找到什么线索了吗？"她关切地询问。"找到点线索，不过目前还没有最后的确认结果……""这我知道，一定会很麻烦，如果需要组织出面也请您跟我提出来，看看事情该怎么办好。"看得出她很热情。"现在还不必，谢谢您刘主任。""王会计您不要这么客气，以后您叫我小刘就行，对你们老同志，我们不仅要从生活上关心，还要从政治上关心。听说您以前向组织递交过申请书对吗，以后还希望您继续靠近组织。"一席话又说得父亲心里热乎乎的。想起老白告诉他的话，看来他的情况白茂林跟她是介绍了不少，她也很尊重白副书记的。

这天下班以后，刘英主任是和父亲一起走的。她好像事先知道了我们家住在红松街，一下班就叫住了父亲："王会计，我们顺路，一起走吧，正好单位的事我向您了解一下。"一路上他们又聊了许多话，包括对单位里判过刑的陈中国和冉红旗，希望父亲能继续帮助他们进步。"不怕身上有污点，只要改正了就是我们的好同志。""真的吗？"父亲在心里问。从第一天接触，他就对这个女主任刮目相看了。

我那天在我家房后的木桦子垛空里做木头盒子手枪，这是孙满桌求我做的，学校宣传队要排演《红色娘子军》，她演吴清华，她的那把道具盒子枪枪把摔断了。夕阳洒在我家的桦子垛上，木桦子垛空里我刚刚削下的木屑散发着一股好闻的果松木香味儿。我抬头看到父亲和一个女人走在一起，有点吃惊。后来我才知道这个女人是父亲单位新来的主任。

我的目光又移到了油毡纸房老孙家的门口，吃过晚饭孙满桌又出来了，在她家门口一块用沙子铺平的空地上练习跳独舞，她脚上穿着一双白鞋，腿上穿着一条灯笼裤，白皙的小腿肚子露在外面，她笔直修长的腿在旋转，在劈胯。红彤彤的夕阳光洒在她的胸脯上，一起一伏地在跳动。我的胸口也跟着在跳动……

父亲就是在这天晚上，又写了一份入党申请书。不过父亲这回是背着我们写的，父亲带回了一堆账本，吃过晚饭后，父亲就坐在我家靠北窗的一张地桌上整理账本，三个月都没在单位上班的父亲的确有许多账目需要整理，我们都没有在意，包括母亲，父亲回来后她的睡眠出奇地好了起来。

我半夜起夜时，看见父亲还坐在那里写着什么，我回来上炕后，父亲写完了，他并没有马上回炕上睡觉，而是到祖父的遗像前鞠了三个躬。父亲从山东老家带回了一幅祖父遗像，同时还带回了四叔爷一幅遗像。父亲叫我们恭恭敬敬地给祖父遗像鞠躬，我们鞠了，父亲又叫我们给柜子上和祖父遗像并排放在一起的四叔爷遗像也鞠躬，我们不懂。父亲说，你四叔爷救过你爷的命。我们明白了，也恭恭敬敬给四叔爷鞠躬。以后每次父亲给祖父鞠躬，也给四叔爷鞠躬。这晚也不例外，我还听到一阵稿纸翻动的窸窣声，父亲嘴里还低低地说了一句什么。

进入了7月，天热得出奇。学校放假了，而学校宣传队没有放假，他们排练节目，要在8月参加全伊春地区各区中学宣传队汇报演出。我把做好的盒子枪交给了孙满桌，孙满桌拿到学校，这次演出带队的校团总支副书记张红伟还给这把枪刷上了黑漆，看上去很逼真。

孙满桌大概嫌白天在学校排练室里排练太热，每天傍晚在家门口单独练习跳舞。有两回我还看见张红伟在那里给她指导，张红伟自从负责抓学校宣传队工作，捡起了以前的笛子，他的笛子吹得可比他教的数学好得多。他用竹笛给孙满桌伴奏，一听到笛声，邻居的孩子们就跑出来围着看，我和王路也走过去围看，看到我俩孙满桌跳得更来功了，常常跳得大汗淋漓。

暑假里，张红伟常到孙满桌家来，他俩走在一起，张红伟只到孙满桌的肩部。每次看到他俩走在一起，王路眼里都生出一分嫉妒。有一次他跟我说："张红伟想培养孙满桌入团，他答应孙满桌这次全地区中学会演完了，回来就发展她。"王路头上的军帽有些褪色了，本来他答应过孙满桌叫他哥给弄一顶无檐女军帽，可是并没有兑现。

天气炎热，红松街的人每天晚上都出来乘凉，有的人家晚饭还端着饭碗出来吃。一边吃饭，一边看西山天边的火烧云慢慢落下去。不光是人热得慌，连鸡和狗也热得趴在窝里懒得动弹一下。唐山菊家的大黑狗就热得伸着长舌头，趴在门口直喘气。唐山菊平时很少出院的，这几天也端着饭碗坐在门口吃，一边吃，一边眼睛往前街老孙家房头聚起的那堆人里瞄。

"山菊大妹子，你吃饭呢。"一个人影推车走过来，脸上堆起笑。

唐山菊并没有扭头看来人，她知道来人是谁。

"看看老孙家的这个妞子跳得多好哇。"来人停下来，顺着她的目光投过去，说了一句。

"她的腿那么长，天生就是跳舞的好材料哇。"邮递员李黑子咂咂嘴。

"啪！"唐山菊筷子敲在碗上，抬起小板凳上的屁股，扭搭扭搭往屋里走了，她的腰肢还没有发胖，大腿有些发胖了。

李黑子目光一直落在她熟悉的背影上，她进屋后，李黑子刚想跟进院里去，趴在院门里的大黑狗抬起头，发出敌意的呜呜低鸣。李黑子止住了脚步，抹了一把头上的汗珠儿，冲着大黑狗骂了一句："没良心的混账东西。"悻悻地走了。

张厨子一家人围坐着饭桌吃过水大碴子粥，他的大女儿、二女儿都回来了，一家人手举着二大碗就着咸菜条，喝得吱溜吱溜响。李黑子走过门口，张厨子蹲在院门口，瞧见他车把上吊着两根油条，故意瞅着后院唐家门口问他："怎么还没吃上晚饭吗？"

李黑子瞅着院子里抢白他一句："天这么热，谁还像猪一样上食！"

院子里张厨子老婆听了，撂下筷子，走过来叉着腰骂道："是哪家的公狗跑骚没跑净，到这儿撒野来啦！"

李黑子知道惹不起这个娘儿们，赶紧低头推车走过去了。回到他一个人住的院子里支好车子，进园子里拔了两棵葱，抖了抖土回身进屋，倒了点酱油，又从后窗台上拿起剩的半瓶白酒，大葱蘸酱油喝起酒来，直到把自己喝迷糊了，身子一歪倒在炕上睡去，嘴里嘟哝出一句："有……有什么了不起，不就是……是个寡妇吗……"

这个夏天山里出奇地热，红松街人人都觉得燥热难耐，许多人家都要晚上九点以后才睡觉。

父亲每天下班回来都要到菜园子里浇菜地，黄瓜叶子眼瞅打蔫了，黄瓜纽只有一支烟那么长。小白菜也招了蝗虫，叶子被嗑成筛子。从关里回来的父亲，本以为山里的夏天会凉快些，没想到山里和关里一样让他感到暴晒炎热。

大河里的水也消瘦去了一半，那天中午父亲和老白站在单位的河东岸边，老白在捡退去河水的污泥下的河蛤蜊，河蛤蜊是老白很好的下酒菜。父亲在帮他捡。烈日暴烤着父亲的脸，父亲说："今年咱这儿天热得出奇，咋和关里一样热呢。"

老白说："今年恐怕要发生大事。"

父亲听了一怔，老白说什么一般都是很准的。近来老白越来越关注报纸了，他预感到要有什么事发生："今年的年景怕是不好过呀。"因为祖父的过世，父亲回关里料理祖父丧事，又奔波四叔爷的事，他这几个月没有时间像老白一样关注报纸关注国家大事。

那天下班，父亲是两手沾着河泥回来的，手里提着一网兜河蛤蜊。老白没要父亲的河蛤蜊。老白瞅着细瘦的河滩，说今年的河蛤蜊撂在河滩上咋这么多呢？老白也捡了一网兜河蛤蜊，他说一个人吃不了，叫父亲带回去给孩子尝尝鲜，还给了父亲一把蒜黄。父亲就带回来了。母亲用蒜黄炒河蛤蜊肉，果然味道鲜美无比。

过了两天去上班，父亲带了一罐辣椒酱去老白办公室，敲了半天门没人应，父亲以为老白没在屋里，推开门看见老白一个人端端正正坐在椅子上，他穿着一身旧黄军装，平时很少看见老白穿这套黄军装，再一看胳臂上戴着黑纱。父亲吃了一惊，走上前去小心地问："家里有人去世啦？"

老白瞅了一眼父亲，沉重着脸说："朱总司令去世了。"他面前的桌上摆着一份报纸，头版上朱德委员长的大幅照片加了黑框。父亲看了一眼，就明白了。

到了下午，区里广播喇叭里就播报了这条讣告，哀乐声在傍晚炎热的天气里不断传送到街巷正吃晚饭的人们耳边……和冬天寒风中传来的周总理逝世的哀乐一样，这次燥热中传送的哀乐同样令人窒息。

29

学校的文艺排练活动停止了，孙满桌也放假在家了。街道上也通知停止一切娱乐活动，她在家门口的独舞也停止了。孙满桌也变得无精打采的了。张红伟也不再到她家来了，这倒是我和王路希望看到的。

红松街的傍晚安静下来，当然炎热还在继续，人们在自家院子里和门口吃完饭，实在感到屋子热得难待，就去井沿上打上来冒着凉气的井水，洗头擦身子冲冲凉，也有个别大人等孩子睡着了，在澡盆里洗澡。南山街那口井靠山边，有十几米深，井底通泉眼，别的井都快干了，这口井水还深得看不到底。只不过去挑水路要远些。像我们这些孩子只能挑半桶回来。天一黑，一般女人不敢走夜路去那口井担水的，特别是发生了一个女子遇见黄鼠狼在井沿上抱爪作揖，被惊得摔了个跟头胳膊骨折的事以后。

李黑子这几日也去那里挑水，以前很少见他晚上去那里挑水，他一个人用水很少，以前都是两三天才见他去井上挑一担水，现在他每天晚上要挑两担水回来。人一多，就要在井沿上排队，有人就取笑李黑子："你那么黑，再洗也洗不白，不如省省水啦。"李黑子不恼，嘿嘿笑："天热，冲冲凉快。"

有人看见李黑子最后一挑水是挑给唐山菊的，李黑子的那两只白铁皮水桶就放在唐山菊的院子里。唐山菊一般用威的罗儿①担水。

老街坊邻居看到了，就摇摇头，心里说："李黑子这些年照顾唐山菊也不容易呀。"

唐山菊是河北唐山人，头些年嫁到山里来，丈夫是一个林场小工队的油锯手，哪知那个油锯手短命，结婚第二年，他就被一棵倒挂的树砸死了。属于工伤，唐山菊没工作就吃死去的丈夫的劳保。唐山菊在老家也没什么人，只有一个姐姐，头些年她姐姐

---

① 威的罗儿：俄语译音，一种小水桶。

看她一人在这边这么年轻没了男人，就捎信来叫她回去，她没回去，后来在老家又给她介绍个对象，她也没走。

邻居也私底下议论过，唐山菊不走，是恋着这套房子，这两间红瓦泥墙房是公家分的，她走了公家自然收回去了。还有就是拿的丈夫工亡劳保，如果她改嫁了，这笔劳保自然就没有了。还有好事的街坊女人听说她姐姐给她介绍的是一个乡下男人，想想看，有哪个女人会丢掉金饭碗去捡泥饭碗，跟着去过苦日子的？

这唐山菊也是一个挺俊俏的女子，枣核脸盘，皮肤白净，细腰丰臀，一说话还两眼细眯成一弯的笑。刚来到红松街上时，很遭街坊女人的嫉妒。平日里街坊女人说她说话侉里侉气夹着一股高粱米煳锅底的味儿，背地跟自家男人说，这样的媳妇会要了男人的命的。那个油锯手是个窄脸尖腮的小个子男人，每次从山上林场下来，在家住个两三天再上去。在家住的这两三天，好事的邻居就没有看见他出过屋。等他背着油锯又上林场时，好像又瘦了一圈。

果然叫嘴损的娘儿们说中了，那男人被树砸死后，唐山菊去山上给他安葬回来，哭成了个泪人。这时街坊女人都去唐家安慰她，就连说过她损话的女人也陪着她流了一回眼泪，边抹泪边说了些人死不能复生，别哭坏了身子的话。有的街坊女人还是第一次进她家，看到她家干净利落得让自己脸红，柜子上，炕沿上干净得一尘不染。雪白墙上挂着的毛主席像被水洗过一样亮堂。回来又跟自己的男人说，女人家不好太干净了，这不把自己男人干净没了。

街坊女人进进出出这个沮丧的女人家，她不吃不喝竟然没有人问，任凭她默默流泪，几日后她人也瘦了一大圈。大冬天的，家里男人生前劈的烧炉子的桦子也没了，屋子眼看一点一点冷却。一个邻居女人从她家里走出来，看到落雪的院子里，一个男人的身影在默默地挥着斧头劈着桦子，一会儿劈成了小山高的一堆。他肩头后背顶了厚厚一层雪，放下斧子，他抱一抱桦子进屋，把炉子重新烧旺，把冰凉了几日的灶坑也点着了火，掀开锅盖加了水。随后又翻出小米来倒进锅里。等米粥做好了，他盛一碗让那个看着他惊讶的女人端进去。之后，他默默地离开了。

"真想不到哇，他一个五大三粗的男人竟会懂得照顾人，心这么细。"邻居女人回到家像发现了新大陆似的跟自己男人说。

"这有什么好奇怪，他一直是光棍儿一个人，总得会把锅里的饭做熟。"男人说。

从这以后，邮递员李长路的身影就经常出现在唐山菊的院子里，不光是给这个女人送信件什么的（那段日子唐山菊接到她老家姐姐的信件和邮包特别多），凡是需要男人帮忙做的事情李长路都帮她做了……买烧柴呀，扒火炕啊，修烟囱啊，后来就有好心的邻居暗中撮合他们。

主要是试探那个女人的口气："他是黑了些，也没有你先前男人挣得多，可他会过日子呀，女人就得找一个守着自己的男人过日子。"

唐山菊没说同意也没说不同意，只是说她现在还不想找。这也引起了邻居的猜测，她是不是想回老家找呢，她曾经向邻居抱怨过这里的冬天太冷了！这个女人是喜欢夏天的，夏天她在南山坡上开了块地，种上了茄子和豆角。而她家房前院子里一块不大的园子却种上了花，园子也不夹障子，而是种上了一排向日葵。别的人家是没有种茄子的，因为无霜期短，茄子没等下来就叫霜打了。而园子里种花更叫邻居把她看成一个不会过日子的女人。她园子里的花能从春季开到秋季，也招来邻居女孩子的喜欢，孙满桌就去向她要过花籽。孙满桌曾向我说过，唐姨是红松街上不一样的女人。

李长路穿上那身绿制服人还显得精神些，平时脱掉那身制服人就显得邋里邋遢。再加上人长得黑，常年在外面工作，风吹雨淋的，皮肤也粗糙，显得比实际年龄大一些。他今年三十岁，方阔脸，连腮胡子，宽身板，两条细长腿，大脚板穿四十四码的鞋。

有一回，他给唐山菊家修完烟囱，脸腔和身上都叫黑灰蹭得左一道右一道，脏兮兮的。他在院子里拍打拍打身上的黑灰，就要走了。唐山菊给他端出一盆清水来，还拿出一块好闻的香胰子叫他洗洗。他哪里好意思当着唐山菊的面脱掉那不见一丝布颜色的劳动布上衣，而且在当院里还怕人走过看见，就嘿嘿露出一口白牙一笑说："俺回去洗，俺回去洗。"就慌张地走了，走到门口他又拍打了两下身上的浮灰。

唐山菊怔了怔，进屋去拿来一块干净的白纱布，然后蹲在园子里芍药花、地瓜花和百合花前，仔细擦去李长路刚刚抖落的一层黑灰尘。

这被一个女邻居看到了，她就是给李长路和唐山菊撮合过的那个女邻居。这个女邻居后来对李长路说，这个女人爱干净，你以后再去她家帮忙干活注意点卫生。这让李长路挺为难的，他干的都是脏身的粗活，不过他注意了不再在院子拍打灰了，以免再落到那女人看得金贵的花叶上，也不在女人看见时在院子里随地吐痰了。

这个女邻居还叫李长路注意点唐山菊老家的信件往来，李长路先是不懂，这个女邻居又点悟他："你傻呀，唐山菊不着急和你处，是不是她老家姐姐会给她介绍人家呢，她可轻手利脚，说不定会像出林子的山雀一样往林子外面飞呢。"这样一说，李长路呆呆的脑袋也明白了，再有河北省唐山市城关镇小河庄公社的来信，他就格外关注了。

有一段日子她们姐妹的信件往来的确多了些，那是在唐山菊的男人过世一年之后。唐山菊几乎每隔十天左右就能收到她姐姐的一封贴着八分钱长城图案邮票的来信。李长路总会及时地把信送到她家来，他没有像给别人家送信时在院子外面喊，而是在外面支好自行车，拿着信走进院子来，大黑狗认识他并不叫，他叫了声："唐山菊，你的信！"

唐山菊从屋里走出来，接过信冲他说了声："谢谢。"回身要进屋，见他并不走，就问你还有事吗？

李长路说："你不写回信吗？我可以等你，下午就能给你邮走。"

她说："不用那么着急的，我姐姐的，我过两天写好了回信再交给你。"

"好吧。"他有点失望地走出院子。

其实他是想从唐山菊看过信的表情来猜测，她姐姐在信里跟她说了什么事，是不是女邻居说的事。可是唐山菊没有给他这个机会。他走出院子时，还快快不快地看了大黑狗一眼，听唐山菊告诉他，这个大黑狗还是她男人生前抱养的，说是他总不在家，给她做个伴，夜里还可看门护院。说者无意，听者有心。李长路觉得她是故意说给自己听的。

过了两天，李长路从唐山菊手里拿过她写好的信，信装进一只天蓝色格边的信封里，收信人名字是唐山芝。信封右上角连邮票也贴好了，是一枚带有北京天安门图案的八分钱邮票。李长路当天把邮袋带回邮局交给内勤分拣员，看着他敲上邮章发走了。

　　大约十天后，又一封信邮到了。李长路已熟悉了信封上的笔体，还是一枚长城图案邮票，甚至连贴在信封的位置都不差。李长路把信送到唐山菊家，交给她时又问了一句："你不用现在写回信吗？"

　　"谢谢，不用。"她把信拿进屋去。

　　这回是过了一周，唐山菊才写了回信请他发出去。这让李长路觉得她姐姐并没有要紧的事。

　　李长路想错了，这回没有等到十天，她姐姐也没有等唐山菊回信，就又来了一封信，接着又来了一封，一天不到又来了一封……到后来，李长路差不多是把两封信同时交到唐山菊手上的，后一封是加急挂号信寄到的。这说明写信人在那封平信发出去后，觉得不放心又写了这封加急挂号信，这叫李长路觉得有事了，他心里有点发毛，送去时他还故意镇定了一下，用手正了正由于蹬车太快，被风吹歪的帽子。帽檐儿边已有汗渗出。站在院子里他把信交给唐山菊，察看她的反应。

　　"你不马上写回信吗？这一封可是加急挂号信。"他提醒她。

　　同时收到两封信让唐山菊也有些惊讶，接过信有些犹豫的她说了一句："那请你等我一下，我马上写封回信。"她像知道是怎么一回事了。"要不，你进屋来等吧。"她又补了一句，看到他绿帽檐儿下的汗珠。

　　他犹豫了一下说："我还是在院子里等吧，看看你的花。"

其实他是非常想跟进屋的，说不定能看到信里说了什么事，凭他职业的嗅觉，他只要扫一眼就能看出。可是她的屋里除了干活帮忙进去过，平常没事他还从没走进去过，他不想打破这个规矩，她的眼神也在告诉他别打破这个规矩。他只能这样说了。

其实院子里的花在他眼里并没有什么可看的，他分不出都是些什么花。不如看看那只狗，头几天他往贮木场食堂送信，遇到了张厨子，要了两块烀骨头棒，张厨子以为他下酒，就没问什么给他了。叫他别叫人看见。那两个啃干净的骨头棒还在狗窝旁。大黑狗看见他，讨好地过来舔舔他的手，他拍了拍它的头。

她写好了信走出来，又是天蓝色条边的信封，又贴了八分钱的北京天安门图案的邮票。

"你确定不用挂号加急，两天就能收到。"

"不用，这样发吧，谢谢你。"她的语气还是那样平静。

他骑车走了，在回到邮局之前，他从车上下来，把那封蓝条边白信封拿出来，反复在手里翻看，又对着太阳看里面的信纸，除了看到信封上秀气的字迹外，什么也看不出来。他一颗心悬了起来。

那之后几天他一直在关注唐山芝的来信，可奇怪的是，这封信发出去后，好一阵子唐山芝没有再来信。

大约过了一个月后，唐山芝又有信来了，这次是和平常一样的平信，还是长城图案邮票。

他把信给唐山菊送去，站在她家院子里，唐山菊竟然当着他面把信拆开了，看完跟他说了一句："总算说服她了，结束了，不然会有多麻烦。"

他问："什么结束啦？"

"我姐姐，她在老家给我介绍了一个对象，可我现在还没考虑过离开这里。"

他一怔，像被什么打中了一下，有点发呆，随后压制住内心的狂跳。

这天晚上他回到家里，他把自己灌醉了。照镜子，他又好好刮了一遍胡子。

30

说起来，李长路还要感谢唐山菊这个姐姐时不时地有信来，让他能够走进那个唐家小院。有时还会寄来一个邮包，邮的是板栗、虾皮、麻糖，都是山里没有的。虾皮还分给过李长路，算是对李长路平时帮忙的酬谢。李长路诚惶诚恐地收下了，可他更愿意收下她亲手做的虾皮酱，往往就着虾皮酱他会一口气吃下三个大饼子。平常的日子里，唐山菊每次接到信，总要对他说一点她姐家的事情，比如她的外甥女又长高了，比如她外甥女上三年级了，等等。

有一回唐山菊还从一封信里抖出一张二英寸的照片给他看："瞧，我的这个外甥女多可爱！"李长路看到了，啧啧嘴："真是一个让人喜欢的小姑娘！"

唐山菊春天里还织了一件小毛衣给她外甥女寄走了，从这件变着花样的毛衣上，也能让李长路看出她心灵手巧，特别是毛衣胸前还织着两只翩翩起舞的花蝴蝶。"啧啧，你的手可真巧，这蝴蝶像落上去一样！"李长路笨拙地夸赞了一句。唐山菊的脸

206

红了。

我们红松街的邻居孩子都吃过唐山菊的麻糖，那是头几年过年时，街坊邻居的孩子打着灯笼挨家串门，有的大人就会分给我们孩子几个小鞭炮放。先前唐山菊的家我们是不去的，一则是她家刚搬到红松街上时很少和街坊邻居来往；二则是她成了寡妇后听到过大人对这个女人不好听的议论。她一个女人家也不会拿出鞭炮给我们放。是孙满桌要去的，我们就跟着去了。

从寒冷的外面一走进她家，就闻到她屋子里有一股清香味儿，干净的柜子上点着两根绿香，窗台上还放着一盆水仙花。唐山菊看到我们来很高兴，抓瓜子拿糖块给我们吃，后来她就把柜子上摆的一盘像花一样的白色糖片拿给我们吃，我们都不敢吃。孙满桌吃了，我们才跟着吃，这一含到嘴里不要紧，满口的香甜让我们的舌头都酥软了。

出来，我们问孙满桌唐山菊给我们的白花糖商店里咋没有，孙满桌撇一下嘴道："老土，这是麻糖，唐姨老家寄过来的。"我还留意到她家里墙上的年画是一组《红色娘子军》剧照。

上了高中以后，她家里我们再没去过。虽然我们很馋她的麻糖。王路甚至说过一次麻糖比他哥寄来的软糖都要好吃。

红松街的女孩子只有孙满桌还常去她家，有时是去看花，有时是去帮她种花。今年她家园子里好像种的菊花多了，而菊花是要等到别的花都谢了，到秋天才开花的。今年天旱又热，别的花都早早开过了，花期也照往年短了，只有菊花还没开。

看见孙满桌来，唐山菊也会问她一句："学校的演出排练还没开始？"

"没有，学校说要等开学前再说了。"孙满桌叹息一声，不跳舞她就像唐山菊园子里那打蔫的花一样显得没精神。

园子里的花也需要浇水，那井水也是李长路头天晚上挑过来的。每隔一天晚上，不管下班有多晚，李长路都要挑两挑水送过来，一挑是浇花用，一挑是给唐山菊用。唐山菊屋里的小缸只能盛下李长路的两大桶水，第二趟挑水回来，李长路就把水桶和扁担放在院子里了。第二天白天再把空桶取回去。

有一天晚上，李长路送完水回来，发现他自家缸里的水也没了。他晚上得喝水，还要洗把脸，就想把那挑水挑回来，第二天一早再挑一担送过去。

他重新返回唐山菊家院子，推门发现院门已插上了，他想唐山菊已经睡下了，不想惊动她，他个子高就从矮障子上跳进花园里，再走到院子里。

大黑狗已听出了熟悉的脚步声，似乎也知道他来干什么，在窝里伸了伸头，又趴下去睡了。这段日子他和大黑狗已有了一种默契。

他轻轻踮着脚走到水桶前，刚要把扁担钩挂在水桶上，发现两只水桶都空了。他有点奇怪水这么快用完了？眼睛下意识地往窗上瞄了一眼，这才发觉窗上挡着严严实实的窗帘，有一道边缝却露出一道亮光来。她没睡？他蹑手蹑脚走到窗前，刚刚伏下身子，狗窝里轻轻地呶了一声，他的眼睛也刚触到窗缝上，她白白的身子坐在洗衣的木盆里。李长路的头嗡的一声，血直往上涌。他慌忙收回了目光，倒退着脚步退到水桶处，差点绊倒——回身看到脚旁立着大黑狗，正警惕地望着他。他赶紧拿起水桶慌慌地轻着脚步跳出院子。

李长路一连几天有点害怕见到她，甚至白天上下班都绕着她的小院走，他一直在心里忐忑不安地想，她察没察觉到他那天晚上进过她家院子？知道了偷看的"不轨"行为，她会怎么看他？另一方面他也在心里侥幸地想她兴许没有察觉到。但一想到他生平第一次看见女人的身子，还是这样让他朝思暮想又让他敬畏的女人的身子，他脸上就发烧，害怕得不行……

可是李长路不得不硬着头皮去见她了，因为他手里又接到了一封从唐山市城关镇小河庄寄来的信。李长路磨磨蹭蹭地来到唐山菊家的院子，在门口时他还鬼使神差地摁了下自行车铃铛……他走进院去，女人就出来了。他把信交给她，还小心翼翼地察看了一下她的神色。她拆开了信。他不知要不要马上走开，想走开可是他的脚却像钉住了。他把目光又移到大黑狗那里，多日不见，大黑狗身上毛又掉了不少。

"你……你姐姐有日子没来信了。"见她快看完了，他说了一句。

"嗯，她现在忙得很，她在信里说，姐夫从早到晚往城里送鱼……哈，他打鱼的那条河里突然冒出了很多鱼，争先恐后往他网里跳，他像捡鱼一样容易，只是他俩忙得连吃饭时间也没有了，天这么热放在家里隔不了夜……"她脸上涌上一种喜悦，她以前对他说过他姐家靠卖鱼生活的，他当时还想这是一个男人正经营生吗。

"姐姐说，照这样下去，她家里到秋后就会把房子重新翻盖一下，小橘子（她外甥女）也会有自己的房间了，哈，他们要发家了，我真是没想到，我小时候洗过衣服的河里今年会这么多鱼！你见过大白天鱼都跳出河面来吗？……看来姐夫得忙得水叉裤都顾不得换了。"

他摇摇头，想不出她老家的河里鱼怎么会这么多。不过他的心思不在这里，他看到唐山菊这样高兴，他也放心了，她好像忘了那天晚上他怎么把水桶取回去的事。

他心情轻松地离开了唐山菊的家，嘴里还冲大黑吹了一声口哨。

过了两天她姐姐唐山芝又有信来，看来又是告诉她家里什么好消息。李长路把信及时地给唐山菊送了过来。

这回唐山菊看过信后，脸上除了高兴的表情外，还有一种很奇怪的神色。

"你姐姐家还在忙着打鱼吗？"他问了一句。

"……家里那条河里鱼还是那么多，不过，姐姐告诉我一件奇怪的事，你说稀奇不稀奇？"

"什么事？"

"姐姐说，家里给小橘子养的两条小金鱼有一天从鱼缸里跳出来，小橘子给它们抓回去，它们又跳出来翻在地上，等小橘子放学回来两条鱼都死了，小橘子伤心地哭了……还有姐姐家房檐下一个燕子窝，有一天夜里两只小燕子被一只母燕推出窝来，母燕子也从窝里飞走了，那两只小燕子还不太会飞，掉到地上摔死了……"

李长路低着脑袋想了一下，说："这是件怪事，不过我想，金鱼和燕子都是热的，不愿在缸里和窝里待着了，你想，我们东北这疙瘩今年夏天都这么热，你想他们那里会有多热，恐怕鸡蛋都能在柏油马路上烤熟了。"

唐山菊看了一下他，唐山菊还从来没这么认真地看过他。

"也许你说得有道理……"她半信半疑，脸上奇怪的神色慢慢退去了。

李长路在投递时，从区里河南跑到河北，他留意过大河里的水渐渐消瘦。他下去洗他那两只跑热了的汗脚，他觉得河里的水有点温热。看见河里有钓鱼的，半天也见不到钓上来鱼，就问咋没鱼，钓鱼者答："咱这山里都是冷水鱼，河水都晒热了，河里自然没鱼了。"他想起唐山菊跟他说过她姐家河里涌出那么多鱼的话，便想抽空找白茂林问问。他记得白茂林的老家也是河北的。他给白茂林投递过信。

这两天他没有看到白茂林，往河东的林副产品收购部和废品收购站送报纸，都是父亲接的。父亲看他跑得头上冒汗，就说，把报纸都给我吧，收购部我给你分发下去。李投递员心生感动，在红松街的邻居当中，父亲和母亲是从来没有揶揄过他和唐山菊关系暧昧的人。他也十分同情生病的母亲。

这天一大早，李长路送报时，先去了林副产品收购部，他见到了白茂林，见到白茂林时有些吃惊，白茂林从窗口一见到他就从屋里跑了出来，神情十分慌张，就好像天要塌了。白茂林一把从李长路自行车货架上搭在两边的绿邮兜里抽出报纸，急急地翻，翻过了又把报纸丢到地上，又往屋里跑，李长路捡起报纸追过去："白主任，你……你找什么……""地震啦——"白主任头也不回丢了一句。"地震？哪里地震了？"李长路又追着问了一句。

"唐山！"

李长路像真的被震了一下，身体摇晃了一下，随后他又追进屋去。白茂林进了屋呆呆地坐在椅子上，并没看跟进来的人。

"你怎么知道的？"

"早上……家里的收音机刚刚报过。"

李长路脸色白了，他知道报纸还不会这么快报道。

李长路不知道该不该把这个消息马上去告诉唐山菊，他想还是等等吧，至少等到明天报纸上发出消息再说。

这一天他在投递时，自行车蹬得格外沉重，很多上坡路他都是推着走的。那些有收音机的人家聚在一起喊喊喳喳小声地议论，脸上闪过恐惧的神色，看见他送信来，又像白茂林一样忽地围过来抢报纸看，而后又丢下。

傍晚李长路脚步沉重地走回红松街，他绕过了唐山菊家小院门口。他很庆幸红松街的人家没有谁家有收音机，不然这会儿也会围在一起神色慌张地小声议论。他想这条街上只有父亲会知道这个消息，白茂林一定会告诉他的。好在父亲和母亲都是不喜欢串门的人。

李长路并不知道这场地震会死去那么多人，否则当晚回到家中，他也不会那么轻易地折腾了两回身子就呼呼睡着了，当然这一天他跑得很累。

第二天一早，他早早地到了邮局分发室，他急不可待地从一捆《人民日报》中抽出一张来看，上面是用加黑的粗体字印刷出来的消息标题，唐山两个大字像炸弹一样击中了他。等他醒过神来，先把报纸挨家向各单位送去，今天的报纸他知道一刻也耽误不得。在路上，他听到了区里广播喇叭已在沉重地播出这个消息了。是照着报纸播出的，每到一家单位，人们早就等在门口了，不等他停稳，就纷纷从邮袋里抽出报纸抢去看。当了这么多年邮递员，这是从来没有过的事情。

他是快中午时把所有单位的报纸送完，才回到红松街上的，邮袋里他还特意留了一份报纸。从南山街顺坡下来，路过油毡纸房老孙家和张厨子家的院子，他看到了他们两家大人小孩儿站在院子里神色紧张地在说着什么，他们显然是听了广播。他骑的车子加快了一下，穿过他们刚刚投向他的目光。

唐山菊站在院子里，看见他推车进院，眼睛紧盯着他："广播里播报的消息是真的？"他支好车子，把报纸拿在手里，点点头："是真的。"

她抢了报纸去看："……7月28日凌晨3时42分唐山发生7.8级大地震……"之后，她身体摇晃了一下，张着嘴吃惊地说："我姐……我姐姐他们会怎么样——"

他扶住了她……

"他们住在郊区，或许会没事，这次地震震中在城市中心……"

"我得写封信，不，发封电报，我得问问。"

"好的，我帮你，现在就去吗？"

"对，现在——"

李长路重新把车子推出来，他说他可以替他到邮局发这封电报，可是唐山菊非要跟着他去亲自发，他只好带她去了。他骑上自行车驮她去邮局，这是李长路自行车后座第一次驮一个女人，他脚下像蹬着风火轮一般飞快地向邮局骑去。

到了邮局他跟那个电报员说，这是我的邻居，你快点给她办。一听说是往唐山拍的电报，那个女电报员刻不容缓地给她发出去了。她焦急地不放心地问，电报什么时候会到？那个女电报员说，电报明天就会到的。

随后，李长路又把她驮了回来，她在他的后背后面一遍一遍地问："我姐姐会收到电报吗？……""放心，她会收到的，她会没事的。"他安慰着她。

他送她进院，又安慰了她几句，叫她别着急，一有回电他马上送过来。"谢谢你……"她那双左顾右盼失神的眼睛看着也让他跟着着急难过。可是现在只有等待。

按照来回电报的时间三天算，第三天一早上班，李长路就去电报员那里问了："有我那个女邻居的电报吗？她叫唐山菊。"那个电报员摇摇头说："没有。"

中午下了班，不等李长路走到她家，那个女人就早早地站在院门口等他了——"有我的电报吗？""还没有。"女人脸上又现出惊恐不安状："一定出事啦，我电报写上见字切切速回电的……""你别着急，兴许她还没收到……"李长路说了半句又收住了口，早上那会儿他想打个长途电话替她问问，他记住了她姐家的住址和她姐姐的名字，城关镇小河庄公社总该有电话吧。他请长途话务员拨了长途电话，可拨了好半天电话也没通，过了一会儿那个话务员告诉他，所有通唐山的长途电话线路都被地震震瘫痪了。他马上想到那里的邮局也会被震塌的。

他现在还不能告诉她通信线路中断的消息，以免她更着急。于是他对她说："你再写封加急挂号信试试，这个或许能更保险些。""好，我现在就去写，你跟我来，写完你就拿走！"他跟着唐山菊走进院走进屋去，屋里依旧收拾得干净利落，他坐在一只方凳上等，她伏在炕沿上写了起来。

写完，她又把信急急地揣进一只天蓝色条边信封里，贴了几张邮票。

他拿走了，又返回邮局把这封挂号信发走，他想信总得在路上走几天，说不定那边的邮路就开始畅通了。还有这个女人等信不会像等电报那样着急了。他实在不忍心看到她着急的样子。天哪，这几天报上每天不断登出新消息，地震死亡人数已经报出来，二十万人一下子就没了！

这种百年不遇的大灾很少听人说过，咋就偏偏发生在身边人的亲戚身上呢？他心里隐隐生出一些担忧来……

31

因着灾情的缘故，学校动员全体师生提前返校，为救灾做动员大会，会上的动员发言是热烈的，可大家的心情依旧十分沉重，师生的脸上都像挂了一层霜。

动员大会一结束，宋海波就在教室里宣布学校布置的一项紧急任务，学校号召师生上山采中草药材支援地震灾区救治伤员。班上有两个本来不愿学习的调皮男生，一听这样讲，就相互做了个鬼脸，刚做出小鸟要出笼飞向山林状，就被宋海波察觉了，她立刻板着脸严肃地瞪了他俩一眼。她又说道："我们都要带着阶级感情完成好这次采中草药材任务！每两三人一组，可以自行结伴，但要注意安全。"

我的同桌孙满桌在开学的头两天就到学校来过，是来找张红伟，问汇报演出节目什么时候恢复排练。张红伟告诉她，排练的事情等过一阵再说吧，地区汇报演出的时间也推迟了。看她有点失望，张红伟又说，我想正式开学一个月后应该没问题。她那天和张红伟在那个排练教室聊了挺长时间才回去。王路那天到学校来找宋海波看到的，王路说张红伟后来又在排练室单独吹笛子和孙满桌练了一会儿。

早上一过来，孙满桌就对我说，她改名字了，以后希望我和同学记住她的新名字：孙曼卓。她又得意地补充一句，曼是赵一曼的曼，卓是卓娅的卓。

我说："是张红伟给你改的吧。"

她说："是的，这是革命主义加浪漫主义的名字，比孙满桌好听吧，秀才。"她又歪着头得意地瞅着我说了一句。

孙满桌上边有三个姐姐，到她这儿是第四个姑娘，一心想要儿子的她父母就给她起了这么个土气的名字。刚上高中，她跟我说过要改名字，让我帮她想想改个什么名字好。我没想到她这么快就让张红伟给她改了名字。

听到宋海波要同学自行结伴去采山草药，我说："孙……曼卓，你、我还有王路咱们三人一组吧。"她听了，对我说，张老师叫我和宣传队另一名女生跟他一组。

教林业植物课的男老师和女校医挨班给发了山草药植物样本，叫同学们记在本子上对照采。王路对我说："咱们不用记，我都知道。"我想起来王路的爷爷就是有名的老中医。王路从小就喜欢跟他爷爷上山采中草药材。

天气还是这样的闷热。放了学，我们三个走在回家去的路上，孙曼卓叹了一口气，突然说了一句："你们说唐山发生了大地震，我们这里会不会发生地震？"我说："不会的，地震多发生在平原山地一带。"这两天有关地理方面的书我没少看。

"看看唐姨着急无助的样子，真是很可怜。"快到红松街时，孙曼卓又看到唐山菊站在门口的身影了，她在等李邮递员路过。

和王路分手时，王路说了一句："孙曼卓，你上山时最好穿长裤子，把腰带裤脚扎紧。"

"为什么呀。"孙曼卓穿着一条黑布裙子，两条白皙的小腿肚子露在外边。

"因为山上有蛇，还有也防止蚊虫叮咬。"

孙曼卓吐了一下舌头："蛇，我最怕蛇了。"

"也不要怕，一般松花蛇是无毒的。但土球子要小心，这家伙是脑袋大短身子的蛇。"王路看着我俩又说了一句，向红松街前街南边胡同口走去了。

回到家里听父亲说，街道上也在动员各家各户挖采山草药了。街长刚刚到家里来通知过。父亲说："你妈身体不好，你和向军去山上采中草药材时多挖点，把你妈应交的那份也带出来吧。"我和三弟答应了他。

父亲单位最近也很忙，他们在和林副产品收购部一道收购木耳、山蘑和别的山野菜支援灾区。他对上边号召的事表现得很积极。

第二天一早我就和王路上山去了。三弟要跟我们一起去，王路说去吧。去南山坡采山草药材的人不少，王路和我除了各带一只背筐、一把镰刀外，还带了一把小镐头。如果不是想着地震的事，这样炎热的天上山采草药是件愉快的事。树荫下往往要比镇上凉快许多，还有野果如树莓、稠李子、羊奶子、都柿可以吃。

我们走得很快，蹚着露水到了山坡回头往下看，漫山坡采山药材的人就像觅食的羊群在慢慢移动。

王路知道哪里中草药材多，他带我和三弟一直往山顶走，在一处山崖下，我们发现了大量的黄芪、三棵针，还有接骨木。

刚才在上山来的路上，我还看见了张红伟和孙曼卓、周云燕走在一起的身影，周云燕比初中时的情形好得多了，她显然已从姐姐死去的阴影中走了出来。是呀，和当前的这场灾难相比，她个人经历的悲伤自然要小得多了。

筐里很快就装满了我们挖的中草药材，王路还挖到了几棵山参。下山时他有些左顾右盼，后来他说："我们拣林子密的地方走吧，这样阴凉多一些。"我和三弟热得汗水一个劲地往下淌。

走到半山腰一处山石处时，王路说歇一会儿再走吧。我们就坐在山石上休息，三弟半躺在石面上还把三棵针的叶子放在嘴里嚼。

周围的林子一下子安静下来，能听到远处阵阵松涛声传来。

王路突然跟我说："向群，你跟我去那边一下。"我问他怎么啦，他也没说，只顾在前边扒着树丛走，我在后边紧紧跟上。大约走了百十米远，我听到了一声惊叫，惊叫声有点耳熟，王路已拔腿跑了过去。

从前边的一处林地里慌慌张张奔跑出一个人影来，定睛一看，竟是孙曼卓。看到王路她才止住脚步停下了。

"怎么回事？"我赶到跟前时，看到后边又跑出来张红伟，孙曼卓两手紧紧捂住胸口，脸色苍白，大口呼吸着……

"我们看到了一条蛇，在那边……"张红伟也惊慌地说。

我俩看看张红伟，又看看孙曼卓，孙曼卓点点头。王路听了，手里捡起一根木棒走过去。我的目光移到孙曼卓身上，看到她穿着一条黄裤子，裤脚扎上了，而她的上衣是一件花格衫，下摆扣子掉了，衣角上面蹭着草叶浆液色。她两手还紧紧地捂着胸口。

"别害怕，蛇跑了，我们回去吧。"张红伟背着一只筐，手里还拿着一只筐，里面只有半筐黄芪和三棵针的叶子。

他俩刚刚转身往山下走，王路回来了。我问："你看到蛇了吗？"王路瞅着张红伟的背影说了一句："也许是一条土球子蛇。"我俩这才想起，周云燕怎么没和他俩在一起？

过后，我和王路问过孙曼卓，那天周云燕怎么没和他们在一起？孙曼卓说，那天刚到山上，周云燕说她来事了，张老师就叫她回去了。"来事？她家来什么事啦？"王路还傻乎乎地问了一句。孙曼卓脸就红了，羞涩地小声说，就是女孩子那种事。我似懂非懂地使劲瞪了王路一眼，他才没有继续问下去。

几年以后，到了大学里我跟女朋友说起这事，我为我们那个偏远山区上了高中还没开生理课而难过，而当时我们确实不懂男女生之间的青春期差别。

街道给每户采中草药材的任务，唐山菊也去采了。不过每天最让她牵肠挂肚的还是没有收到她姐姐电报或信件这件事。尽管李长路已向她解释过了，地震造成了唐山那边邮电线路瘫痪，一时恐怕还难以恢复。不过，李长路也叫她放心，他会随时帮她从邮局内部打听，一旦唐山方面邮路通了，他会催问一下之前发到那边的电报和挂号信的，会在第一时间告诉她。

地震发生以来，她几乎度日如年，茶饭不思，夜里常常失眠到天亮。她人也瘦了许多。

"你这样下去可不行，身体会垮掉的，将来你姐姐需要你照顾该怎么办？"李长路这样劝慰过她。李长路给她送来了他在中心街"三八"餐铺买的新炸出的油条和新磨出的豆浆，可她一点胃口也没有。

邻居们看她这个样子也心生同情，常常这样叹息："这个女人可真不幸，头些年刚刚没了男人，现在再没了姐姐该怎么办呢？唉。""她要是有一个孩子也能想开些，不为自己也总该为孩子想想吧……日子总得过下去吧。"那个曾经为她保过媒的女邻居更是后悔不止，当初要是这事成了，现在两人的孩子都可以打酱油了。不过看到那个粗粗拉拉的李邮递员为她跑前跑后的，她又在心里宽慰地想，她当初没看错，这是一个心地善良的好人。她在心里念叨："阿弥陀佛！老天爷保佑，保佑她的姐姐平安无事吧！否则她真不知道他们两个会不会走到一起，看她不吃不喝悲愁的样子，好像活下去的劲头都没了。唉，唉，真是不幸的人哪！"

地震半个月后，还没接到那边任何回信，唐山菊已经在心里做了最坏的猜想，是不是姐姐一家全都震亡啦？因为她每天都在看报纸，开始李长路并不想给她报纸看，可她对他说，求求你，让我看到一点那边的消息吧，否则我真要急疯掉了。看她痛苦哀求的样子，李长路又于心不忍了，只好把每天的报纸拿给她看了。她在上面看到有一家人都震亡的报道，还有一家人只有一个人活着，有丈夫失去妻子的，有妻子失去丈夫的，还有一家人只剩下一个孩子，在灾区救援的解放军正在彻夜抢救中……她希望姐姐一家是最后一种情况，还在失踪，还在被寻找中。

可是她很快又从李长路那里知道了这么个情况，李长路也是从报上听说，人被埋在废墟中不吃不喝最长存活期限是十四天，过了这个期限找到了也不可能活着了。所以十五天后，她绝望了，担心姐姐全家都震亡了，绝望中她甚至闪过这样的念头，那就是哪怕活着一个也好哇，如果选择一个活着的话，她会选择小外甥女，她才刚刚十一岁，人生对她来说刚刚开始，让她活着，把她留在这个世界上，由自己来抚养大吧，她是姐姐、姐夫留在这个世界上唯一的亲骨肉。她一定会把外甥女抚养大，她宁可不要自己的孩子，也要与外甥女相依为命，只要外甥女活着！想到这里时，她甚至暗暗发誓了……她站在院子里，面向南方，在心里说道："老天爷，请不要让我绝望，给我留下一个念想吧！我向伟大领袖毛主席保证，我唐山菊一定把她抚养成人！"顷刻，她感觉到有一道热辣辣的太阳光晃在脸上。

李长路曾问过她姐姐家住的是什么房子。

她说，是平房，是草房顶黄泥巴墙，房梁柱的檩木还是她上小学时盖房用的杨树木。

李长路听了对她说，放心，万一震塌了压在里面，用不了两天就能把人救出来的。

这天早上，李长路飞一样从邮局骑自行车来到唐山菊家里，他手里拿着一封电报，刚一进院就喊："山菊，山菊，快出来，你姐姐来电报了！她还活着！"

唐山菊从屋里冲出来，她一把夺过电报！打开来看，只见上面匆匆写着两行字：山菊，我还活着，切切勿念！我现在在医院里，这封电报是找别人代发的，详情，我会随后写信告诉你。姐。8月18日。

"她还活着……怎么还在医院里？一定是受伤了，伤得重不重？"唐山菊脸上刚刚露出一丝惊喜，很快又涌上一层担忧来。

"不管怎么说知道她还活着就好，这是个好消息！"李长路为她高兴。

"姐夫和孩子呢，她怎么没说……"她喃喃自语。

"她不是说随后写信告诉你吗，我想他们也会没事的……"李长路安慰她。

她的眉头舒展开来了，说道："是的，她会写信告诉我的，我再等等。"她没有要今天的报纸看，李长路骑车送报去了。

过了两天，一封加急挂号信随着下午进山里来的那趟绿皮火车寄到了，李长路关照过分拣员，一有唐山方面来的信件赶快交给他。在下班时，分拣员把那封信交到了他的手上。

李长路接过信就骑车来到了唐山菊家，唐山菊一看到他走进院子里的身影就迎出来了。他把信交给她，这封信挺厚，拿在手里沉甸甸的，唐山菊并没有马上打开，而是对他说："你跟我进屋去看吧。"她好像没有力气打开这封信似的，怕信里告诉她的事情叫她一个人难以承受。当然她也知道他迫切想知道她姐家这二十几天到底发生了什么。他说，好吧。就随她进了屋。

她有点紧张地拆开信，信有五六页，白色的红格信纸在她手中颤动，她刚看了两行眼泪就涌出了眼眶，肩膀在颤抖，李长路凑到跟前去把手扶到她肩上，眼睛也落在信纸上：

亲爱的山菊我这世上唯一的妹妹：

当你看了这封信时，我这是在世上又重新活过来一回了！你可能不知道你的姐姐这二十天里已在地狱里走了一遭，我以为再也见不到你了，还有你的亲爱的外甥女小橘子。这真是太可怕啦！我知道这些天你肯定在为我们担着心，万分急切地想要得到我们的消息，所以我得赶快写信告诉你。电报是无法说清楚的，我的左胳膊还不能动，好在我的右臂受伤很轻。

现在回想起地震发生的那天，我好像还在做梦，一个可怕的梦魇！我的身子还禁不住发抖，护士告诉我现在还不能过于激动，我得控制一下自己。我跟这个护士说，我得给我妹妹写信，不然她会急坏了，她和你一样的年纪，她才允许我写信，并帮我找来信纸和笔。走廊里不断有新的伤员送进来，呻吟声不断传到我的耳朵里来，这是一家解放军野战医院，现在收的都是被救下来的老百姓……

还是说说地震发生那天夜里的事吧，那天夜里你姐夫回来得很晚，他又到河里去弄鱼去了，半夜里才回来的，他把打的几大网兜鱼放在院子里，躺下时跟我说第二天天亮前叫醒他，他得赶早往城里送鱼去，不然太阳出来再去送鱼鱼该臭了。他那几天太累了，躺下就睡死过去了。

凌晨时，我像是被一阵剧烈的摇动摇醒的，接着就看到屋里柜子上的东西和厨房碗架里的碗、锅台上的盆噼噼啪啪往地上掉，这里怎么回事？我马上想到的是咱家的房子要塌啦！我一边喊小橘子快起来跑出去，一边推你姐夫，可是你姐夫睡得死死的，小橘子醒来吓哭了，她的哭声也提醒了我，现在得赶快跑出去，我抱起她往门外跑！我叫小橘子站在院子里，又回身去喊你姐夫，可是我的脚刚刚迈进厨房，脚下一晃，房子就塌了，我先是像被人剧烈地猛推了一下倒在地上，之后头上有什么东西砸下来了。我本能地冲外面喊一句：橘子，快跑！之后，我就什么知觉都没有了。

……不知过了多久，我头上微微露出点亮光，听到上面有人喊："这里有人！"又听到一句："小心，快点挖……看看她还有没有呼吸。"之后我又失去了知觉。

等我再醒来时，已躺在这家解放军野战医院里。我的头上和左胳膊、右腿都缠着绷带。我醒来后，第一个反应是挣扎着起来向他们问："我的丈夫、我的孩子呢？"负责治疗我的医生和这个护士告诉我，听送我来的解放军战士说，他们是在我家倒塌的房子下面救出我的，也挖到了我丈夫，不过他已死了。我俩是同时被发现的，发现我时我还有呼吸，半边身子卡在墙缝里。虽然房子下沉了十几米，可是顺着墙缝到上面地面坍塌的裂纹有空气流动，并没有缺氧，所以我还能呼吸。他们也很奇怪，你姐夫并没有被重物砸着头部却死了，一根房檩木压着他的腿。后来听挖出我们的解放军战士说，当时他的头被一网兜鱼压着，是这网兜鱼导致他窒息而死。

我来不及为他悲伤，我瞪着眼睛问，我的孩子呢，我的孩子呢？我把她从房里抱出来放到院子里了！那个护士叫我不要着急，她在帮我联系找。她告诉我说，地震发生时有好几支部队同时赶过来救援，有的是负责地面搜索救人的，有的是负责搜寻倒塌的房屋中的幸存者的。老人和孩子都会被转移到救援点，她会尽快帮我问问。

没了你姐夫，小橘子又下落不明，那几天我心如刀绞般难过、绝望，真得感谢那个好心的护士，她姓田，她一边给我治疗还一边安慰我，说一定能帮我找到孩子。可你想想，这有多难，地震发生后这儿的一切有多乱，在我住院的这家医院里就有好多人和亲人联系不上的，不知道是死是活，总之绝望比伤痛更可怕！

当这个田护士把小橘子带到我眼前时，我简直不敢相信自己的眼睛，小橘子一看到我，一下子扑到我身上哇哇大哭起来……看着真叫人心疼，这十多天对一个孩子来讲是怎么度过来的呢。

原来那天小橘子刚站到院子里，看到我进去后，房子一下子倒塌了。她吓坏了，她还要往屋里跑，但听到我那一声喊，她就往院外跑了。跑到院外的一块空地上，她像刚明白怎么回事似的蹲下去呜呜大哭大叫，救救我妈妈！救救爸爸！天亮时正好附近有一支救援部队急匆匆路过这里，看到她孤零零站在这里哭，跟前还不断有余震发生，随时都有地陷的危险，就把她抱走送到救援点去了。在救援点里尽管有叔叔阿姨照顾她，可是她每天还泪流满面喊着找妈妈、找爸爸……

看到孩子安然无恙，我泪流满面，不知说什么是好！我一把拉起小橘子让她快谢谢这些救了我们母女性命的人。小橘子从我身上爬起来，流着泪鞠了一躬说："谢谢阿姨让我找到了妈妈！谢谢解放军叔叔救了我和妈妈！"

田护士对她说："小姑娘，你不要谢我，你要感谢共产党，感谢毛主席！是毛主席、党中央派我们来救你们的！"

谢天谢地，让我和你的外甥女还活着，这场灾难来得那么突然，看到那么多的人家全家人一夜之间都没了，你不知道我们这些待在医院里的人有多幸运！

你也是，我亲爱的在这世上唯一的妹妹，好好保重自己！我也累了，护士不让我再写下去了，就写到这里吧。

祝你安好！

爱你的姐姐和外甥女

1976 年 8 月 19 日

唐山菊看完信已是泪流满面了。她转过身来紧紧搂住了李长路的肩膀，瘫软地倚靠在他的怀里。李长路抬起他那两只不知放在哪里是好的粗糙大手，抚摸着她颤动的肩头。

这一晚，李长路留在了唐山菊的家中。第二天一早，有邻居看到他是推着自行车从唐山菊家的院子走出来去邮局上班的。

早上，红松街的街道上还笼罩着朦朦胧胧淡淡的晨雾。

32

父亲这一阵子越来越忙碌，林副产品收购部和废品收购站挨着铁路货运处，平常装车发运山产品和废旧物品的站台已被区里征用，用来统一发送区里支援灾区的捐献物品，除了帐篷、棉被、山药材、山野菜外，还有支帐篷用的小径木，都是一些上好的云杉和白桦木。父亲单位的所有人员负责装车，父亲有时回到家里很晚，因为说不准车站调度的一两节车皮什么时候会甩下来，有时是白天，有时又会是晚上。

晚上刘英就会过来喊父亲一起过去，有时晚上父亲刚刚端上饭碗就听到刘英在我家房后喊："王会计，车来了。"父亲放下饭碗就匆匆出去了。"吃饭了吗？""吃啦。"父亲说。有时夜里刚刚躺下，听到刘英在桦子垛后面的喊声，父亲一骨碌爬起来，衣服没等披好，就匆匆出去了。母亲听到两个人的脚步像一阵风刮走了。

装别的物品还好些，装小径木会更累。父亲常常累得夜里在炕上直翻身，父亲一辈子没干过体力活。母亲给他做的垫肩都磨破了，衣服里汗酸味儿夹着云杉木和桦木的木屑味儿。母亲埋怨："你累成这样就不知歇一歇？"父亲说："那火车皮可不等人，再者说，灾区那些无家可归的人还等着这些木料搭帐篷用呢。"

学校和街道收上来的山药材也是父亲他们装车运走的。那天父亲去街长那里交母亲那份药材，街长看了看父亲手里拎的一捆药材，叫父亲放在院子那堆药材里就可以走了。父亲没走，街长问："王会计，你还有事吗？"父亲问："您不称一下吗？"街长说："按人头每人五公斤，郑松华应交五公斤，我看也差不多。"父亲又说："你最好称一下。"街长只好叫院子里另一个正忙着的人放下手里的活，称一下。结果五公斤零三两。其实父亲在家里已称过了。父亲看到那人把药材斤数记到本子上母亲的名下才走。他走后，街长冲那个人摇了摇头，说了一句："这个王会计总是这么认真。"后来这话被街坊邻居传到父亲的耳朵里，父亲听到了说："这是给灾区救命的药材，能不认真吗？"

到了8月底，发往灾区的所有物资都发完了。父亲和单位里所有的人都松了一口气。那天他和刘英下班回来，走在红松街上，刘英对父亲说："区里对我们这次支援灾区装运救灾物资任务完成得很满意，还特意表扬了咱们单位。"父亲听了也很满足地笑了笑，说："这次任务很光荣啊，咱不能掉链子。"快到家门口时，刘英又小声透露了一句说："作为老同志您这次表现很突出，组织上已正式把你列为党员发展对象，可能下个月会去外调。"父亲听了，胸口窝跟着跳了几跳。

父亲那几日很高兴，他见到谁都主动打招呼，不是问人家吃了没有，而是问人家看报纸了没有。红松街的邻居被他问得一愣，父亲就说："你没看到《伊春日报》上说，咱们发往灾区的救灾物资小径木多少多少车皮，山药材多少多少车皮嘛，那都是我们单位发的。"邻居这才明白了，原来父亲要说的是这个。以前邻居只知道他们单位是收破烂的，谁想还做了这么一件轰轰烈烈的事！这件事当时在红松街足可以用惊天动地来形容了。

父亲还说装好的车皮在车站上等车时，都有民兵在站台上把守。听车站的调度员说，挂上的专用物资车皮一路都是绿灯，所有的客车货车都会给发往灾区的专用物资车皮让路。红松街的邻居也对他刮目相看起来，傍晚在街上扎堆的人们争相传看李邮递员带回的当天报纸时，看见父亲走过来，就会冲着他说，报上说灾区又搭建了多少多少顶帐篷，又安顿了多少多少灾民。父亲就很满足地笑了，就好像那搭建的帐篷真有父亲他们运过去的木料似的。

一天，父亲在街上碰见了李邮递员，父亲问："她的姐姐在那边医院里好些了吗？"李邮递员说："好多啦。"父亲又问："你上回说她姐住在部队野战医院里对吧？""是的，她是住在野战医院里。"李邮递员说。"不知道部队野战医院里会不会用咱们这里发去的中草药……"父亲思量着什么说。"我想会的，咱们这山上的接骨木就非常好使，特别是对那些断胳膊断腿的灾民，用咱的山药材保管好使！有一回我摔坏了小腿，王路他爷爷就是用接骨木治好的。"李长路听明白了，大着胆子迎合着他说。"那最好了……"父亲满意地走了。

临走，父亲又意味深长地说了一句："快喝上你们的喜酒了吧？"李邮递员听了脸红了，嘿嘿笑了一下。

其实李长路这几天心情也一直处在愉快的期待中，唐山菊自从那晚留他和她住在一起后，终于答应嫁给他了。具体的日子要等姐姐好一些再定，李长路没有想到他期盼多年的愿望就要变成现实了，他的心情自然是十分高兴的。可是他不想在红松街的街坊邻居面前太明显地表露，一是大地震带给人们的恐惧情绪还没有过去；二是唐山菊还很惦记她姐姐的伤情。她的情绪也处于担心悲伤和期待惊喜的波动中。如果他太明显地表露难免给人以乘人之危之感，这是他不愿意的。

唐山菊的姐姐在第二封来信中说，她的左小腿由于埋在地底下淤血时间过长，保不住的话就要截肢，听她这样说唐山菊心又跟着提了起来。

李长路安慰她说，解放军医院医疗条件这么好，一定会全力保住她这条小腿的。由她姐姐的小腿他也想到了唐山菊的小腿，那是多么美的有弧度的小腿肚子呀，那么白皙，要是锯掉了真是可惜。可是她姐姐在说到截肢时就好像在说锯掉别人的腿，口气很轻松。他不明白。可是唐山菊让他往下看，他就明白了，她姐姐说自己的命都是捡回来的，比起那些丢掉命的，丢掉一条小腿也该知足了。李长路就啧啧嘴，真是想得开的人。

可是唐山菊没有想开，她马上给她姐姐写了一封加急信，让她设法跟医生说说，叫他们想办法保住她那条小腿。并在信里说花多少钱也要保住那条腿，说到这里，唐山菊问她姐住院需要多少钱，告诉她好寄过去。唐山菊想她姐家里的钱一定也震没了，即使像她姐夫那样会过日子，把钱存在银行里，银行也会因为被震塌了一时半会儿取不出钱来。她叫李长路马上把这封信发出去，马上，一刻不能耽误！李邮递员照办了。

　　过了几天，唐山菊就接到了她姐姐的回信，她姐姐的这封来信让她的心安定了下来。她姐姐在这封信里这样写道：

　　亲爱的妹妹：

　　　　我知道你在为我的腿担心，现在我告诉你不用再为我的腿担心了，医生昨天刚告诉我不用截肢了，只是把我的两个脚指头截掉了。我出院以后走路一点也不碍事。

　　　　另外你不要担心钱的问题，我们住在医院里是不用花任何医疗费用的，田护士告诉我不光是我们住的解放军野战医院是这样的，所有医院对这次地震受伤灾民的救治都是免费的，都由国家来管！所以你也不用想着给我寄钱了，我在这里吃的、住的都是免费的，这就是社会主义的优越性！

　　　　病房里有两个老大爷常常这样说，这要是在旧社会，即使在地震中没有丧命，伤成这样恐怕也早就没命了。谁还给你用这好药。这真得感谢共产党、感谢毛主席！说要好好活着……

　　　　小橘子天天在病房里陪着我，我很开心，一点也不寂寞。小橘子还向我问起你，你姐夫走了，她好像突然变得懂事了许多。田护士有空时也过来教教小橘子数学和语文，她真是个好姑娘。

我还向田护士说起过你，对了，你和那个邮递员处得怎么样了，你以前来信和我说过他，说他是一个老实可靠的人，这几次来信也没见你提到过他，当然是我这边的事让你牵挂的缘故。我要跟你说的是，不要让人家等得太久，既然你觉得人家老实可靠，一心一意追求你，还有一份体面的工作，就该和人家把婚事定下来了，我和你的外甥女都会为你祝福的。

祝你幸福！

爱你的姐姐山芝
1976 年 8 月 28 日

这封信除了让唐山菊把多日来悬着的心放下，更让她下定决心与李长路定下婚事。她不想辜负姐姐的期待，姐姐说得对，世事无常，谁也不知道下一分钟会发生什么，从她的前夫、她姐夫的突然离世，她都清醒地意识到了这一点。

对，一刻不能等了，她放下信就跑到李长路家，把那个娶去挑水的男人叫到她家里来。那个男人不知又发生了什么事，等看到她那张羞红的脸就明白了。

那天晚上，唐山菊就和李长路把他们的婚事商定下来了，他们商定婚期定在 9 月下旬，那个时候唐山菊的姐姐就差不多出院了，他们希望唐山芝和小橘子能来参加他们的婚礼。那天离开唐山菊家的小院，李长路看到园子里的菊花差不多都要开花了，李长路就想，喜欢菊花的唐山菊到时候一定会看到满园的菊花都开放的。

此时这个男人的心情就像正怒放的菊花一样，他撩了一下挡在眼前的宽大的向日葵叶子，迈开长腿走出门去，他要把这个日期先告诉张厨子去，到时需要他做几桌宴席，叫他早点准备一下。还有街坊邻居都要请到。

33

红松街上的人们在经历了1976年7月和8月两个异常闷热的月份之后，一进入9月，突然觉得天气一下子凉快了下来，就好像从炎热的夏天一下子就进入了秋天，让人没有准备。而山上有的林场都下雪了，哥所在的那个林场就是9月初下的雪。红松街的人们还在谈论这两个月的炎热，热得叫人有点透不过气来。王路的爷爷就说过，他闯关东落脚到这个山沟里来头一回遇到这么炎热的夏天。好在这个难挨的夏天过去了，红松街的人们照往年一样，开始苫房草、抹墙泥、晾晒豆角丝、萝卜条、角瓜片准备冬天吃，这都是秋天要做的活计。

报上的消息也叫人们平静下来，唐山灾区传来的都是一些灾区人民重建家园、恢复生活的好消息。李邮递员的报纸也不再让人们像先前那样抢着关注了。就连唐山菊脸上也恢复了健康的气色，情绪好转了许多。

她院子里的菊花在一天天开放，让人看到她从前生活的样子，她每天在园子里修剪花枝，灵活的腰肢在花丛中若隐若现。

总有蝴蝶落在她身前身后。

看到张厨子家的房檐下吊着的几串红辣椒、豆角丝、角瓜片，母亲也穿起几串豆角丝和萝卜片挂在房檐下。看到老孙家的油毡纸房顶上晾晒的茭瓜干、黄瓜干，母亲说了一句："咱家的房草该换了。"

父亲听了，觉得这是他一个男人该干的活，就在一个周日带着我和三弟去南山坡割房草了。

在割房草时，我看到李长路也在山坡上割房草，他高高大大的身影挥着一把大钐刀，一股清新的青草味儿顿时扑进我们的鼻孔里。看见父亲和我们过来，他打了一声招呼："王会计，你们也来割房草。"父亲点点头，说："是咧，恭喜你大喜的日子要到啦！"他擦擦头上滚动的汗珠儿，仿佛汗珠里都充溢着喜悦，说："到时你们全家都来吃喜酒。""一定！"父亲已在头几天接到了他的正式邀请。

李长路家两间房的房顶他一天就苫完了，有邻居要帮忙他也没用。苫完房草他又把房墙抹了一遍，屋里面的墙面又新刷了白灰。邻居看见了都说这是一个能干的男人。但也有人猜测唐山菊过门后会不会住到他的房子里，因为相比之下，唐山菊的房子更干净利落一些，而且还是瓦房顶，还有她家院子里的花她也不会舍得离开的。

我家的房草割回来，是父亲利用几个下午下班时间上房顶苫的，而且还要我和三弟给他帮忙。苫了两天的房草，也只苫了一半，房顶看上去就像狗啃的似的，一半旧一半新。这天下午父亲跟单位请了假，要我们也跟学校请假，把剩下的房草都苫完了。

这个星期四下午有些阴天，呜呜地吹着的风有些凉意，风把晒在院子里的房草吹得满地都是，三弟在追着房草打成捆，递给站在房檐梯子上的我，我再递给站在房顶上的父亲。上面风更大些，撕扯着父亲和我的头发。不时有草棍落到我俩的头发上。我看到下过两场霜后，前院菜园子里的豆角、黄瓜秧子，已叫霜打得七零八落，零星的黄叶凄凄地被风吹着，很像父亲那张晦暗的脸，他的头发也被风吹得像乱草一样，东一绺西一绺的。

在一阵呜呜刮过房顶的风声中，区里大街上挂在电线杆子上的喇叭突然响了。这还不到广播时间，区里街上的喇叭一般是在早上、中午和吃晚饭时响，这时候才刚刚下午三点钟，而且在响之前会播放《歌唱祖国》的乐曲，可是这回没有……先是响起了一阵低沉的哀乐，这种哀乐这一年响过两次了，一次是周总理逝世时，一次是朱德委员长逝世时。开始我们谁也没去多想，风刮得断断续续，也让我们听得不太清楚，闷头在干着手里的活，吹到耳朵里的风声中就传来一个男播音员沉重的声音，他在播送一条讣告……一条不敢让我们相信自己耳朵的讣告！我和父亲都突然停下了手，竖起了耳朵，房上房下的我们三个人都停住了手里的活计……

一捆房草从父亲手里散落下来，父亲像被什么击中了似的摇晃了一下身子。之后他蹲在房顶上，双手抱着头说："完啦，这回完啦……"风吹着父亲悲痛的哭声传下来，这是我头一次听到父亲悲痛的哭声。

我们不知道父亲嘴里说的完啦指的是什么，我们只知道他老人家怎么能去世呢？我和三弟像不相信自己耳朵似的愣在那里，一个在房上，一个在房下……我看到李长路头上戴着一顶报纸做的船形帽，刚刚从他家刷第二遍白灰墙的屋里走出来，手里提着半桶白石灰水，那白石灰水直接倒在了他大脚背上，桶滚到一边去，他像被什么击中了呆呆地站在那里。

我家刚刚换了一多半房草的房顶依旧一多半新一少半旧地停在了那里。红松街那些在院子里干活的人都停止了干活，像我们一样木呆呆地一遍一遍听广播喇叭传来的声音，那声音在风声中依旧时断时续。到了做晚饭时间，也没有谁家去做晚饭，所有人家的烟囱都没有冒烟。

红松街的人觉得天一下子塌了。

不仅是红松街，整个区里都沉浸在悲痛之中，街上人们穿上深灰色衣服，胳膊戴上了黑纱。人们的脸上像刚被秋霜打过，变得沉默肃穆。熟人见了面都悄声说两句什么走开了。

李邮递员又一大早去各单位送报纸了，他的车子蹬起来有些沉重，他胳膊戴上了黑纱。在往河东单位送报纸时，他见到了白茂林正在屋子里和父亲小声交谈。

看到李邮递员进来，白茂林住了口。李邮递员把报纸给他放在桌子上，就默默地走开了。在别的单位他也察觉到了，明明两人在屋里小声地说着什么，一看见他进来就收住了口。

看到李邮递员走开了，父亲又跟老白说："这真没想到，这真没想到哇……"白茂林表情极复杂地看了他一眼，说："我跟你说过的，今年这个龙年不好过，但今年发生了这么多大事也是无法叫人预料的。"

因为已经发生了这么多的事情，所以当昨天广播喇叭里传来这个噩耗时，人人都不敢相信自己的耳朵，随后人人觉得天塌了，这个消息比一个月前听到的地震还叫人震惊！

当天，有日子没来我家的二姨一大早穿着一身黑衣服哭泣着跑到我家来，一见到母亲就抱头痛哭。她是来找母亲给她和二姨父做黑纱的。吃早饭时，街长又拿来一卷黑布，说是有缝纫机的家里都安排了做黑纱的任务。父亲见了对她说："你就在家里帮帮你姐吧，她昨天夜里又没睡好觉。"二姨就留下了。

　　我去学校里，平时热热闹闹的校园此时变得十分安静。黑板报上刚刚换上内容，粗体的白色粉笔字：沉痛悼念敬爱的伟大领袖毛主席……每个班级教室窗口都是一片肃静，各年级开学刚刚上课不到一周又停课了。

　　我走进八年二班教室，黑板上方的毛主席挂像已披上一条黑纱，宋海波正带着女同学在班级里叠做小白花，前面的几张课桌已堆成了一个小白花堆。宋海波穿着一件灰色衣服，她胳膊上戴着黑纱。有几个梳辫子的女同学，戴的头绳也换成了黑头绳，她们默默无语在那里做着小白花，有的女同学刚刚哭过，脸上带着泪痕。平时打打闹闹的男同学，这个时候都变得脚步轻起来，不敢大声说话。我们把这一堆堆小白花装进几只筐里，按照学校的统一安排送到贮木场工人的手中……

　　到了下午，王路跟我说，学校要在高年级中抽调是团员或者是入团积极分子的男同学同区里民兵一起参加夜间巡逻，张红伟叫他问我想不想参加，我摇摇头说不想参加，我怕夜里惊动母亲睡不好觉。王路现在是班上的团支部书记，团员是必须参加的，入团积极分子自愿。

　　学校宣传队原定8月份参加地区中学生汇报演出，因唐山发生大地震推迟了。那天孙曼卓还兴高采烈地告诉我和王路，地区中学生汇报演出定在9月中旬了，她们宣传队刚刚恢复排练，现在学校又宣布停止一切娱乐活动。现在她和班级的女同学一样每天在教室里叠小白花，身上换上了一件她姐姐穿过的灰布上衣和一条蓝裤子。而她头上最喜欢扎的两条粉红色头绫子，也换成了黑头绳。

天气一天比一天凉了，每天早上去上学都能看到家家桦子垛上结了一层白霜，而笼罩在人们心头的寒意更叫人噤若寒蝉。

红松街一下子安静了许多，李邮递员带回来的报纸大家虽然还都抢着看，但看完又无声地放回他的邮袋里，之后又默默地走回各家去。晚上，每家都早早地关门睡觉了。街坊邻居少了平日里的串门走动，张厨子家炒菜马勺颠动声也听不到了。这种压抑沉痛的情绪也传染到街上狗和鸡的身上，也听不到晚上狗叫和早晨鸡鸣了。

只有唐山菊家园子里的菊花在默默地开放着，开的黄色和白色的居多。那天街长来跟她说，等到开追悼会那天，要她把菊花都割下来给区里领导拿着，街道上可以出钱买。唐山菊就慌慌地摇摇头，说不用街道买，她自愿献出去。

34

父亲从刘英嘴里得知，组织上已派人去苔青小镇搞外调了，下一步还要去父亲的老家黄县搞外调，结果外调的人很快撤回来了。回来的人胳膊戴黑纱，脸上惨白。父亲期盼多年的愿望再一次落空。本来这次刘英跟上级党组织建议，要对父亲提供的四叔爷是地下党的线索去山东黄县好好查一查的。

现在刘英只能跟父亲这样说："请你再耐心接受党组织对你的考验吧，我们要怀着对伟大领袖的深厚感情，化悲痛为力量，把一切精力都投入到工作中去。"刘英说时似乎有眼泪在眼圈转动。她穿着一身黑衣服，每天总是第一个到单位来，把办公室挂着的毛主席像擦拭一遍。

父亲无比悲伤地说："我会努力工作的，请您和组织上放心。"

父亲戴着手套走到院子里去清理废铁和纸壳，刘英看到父亲的背一下子驼了下来，而在上个月装车时，肩上扛着小径木踩着颤悠悠的搭车坡桥板往车皮上走的父亲，腰还像小伙子一样挺直。想想父亲也是五十六岁的人了。

每天回到家中，父亲变得沉默寡言，叶子旱烟抽得更凶了，常常弄得家里乌烟瘴气的。哥在青年点很少回来，当然他们青年点也在忙着进行悼念活动。

我想这回父亲是会彻底死了心的。

学校里的悼念缅怀活动还依旧，班级黑板上方写着方块字标语：继承毛主席遗志，将无产阶级革命进行到底！黑板报在登载一些团员和入团积极分子的决心书，他们表示要化悲痛为力量，做无产阶级革命事业的接班人。我的同桌孙曼卓也写了，能看出来是张红伟叫她写的。张红伟找她谈过两次话了，王路跟我说，地区文艺汇报演出虽然取消了，但张红伟答应她这学期结束发展她入团。

孙曼卓穿着她姐姐又肥又大的衣服，看不出她的苗条身材来，每次放学回来我们往回走，她都说身上的衣服穿够了。我看出她的衣服里套着粉红色的紧身毛衣，这件毛衣是她跟唐山菊学着织的，织好后还没见她在外面穿出来过。

"不知道地区中学生汇报演出还能不能举办了……"她常常这样自言自语冒出一句。

"会举办的。"王路说。

"即使举办,我的腿恐怕也生锈了。"她又这样叹息一声。

走到唐山菊家院子外面时,她突然说一句:"你们看看这些花开得多好看哪!"是的,这些日子全是单调的黑色灰色,突然见到这些花色,让我们眼前一亮!还有院子里的向日葵,虽然叶子被霜打过了,可花盘的黄蕊还迎着太阳张开着。不知道唐山菊为什么没有把向日葵割掉,像别人家一样晾晒在房上。

那天下午街长带着区里来的人割走了她园子里的花,街长还特意嘱咐唐山菊明天和街道组织的参加追悼大会悼念仪式的人一起去区中心广场参加悼念仪式。

唐山菊第二天下午去了,她穿了一身黑衣服,让她的面孔更白净了。她胸前戴着一朵白菊花,手里还拿着一枝黄菊花。街道组织的队伍里有人在悄悄问她是谁。

到了中心广场,那里已站满了一队队默立的人。下午三时整,追悼仪式开始了,广场中央广播喇叭里传出北京天安门广场追悼大会现场直播的哀乐声,当广播里宣布追悼大会开始时,所有的人默哀三分钟,远远近近的汽车、火车全都鸣笛致哀三分钟 ——接着是国家领导人致悼词,会场上已是哭声一片……街道队伍里还有几个老贫下中农在地上打着滚:"毛主席呀,您老人家就这么走了,可让我们怎么活呀……"

当追悼大会结束时,所有人向广场前那巨幅毛主席遗像三鞠躬,唐山菊看到她亲手栽种的那些菊花,被区里领导和各界人士代表每人手持一枝走在前面,然后放在广场正中那幅巨大的毛主席遗像前下面。

悼念的人群散了，唐山菊没有马上离开广场，而是默默走到前面去，她看到她的那些菊花整齐地摆在那里，风吹动着花叶像在园子里向她招手一样，她默默地把手里那枝黄菊花摆放在菊花堆里，然后对着巨幅遗像鞠了三个躬。感觉身后有人也跟她一样鞠了三个躬，她默默地回过头来，见是李长路，两个人默默对看了一眼，都泪流满面。

广场上的国旗下半旗，风无声地吹动着国旗，也吹着每个人脸上的泪。

后来，他们两个一起走回红松街了。

那天晚上，我坐到我家房后的桦子垛上去，邻居家的狗这几日也像受到传染似的一声不吭了。我坐在木桦子垛上数星星，秋风很凉，我裹紧了身上的衣服。一颗流星从西边的夜空中划过，我突然想毛主席逝世的那个晚上有没有流星陨落，民间传说天上一颗流星陨落，地上就要有一个伟人去世的。这样说来那天晚上一定有流星陨落的。我家房顶刚苫过的房草散发出一股清新好闻的青草味儿。

在我冷得刚要从木桦子垛上下来时，突然看见老孙家门口黑暗的街面上出现了一个旋转的身影。开始我还以为是我看花了眼，睁了睁眼细看，没错，是个人影。她穿着一件紧身毛衣，胸脯高耸着，脚上穿着一双白鞋。就是这双白鞋叫我认出是孙曼卓来的，这是她在台上演出时穿过的白舞鞋。她在跳《红色娘子军》的旋转独舞。一会儿把头仰上去，一会儿又把一只脚尖扳过肩部，她灵活的身影就像黑暗中的一只蝴蝶飞来飞去的。我惊呆了，我的手心里沁出一层汗液来，冰冷冰冷的。最后她又像猫一样无声地从黑暗中消失了。我又揉了一下眼睛，空空的街面上什么影子都没有了。我怀疑是不是我出现的幻觉，那天晚上红松街上没有人出来。

学校恢复上课了，可人们似乎还没有从沉痛的情绪里走出来。学校还禁止娱乐活动，音乐课还不让上。宋海波还依旧穿着她那件灰上衣，班上的女同学也都还穿着素装。

这天下午，我们班参加了一次劳动，给学校食堂前面的猪圈抹墙，我和王路几个男同学负责抹墙，宋海波带几个女班委在一边和泥，孙曼卓和几个女同学负责端泥。我看到宋海波挽起了裤脚踩到泥水里，白白的腿肚子沾上了泥水。猪在圈里哼哼着，有两头公猪还把前蹄搭在猪圈栏杆上，看我们在干什么。正端泥盆走过来的孙曼卓吓了一跳，泥盆摔在地上，泥点溅了她和王路一身。王路替她把泥盆端过来。

劳动完，宋海波表扬了几个不怕脏不怕累的同学。有两个在圈里抹墙的男同学和往圈里递泥的女班委，身上还沾上了猪屎。

回家的路上，孙曼卓把沾有泥点的上衣脱掉了，露出里面粉色的毛衣，让我和王路眼前一亮。那毛衣的胸前还织着一朵黄灿灿的向日葵。多像唐山菊家院前的向日葵呀！而此时唐山菊家的向日葵也都割掉了。

秋天下午的暖阳里，这件散发着青春气息的毛衣，让王路想起了什么，他问道："你们宣传队的排练快开始了吧。"孙曼卓说："快开始了，听张老师说下个月地区中学生汇报演出定下来了。"孙曼卓眸子里有一种闪亮的东西在动。王路又说："张副书记叫你再向班级团支部交一份思想汇报。"孙曼卓爽快地答应了。

"还有你，王向群……你好长时间没写思想汇报了。"

我正在低头想着别的事，被他打断了，抬起头："哦……我看我就算了。"父亲的事已叫我彻底断了这个念头。他还想说什么，可到了路口我们分手了。

孙曼卓并没有等来学校文艺宣传队恢复排练的日子，她出事了。

班上传出她在悼念期间在家里偷着跳舞的事情被学校知道了。在宋海波和张红伟分别找她谈了两次话以后，不仅她的学校文艺宣传队队员的资格被取消了，她的入团积极分子身份也被取消了。

起初从王路嘴里听到这个消息，我也吃了一惊！因为那天夜里我相信只有我一个人看到了。而且我是不可能报告到宋海波老师那里去的。我过后还怀疑自己是不是看花了眼。孙曼卓那些天表现得很好，她扎的小白花最多，是班上流泪流得最多的女生，眼圈都哭红肿了。

这成了一次政治事件，孙曼卓被开除出学校文艺宣传队。好在她跳的是一支《红色娘子军》舞曲，好在她做了一次深刻的检查。

这次打击对张曼卓来说是沉重的，她人消瘦下来，上学时也不跟我和王路走在一起了。我留意到她套在外衣里面的毛衣也不再穿了，取代它的是一件她姐姐穿过的深色秋衣。

过了些日子，我才从王路嘴里得知，这件事是孙曼卓自己说出去的。这又叫我吃了一惊，原来在她思想汇报交上去的第二天放学后，张红伟找她谈过一次话。张红伟说她的思想汇报太简单了，作为即将纳新的团员，张红伟要她把在悼念伟大领袖期间所有思想活动都跟组织如实说说，要保证对伟大领袖的绝对忠诚。孙曼卓就流着眼泪把那天夜里跳《红色娘子军》舞的事说了，并说她是追悼大会结束当天晚上，她是怀着无比沉痛的心情在跳那支舞的。张红伟有点惊讶地听她说完，半天没说话。

其实，在听到同学传说出这件事之前，我一直在心里忐忑不安，我担心孙曼卓会不会怀疑是我向老师告发了这件事，因为那天夜里只有我无意中看到了她在跳舞，谁知道她会不会看到柴火垛上的我呢？现在我心倒放下了，可我为她感到难过，我真为她那两条长腿感到惋惜，她可能以后再也不会在学校里跳舞了。

红松街的大人们也从孩子们嘴里听说了这件事，都挺为老孙家这个四姑娘感到惋惜，邻居们觉得老孙家的四姑娘中学毕业后是可以到专业文艺团体跳舞的，可是现在却出了这样的事，都告诫自家的孩子这段日子在外面一定要注意自己的言行。张厨子家的几个姑娘倒是幸灾乐祸，因为从小她们就嫉妒老孙家的姑娘腿长，而她们都随张厨子老婆遗传腿短，她们和老孙家的姑娘在一块玩跳皮筋，从来没有跳赢过老孙家姐妹。这回她们几个姐妹聚到一块无比开心地说，看她就不是好跳，夏天还在她家门口拉风，这回两条长腿惹祸了吧。真是活该！

最为她感到难过的要数唐山菊了，在这条街上她最看好的女孩子就是孙曼卓，唐山菊甚至从她身上看到自己小时候的影子。唐山菊在上小学时被挑选为唐山市中心学校少先队文艺宣传队员，如果不是因为父亲出事，她都能和少先队文艺队一起进京参加国庆演出了，可是她的梦想就在那时被意外地折断了……这么多年她很少再向人提及她的梦想，提及她的父亲。包括李长路，她也没跟他说过。

现在她看到这个忧伤的女孩儿从红松街上走过，不由得又想起她伤心的往事……站在窗里的她，又默默地流泪了。

李长路每天下班回来都要过她这里一趟，给她送报纸看，他们又开始关心报纸上的消息了，比如这个国庆节举不举办国庆活动，比如唐山重建家园的灾民是否都被安置了。那天她姐姐又来信了，说她和病友也参加了9月18日那天的追悼活动，病友中都有哭晕过去的，说是毛主席给了他们第二次生命，毛主席走了让他们怎么报答他老人家的恩情啊？……信里她还说她快要出院了。

唐山菊就写信去问她出院有什么打算。她回信说，政府给统一建了安置房，有些安置房没完工的，上面说人们可以暂时先投亲靠友。唐山菊立刻回信给姐姐，让她带着小橘子先到唐山菊这里来住些日子。

唐山菊有时会留李长路在这里吃晚饭，吃过晚饭后，唐山菊又看出他眼里神色中的另一种期待。唐山菊就说："我们还是再忍耐一下吧，叫邻居们看到了不好。"李长路就明白了，默默地穿好他的绿色工作服外衣走出去了。

可是那个日子究竟要等多久，他们一点数也没有。

红松街另一个关心国家大事的人就是父亲。他每天都夹着报纸回来，除了《人民日报》《光明日报》，他更关注的是《参考消息》，他凑到灯跟前去看上面的小字，他的鼻子好像在嗅上面的字。

那天老白又关在他的屋子里只对父亲一个人说了一句："从报纸上看，我感觉还有大事要发生。"父亲听了吓了一跳！还有？这一年发生的大事够多的了！

区里各单位在国庆节没搞什么庆祝活动，连往年张贴的彩色庆祝标语也没有。只是通知各单位加强节日值班工作。学校里也是这样的，高年级组织学生骨干护校。

这一年的国庆节是在沉闷中度过的。

然而，国庆节刚刚过去不到一周，北京真的传来大事发生的消息。

35

区里广播喇叭里的声音突然变得激昂高亢起来，让刚刚从悲痛中走出来的人们一怔！红松街上的人们和区里各单位的人们奔走相告，党中央粉碎了"四人帮"！

许多人和父亲一样几乎不敢相信自己的耳朵，等到李邮递员把报纸送来时，确信真的又发生了一件大事！

东风区各单位和学校、街道组织人们上街游行，区里百货商店积存一年没卖出去的彩色纸被抢购一空，街上张贴的彩色标语和人们手里举着的各种颜色三角旗让街道变得花花绿绿起来，游行的队伍又变成了欢庆的海洋。人们的脸上露出笑容了，这个表情也好久没有看到了，呼喊的口号声不绝于耳。就好像压抑好久的情绪终于找到突破口爆发了！

冷冷清清的街道上，冷冷清清的校园里，顿时热闹起来。宋海波又在黑板报前忙碌着写标语，还有美术老师在画漫画，张红伟在组织学校文艺宣传队的成员加紧排练揭批"四人帮"的宣传节目。

红松街道上也组织人上街游行，唐山菊也报名参加了游行，街长对她前一段的表现很满意，特意让她走在街道游行队伍的前面。唐山菊穿了一件开领双排扣的红格呢子大衣，让她的身材显得很苗条，这件大衣还是和她前夫结婚时买的，前夫过世后一直压在箱底没有穿出来。她手里举着一只小红旗，喊着口号。

　　在走过区邮电局那条街时，李长路一眼看到了她。其实在昨天听到广播时，李长路就跑到她家里去了，李长路喊着她的名字，一连声地问："山菊，你听到了吗，这可是个天大的好消息！我们有盼头了。"他的那张憨憨的黑脸像孩子一样高兴地流出了眼泪。

　　其实唐山菊也听到广播了，看到街上邻里之间开始串门，她就预感到这对他们来讲会改变什么了。她和他紧紧地拥抱在一起。现在他看到人群中的唐山菊，是那样的迷人，她的眼睛水汪汪地发亮，她的脸蛋被风吹得通红，随着她右手举着的小红旗挥动，她头上的浅绿色头巾也随风飘动……总之，这个心爱的女人在他眼里一切都是那样美好。他不由自主地移动着脚步，推着邮包自行车默默跟随在他们游行队伍的后面往前走。

　　边走他还在心里边想着，他今晚该去她那里跟她商定办喜事的日子了。

　　游行队伍在走到百货商店门前和电影院门前时，还有人放起了鞭炮。好久没有听到鞭炮声的人们都捂起了耳朵。

　　一周以后，一场洁白的大雪覆盖了红松街，家家户户的柴火垛上还有房顶的烟囱上都长出了白蘑菇。早上街面上的第一行脚印是李长路踩出来的。

　　他穿着一身簇新的衣服，这个激动的新郎官一大早就来到张厨子家，去看看中午的婚席准备得怎么样了。他看到张厨子的两个女儿都回来了，正和他的老婆一起在厨房里帮着张厨子收拾鸡、鱼和切熟食。

院子里支起了一口大锅，锅里沸腾着一锅杀猪烩菜，前天李长路就在南山街一户杀年猪的人家买了半头猪，还有血肠、猪肝。锅底下的柴火噼噼啪啪烧得正旺，红红的火焰映着张厨子一张红脸，把锅沿周围纷纷落下的雪花都烤化了。

"你就放心吧，新郎官，这里没有什么让你好担心的。"

"那就好，那就好，今天全街上的人都会来的，每桌上的菜要管够造。"

"这可真是从来没有过的事情……"

张厨子瞅着他风风火火走去的背影在想，他可真是第一回当上新郎官，看把他紧张的。

而在里边的厨房里，张厨子的老婆，那个大嘴腿短的娘儿们，一边在菜墩上切焯好的猪肝，一边趁人不注意往嘴里吞一块。她的二女儿说："你可别把猪肝吃光了，你没听人家说全街坊的人都来吗？"她听了嘘的一声竖起一根指头叫二女儿闭嘴，小声地说："我有数。"并偷偷往院子里看一眼，张厨子没注意这边。她切肥白肉又往嘴里吞了一块，嘴油汪汪地说："这总行了吧。"二女儿撇撇嘴："你也不嫌油腻得慌。"大女儿也撇嘴说："真是的，我出嫁的时候，你们也没有把街上的邻居全请来，看看人家，好像娶的不是二婚的寡妇，而是娶了个黄花大闺女！"这个娘儿们听了，啪地丢下手里的菜刀，双手掐在脏兮兮围裙围着的肥腰身说："你嫁人的时候，咱家可是连猪蹄都买不起的！"

"你们这些蠢货，存心想丢我的手艺吗？你们没听见迎亲的鞭炮声都响起来了吗……"院子里的张厨子听到了，冲里面吼喝了一声，待切菜声重新响起来，他又忙活起他的活计来。

一阵迎亲的鞭炮声，让红松街顿时热闹起来，唐山菊家门前雪地里踩满了杂乱的脚印，小孩子们争相在雪地里抢没有燃响的鞭炮，大人们则围站在院外，看着李长路牵着唐山菊的手走出屋来。

唐山菊穿一身红棉袄红棉裤，头上还扎着一只红发卡，那发卡上别着一朵红花，她的脸在院子里洁白的雪和通红的棉袄映衬下，显得更白净了。李长路穿着一身深蓝色涤卡上衣和裤子，脚上是一双擦得很亮的黑皮鞋，只是那只很大的皮鞋像船一样在雪地里划着走，因为唐山菊脚上那双高跟皮鞋不能走得很快。这双红高跟皮鞋还是她的姐姐刚寄过来送给她的结婚礼物。

唐山菊家院子里的雪没有让人清扫，唐山菊就让那雪铺满院子，她跟李长路说这场瑞雪会带给她好运气，她要踏着满地的白雪跟他走出院子去，李长路就由着她了。

在走到院子里的花园时，李长路停了一下，满园覆盖的白雪让他想起了秋天满园的菊花，如果他那时娶唐山菊这园子是不是应该开满菊花的？

大门口的雪地上燃放完的鞭炮红纸屑铺了一地，像雪中绽放的点点梅花。一对新人挎着胳膊走出来，邻居纷纷给他俩闪开了路。李长路憨憨地冲邻居笑着，咧开的嘴里反复说："谢谢……一会儿都进屋吃席。"他腮帮都冻红了，可他一点也没感觉到冷。

唐山菊则有些害羞地低下了头，她的两手紧紧地握住李长路的胳膊，生怕滑倒了似的。在她的心里却这样想着，这个实在的男人今后就是她生活的依靠了。

十点整，结婚典礼在李长路家的院子里举行了，邻居把这对新人护送到这里来。婚礼由李长路单位的领导，区邮电局主任主持，街长作为红松街的女方证婚人代表也坐在前面的桌子边，双方的家长都没有。那个邮电局主任先叫他俩向证婚人鞠躬，又向街坊邻居和来宾鞠躬，最后夫妻互相鞠躬。几个邻居女孩子就把花花绿绿的红纸条向他俩头上抛去，院子里不知什么时候又飘落起了雪花，雪花飞舞着落在人们的脸上、身上。

主持人刚刚宣布婚宴开始，一些大人和孩子就等不及了向屋子里挤去，李长路的屋子里摆了五桌，唐山菊的屋里也摆了五桌。单位的人都在李长路这边屋里的席桌，红松街的邻居都在唐山菊那边屋里的席桌。

乱哄哄的人群正在分散着，坐在门口记随礼账单的父亲，抬头看见院外雪幕里白茂林走来了，他以为白茂林来找他有事，正诧异着。看见他身边还跟着一个三十六七岁左右的女人和一个十一二岁的女孩儿。那个女人很着急的样子，但她的脚似乎跟不上她的步子，走快了她的左脚还像绊着似的趔趄一下。

院子里两位新人也看到了打雪幕中走来的人，唐山菊定睛望着，她的手紧紧地攥了李长路胳膊一下，嘴张了张，说了一句："天哪，是姐姐，是小橘子，她们怎么来了——"

说着，她拉着李长路赶紧跑了出去。

门口，那个女人拉着小女孩怔了怔，随后松开手和扑过来的唐山菊紧紧拥抱在了一起，唐山菊一边流着惊喜的眼泪，一边在姐姐的耳边说："姐姐，我还以为你不能来了呢，你来，咋不发电报告诉我们一声，好到车站去接你们……我的小橘子，你冻坏了吧？"她松开姐姐又抱起了小女孩儿，小女孩儿嘴里发出甜甜的叫声："小姨！"

"快请到屋里说话吧。"站在一旁看着这一幕的李长路搓着两只大手，不知说什么好。

唐山菊像刚想起来似的，放下小女孩儿，给姐姐唐山芝介绍："姐姐，他就是李长路。"又对李长路说："这是我姐姐。"

李长路深深地弯下腰去，鞠了一躬说："姐姐，您路上辛苦了……"

唐山菊这才猛然想起来似的，盯着唐山芝的腿问道："姐姐，你的腿都好利落了吧，让我瞧瞧——"

唐山芝抬起了一下左腿，晃了晃说："都好了，你不要担心。"

"你是怎么找到我们这条街的，都怨我，我该去车站接你的。"

"多亏这位同志引到这儿来的，他说他的一个同事就住在这条街上。"唐山芝指着一旁的白茂林说。

"谢谢白主任，走，进去喝一杯喜酒吧。"李长路过来拉白茂林，这时父亲也出来了，也说："赶上了就进去喝一杯吧。"白茂林没再推辞，和他们一起进屋去了。不过在他吃完喜宴离开时，偷偷给父亲塞了二十元钱，说是他的贺礼钱。

那天父亲从白茂林嘴里知道，这个星期天轮到他在收购部值班，他去外面路边倒炉灰时，远远看到雪幕里走来母女俩向他打听路，问他红松街怎么走。他告诉了她。不知是她的河北唐山口音让他好奇，还是看她带着孩子在雪地里走有些同情，他又追上去问了一句："您去红松街找谁？"那个女人说去她妹妹家，她妹妹叫唐山菊。老白不认识唐山菊，又听她说出妹夫李长路的名字，就说："我认识这个邮递员，我带你们过去吧，我们单位的同事王会计家就住在这条街上。"女人十分感激地说："谢谢您啦！"就由他带着走过白雪覆盖着的汤旺河面，来到河南红松街。

在后来老白和唐山芝走到一起时，父亲常常这样想，这是不是一种冥冥之中的缘分，一个断掉三根手指的男人和一个断掉两根脚趾的女人。如果那天老白不出来倒炉灰，就看不到这个领着孩子赶路的女人。好像这场大雪把一个白白净净的女人和一个白白净净的女孩送到他面前的。

当然牵线介绍的是父亲，那是这个女人带着孩子在红松街住下来两个月以后的事情了。

36

红松街在李长路娶了唐山菊以后，好像人人沾了他家的喜气。邻里之间又开始喜欢串门走动了，就连街坊邻居家的狗也像大黑一样喜欢叫唤了。

那天李长路娶走唐山菊后，大黑却留了下来，李长路要把大黑也牵走，唐山菊没同意，因为她姐姐和孩子住在了她家里，唐山菊怕姐姐的孩子住在这里会感到陌生，就叫大黑留下来陪孩子做伴。有什么事也可以叫大黑去前街报信。

唐山菊希望姐姐和外甥女在她这里多住些日子。街坊邻居也对这个唐山来的女人和孩子充满了同情和好感，纷纷到家里来看望唐山芝和她的孩子，有人送来腌好的酸菜和冻好的黏豆包，有人端来了刚出锅的杀猪菜……尽管家里吃的、用的唐山菊都给她俩备下了，有时还叫她娘儿俩到前院去吃饭，可是邻居还是叫她收下她们的心意。弄得这个女人很感动，她也感受到了山里人的热情好客。

那天女街道主任还代表街道过来看望她，街长变成街道主任了，问她和孩子生活上有什么需要的，街道上可以帮助她，希望她和孩子安心地住在这里。过来时，女街道主任还给孩子带来一件新棉猴，还有一个新书包。令这个唐山女人感动得不知说什么好。

过后，她的姐姐还把这件事告诉了唐山菊。还沉浸在新婚幸福里的唐山菊并没有多想什么，李长路对他大姨姐的不知所措也并不以为然。他只说了一句："这儿的人都这样，您不必难为情。"

等李长路推车上班走出去后，唐山芝瞅着他的背影对唐山菊说了一句："看来当初让你嫁到山里来是对了，都是多实在的人哪！"

这句话让唐山菊听了怔了怔，好半天她才回过神来。

在这好久之前李长路曾试探着问过唐山菊家里的情况，问她在老家那边都有什么人，当得知她只有一个姐姐时，问她为什么一个人嫁到山里来，她没有说，他也没有再问下去。他以为是她前夫的去世对她打击太大她才不愿说的。

李长路倒是很愿意把自己的身世告诉她，说自己是在辽宁省宽甸县乡下出生的，在他很小的时候过继给了在小兴安岭山里邮局工作的舅舅。这个舅舅一辈子没结婚，待他很好。在他长大后舅舅死了，他接了舅舅的班到邮电局上班。他小时候手大脚大特别能吃，所以长大后他特别见不得那些吃不饱肚子的孩子，包括那些流浪在街头的猫哇，狗哇，每次骑车投递信件，在街上遇到流浪的猫或狗，他总会停下来，第二天再打这里经过就会从兜里给它们翻出一点吃的东西来。他结婚那天，客人们都走散了，邻居们有人帮他打扫席桌上的残羹，他特意要下两只泔水桶，里面分别有剩下的鱼头和鸡骨架、猪骨头，他分别放到了两个院子里门口前，那天晚上除了听到后院大黑的叫声外，还听到了一些别处招来的猫和狗的叫声，都是他喂过的流浪猫和流浪狗，像是赶来为他闹洞房的。

已躺在新婚房屋里炕上的唐山菊听到了，说了一句："你还真是个善良的人哪。"

"你不嫌烦就好。"他忐忑不安地看着她说了一句。

也就在这天晚上，唐山菊躺在他的怀里，向他说出了她心中的秘密，那就是她为什么会嫁到山里来，她父亲、母亲是怎么离开人世的。

在她上小学五年级的时候，有一天她当老师的父亲突然被打成了"右派"，打成"右派"的原因除了她家原来是地主，家庭成分不好外，还因为她父亲在单位里说错了话。结果她父亲被下放到唐山郊区进行劳动改造。她们家也搬到郊区去住。由于连日起早贪黑地干重体力活，她父亲有些体力不支，夜里着了风寒，病后不久便撒手人寰了。她父亲死后，她的母亲由于思念成疾，不久也病逝了。她和姐姐成了孤儿。大她八岁的姐姐高中毕业时，找了当地一个农民结婚了，这个农民的家庭出身是贫农。姐姐供她到高中毕业，当地人都知道她们的家庭出身背景，为了让妹妹不受人歧视，也想让妹妹生活得好一点，姐姐就想让她嫁到外地去。正好，那时附近村子里有一个从小兴安岭山里回去探亲的伐木工人，姐姐托他给妹妹介绍个林业工人，那人就答应下来，回去不久给她介绍认识了那个油锯手，在介绍人的撮合下，两人通过几次信后，那个油锯手并没有嫌弃她的家庭成分，他们很快就结婚了……她跟他来到了山里。

说到这里，唐山菊很感激地说："我跟他刚来山里，就像来到了另外一个世界，他待我很好，我们过了几年很快活的日子，他走了以后，我先是忘不掉他，后来又忘不掉我这样的家庭出身，谁知道你会不会嫌弃我，这也是我迟迟没有答应你的原因，今年经历了这么多事情，我知道我也不能再犹豫下去了。姐姐说得对，人活在世上谁也无法预料什么时候会发生天灾人祸，要紧的是抓住现在好好地生活下去……现在你听我说了这些，不知会不会后悔，如果你现在后悔还来得及……"

李长路没等她再说下去，就一把把她抱紧在怀里，搂得她有些透不过气来。之后，他的嘴笨拙地寻找着她的嘴，他喘着粗气用舌头把她的嘴堵上了，直到她脸上的泪水的咸味儿流进他的嘴里，他才松开嘴，说了句："可怜的人哪，我疼你还来不及呢！"

女人听了，偎依在他宽大的怀里。他的胸膛简直比身下的火炕还烫，压着她软软的身子。又听他说一句："不过，我是有点后悔，后悔的是没有把你早点娶到手，不然我们是不是可以有我们的小橘子啦，那个孩子可真讨人喜欢！"

女人说："……是的，是的，这也是我现在后悔的。"

外面的狗停止了争食嘶叫，猫也像是睡着了，无声无息。

人逢喜事精神爽，李长路每天去送报送信脚下的自行车都叫他蹬得飞快，他身上的穿戴也叫唐山菊收拾得利利索索的。母亲站在院子里看见了，也会叹息一声："这有女人和没有女人就是不一样的。"她那会儿想到了哥，她希望哥也能早点成家，好有一个人能照顾他。一晃儿，哥又好久没有从山上下来回家了。

李长路从红松街上走过，碰到邻居总是会主动打招呼，邻居男人都说他娶了个好媳妇，要好好疼人家噢。他就嘿嘿傻笑。邻居男人们除了觉得唐山菊是红松街上最漂亮的女人外，还羡慕她把李长路从里到外收拾得利利索索的。连他从前那像狗窝一样的家，也让那个女人收拾得利利索索的，就觉得这是个很会过日子的女人。

邻居的女人则说，这个老跑腿子的男人一下子要照顾两个女人，够他累的。李长路每天下班先去南山井沿往后院担两担水过去，然后再给自己家里担两担水。每天早上上班前，他还要过后院去帮她们娘儿俩把炉子点着，她们娘儿俩不会烧这用柴火烧的炉子。再则山里早上的寒冷也叫那个女人缩手缩脚的。院子里堆着李长路给送过来截好的烧炉子用的桦木柈子和柞木柈子。女人劈不动，都是李长路过来劈好的。

冬天早上浓重的寒雾让李长路变成了一个白霜人，他的棉帽檐儿、眉毛和胡子楂上都结了冰霜，只有老黑能认出他来，看着他走进院子来，在外屋厨房里点着炉子后又走了出去。

邻居都猜测唐山菊姐姐她们娘儿俩会在这里度过冬天。

冬天天黑得早，尽管每天家里有那么多的事情要做，李长路每天上班还是心情愉快地送报纸信件，有人看到他取报时冻得直搓那只大手，就叫他进去烤烤炉子，他谢过了，并没有进屋，他要在天黑之前早点送完，好回去做家里的事情。

自从那天老白把唐山芝娘儿俩送到家里并参加了他们的婚礼，李长路对老白一直心存感激，每回见到老白都会提起这件事，并说："要不是遇见您，恐怕天黑她们俩也找不到红松街去，怎么还能收您的礼份子钱……这怎么好呢，您能赏光进去喝一杯喜酒，就叫我们感激不尽了。"老白说："应该的，应该的，你不必介意。"

那天他送报纸进去，看见父亲也坐在屋里的铁炉子旁，父亲叫他烤烤手，他就有点不安地坐下烤手了。他刚又要提起结婚那天的事，老白就打断了，老白说："你大姨子她们娘儿俩还好吧？住得还习惯吗？"

李邮递员说："挺好，挺好的，住得也习惯。"

"她们娘儿俩什么时候回去呢？"

"这个……这个还没定……前一阵子她姐姐倒是张罗想要回去了，被我和山菊劝住了，我们打算让她娘儿俩待过冬天，开了春天暖和了再走。你们说是不是？"

"这倒也是，唐山安置灾民盖简易房过冬恐怕没有我们这里屋子里暖和，我知道河北的冬天也挺冷的。"老白说。

"是呀，是呀，我天天用抗烧的桦木桦子和柞木桦子给她们烧炉子呢，炉盖都烧红了……"李长路实实在在地说。

等他搓着手走出去，老白对父亲说了一句："他真是一个老实人哪！"

也许是说者无意，听者有心，那天父亲听到老白问起唐山芝娘儿俩，就在心里画了个魂儿。有一天下班时，在红松街上碰到了挑水出来的李长路，父亲把李长路拉到柴火垛的墙角里，小声问他想不想给大姨子在这边找个对象？

李长路听了一愣，水桶咣当碰到桦子垛响了一下，嘴里结结巴巴地说道："这我得问问山菊，让她问问她姐姐……"父亲说，好吧，你问问她姐儿俩，如果可以我倒是可以帮上忙的……他又小声地说出了一个人的名字来。李长路听了很意外，心里莫名地紧张而兴奋起来。

其实，李长路这样悉心地照顾她姐姐娘儿俩已叫唐山菊心存感激了。新婚的日子里她也对这个男人温存体贴备至。每晚躺在这个男人怀里都幸福无比，好像所有的寒冷和劳累都被他的温情融化了。只是最近，这个粗心的男人体察出唐山菊稍稍走神。他揽过她的肩头，问她："怎么啦？"她说："姐姐又跟我说要回去了，说住在这里给我们添麻烦……一想到姐姐要走我就忍不住难过。"李长路安慰她叫她跟姐姐说不要去想那么多，安心在这里住下去。唐山菊又说："我也叫她不要多想，安心在这儿住下去，就像住在自己家里一样。可姐姐说，这终究不是长久之计呀，她不能老这么打扰我们的生活。何况姐姐是一个那么要强的人。我都不知该怎么劝说她好了……唉！"

李长路也不知道再怎么安慰唐山菊了，他本来就是一个嘴拙心笨的人，听着唐山菊的叹息他也跟着难过。好在不一会儿他就睡着了，还打起了呼噜，他太累了，每天有那么多的事情等着他去做。

这天晚上他们行过房事之后，李长路眼睛瞅着房顶说了一句："山菊，我要和你说一件事情，不知你同不同意？""什么事情呢？""但你要先答应我听了别不高兴，或有别的多心的想法，你知道我是愿意照顾她们娘儿俩的。""什么事情？你快说呀……"唐山菊盯着他催促道。"今天我碰到王会计了，他跟我说……说……唉，怎么跟你说呢？"他又嘴笨起来，"就是……就是可不可以在这边给你姐姐找个人安个家呢？……""你说什么？"唐山菊一骨碌转过身子来。"如果你要是不同意，就当我什么也没说，我说要是给你姐姐在这边找个人家，她和小橘子是不是可以留下来不走啦？"唐山菊眼睛发亮了："这真是个好主意，可是……她的脚趾截过，而且还带着一个孩子，有谁肯娶她呢。"说着，她眼里亮光又暗淡了下来。"王会计拉着我说，他好像有个合适的人选……""真的吗？是谁？"听了李长路说的话，唐山菊一下子坐了起来，李长路也坐了起来，说道："这个人你姐姐是见过的，在我们结婚那天……"他慢慢说道，把唐山菊身上滑下来的被子给她盖上，一边说一边还摩挲着她露在被子外面白皙的脚趾，就好像心疼她姐姐断掉的脚趾一样。

"好的，我明天就去跟姐姐说！"唐山菊兴奋得脸都红了。

"长路——"

"嗯？"

"谢谢你！"女人吻了他腮帮子一下。

这个男人光着膀子坐在被子里嘿嘿地傻笑。

之后，他搂着她躺下了……这件激动的事情还一时叫他们无法入睡。

没想到事情竟然出奇地顺利。第二天唐山菊跟他姐姐说了后，李长路就传过话来了。父亲也跟白茂林说了，两人都同意了。只不过唐山芝跟她妹妹唐山菊流露的担忧是，他倒是个好心肠的人，人家会不会挑剔她带着孩子？而且还截断过两只脚趾。白茂林跟父亲流露的担忧是，他比唐山芝大许多，而且还残缺三根手指，人家会看上他吗？

经过父亲和李长路的两次传话后，他们两人的担忧都被对方打消了，白茂林说："我怎么会嫌弃她带着孩子呢，我正好没有孩子呢，这是多合我意……那天走路他并没有看出她刚截去过两个脚趾，他说，她是在大地震中受的伤截去的脚趾，这也算万幸。"唐山芝那天第一次见到他时他戴着手套，并没有看出他残缺三根手指，这会儿她对妹妹说："他是在朝鲜战场上负的伤，你知道我上小学时是多么崇拜志愿军战士，我怎么会嫌弃他呢？况且人家还是老革命干部，不像我们这种家庭……"她看了妹妹一眼，唐山菊没让她再说下去。

就这样，在父亲和李长路的撮合下，两人很快定下了结婚日期，就在元旦把事办了。唐山菊也希望姐姐尽快结婚，这样她就可以安心在这里住下去了。

元旦这天，红松街又热闹起来，除了街坊邻居，父亲单位来了不少人，街道上也来人了，婚礼就在唐山菊原来家的小院里举行。

街道主任还把区妇联主席也请了来，街道女主任主持了婚礼，她说："这是一场非常有革命意义的婚礼，在全国上下都在关心灾区人民生活的时候，我们也对唐山姐妹伸出了关心温暖的双手，今天唐山芝同志能够落户在我们红松街道，找到革命伴侣，我们由衷地为她感到高兴，并代表红松街道全体姐妹向这对新人表示衷心的欢迎和祝贺！"

街道主任这样讲，白茂林就不好多说什么了，本来他还想着结婚后把她娘儿俩接到他北山的房子里去住，可是唐山菊有点不想让她姐姐搬到北山街去住，说她们姐妹住在红松街前后院还有个照应。父亲去过老白的那个房子，这些年他一个人住自然没有唐山菊房子收拾得利索，而且冬天靠北山根也冷许多。

父亲见他在这件事上犹豫不定，就说："你不想和我做邻居吗？"这样老白就同意了下来。老白在北山的那两间房也是公房，唐山菊这两间也是公房，唐山菊结婚搬到李长路那里住，这房子公家是要收回的，现在老白成了房主住在这里，区里就不收回了，只把他原来的房子互换了。

当天晚上来贺喜的人都散去后，唐山菊把小橘子带到她那儿去住了，新房里就剩下了他们两个人。白茂林在外屋厨房炉子里添了最后一块桦木桦子，走进里屋来，看见唐山芝还穿着红袄坐在炕沿上没动，就说了一句："累了吧，脱衣上炕睡觉吧。"

"等一等！"

白茂林有点诧异地望着她，不明白怎么回事——

唐山芝紧张地望着他："我还有一件事得跟您说明一下。"

"什么事情？"

"我父亲，他被打成过'右派'……"

"我知道，王会计告诉过我了……"那天他问起过她的父母情况，父亲向李长路打听到了这个情况。

"可我的家庭出身是地主，你知道吗？"

白茂林望了她一眼，这个父亲倒没告诉他，他沉默一小会儿，随后说："睡吧。"

"这些你都不介意？"女人又看着他追问了一句。

"不介意……"他摇摇头，在心里想道，根据最近读到的报纸的判断，要不了多久，"右派"和"家庭成分"都会成为历史的。他相信他的嗅觉不会出错。

37

或许是因为给白茂林和唐山菊的姐姐保媒成功，或许是听到红松街上的邻居对父亲的夸奖，父亲的保媒热情空前膨胀。单位里早先的陈中国，现在的白茂林都是父亲给保的媒。街坊上已有邻居想请父亲给孩子保媒了。而母亲的唠叨也经常挂在他耳边了，说咱家的老大也不小了。

父亲想想哥今年已经二十三岁了，是该寻下一门亲事了，而且这几年哥在山上不常回家，他也觉得亏欠哥的。父亲就在心里想着这事。

进入腊月，雪一场接一场地下，红松街的街道每天都变得银白一片，房顶上、柴火垛上的雪厚厚的。街道上的雪落下时，每天都有人早早出来打扫，自从今年冬天李长路结婚后，我家后院与他家相隔的这条街道他都出来打扫，而且一扫就会扫一条街。那把大扫帚一扫就扫出一大片，"哗啦——哗啦——"听着这畅快的扫雪声，我就知道他在外面扫雪，可以多睡会儿懒觉了。扫我家房后门前的雪通常是我的活。听不到大扫帚响，我就要赶紧起来了，不然该遭父亲的责骂了。

我在房后街上扫雪，眼睛还要往李长路家院子里扫视了一下，看到他家院子里的雪还没有扫，他家的窗户上还挂着红窗帘子。看来他也有恋被窝的时候。我顺着门口往下扫下去，就会看到孙曼卓出来扫雪，自从她被学校文艺宣传队开除，在街上人前露面的时候就很少了，唐山菊和她姐姐两人结婚她都没露面，唐山菊还问过我。此时，她头上围着一条厚厚的红线围脖、穿着棉猴、戴着手闷子在弯腰扫雪。

我扫过去，已超出了我家房后的街道范围。好像与她偶然碰在一起的，我俩同时收住了扫帚抬起了头，我说："孙曼卓，你寒假在家干什么了，老没看见你。"她看到我先惊讶了一下，而后低下头去，说："看书。"

"看什么书？"我知道同学之间在偷偷传看一些还没解禁的小说。我也在看一本《三家巷》。"我在看……《青春之歌》，你呢？"我说了我看的小说，她说能借给她看看吗。我说可以。哈气染白了她的眼眉，她要接着扫下去了，我又说了一句："王路那天向我问起你，说他哥给你弄了一顶女军帽，想给你看看合不合适。"她听了抬起头看了看我，眼睛里闪出一丝亮光，随后又暗淡下去。我又说："唐姨结婚那天你没去吗，她问起你。"孙曼卓说："我后来去了，送给她一条我亲手织的桌罩。"她说着往那边院里看了一眼，我也随着她的目光移过去，正好看见李长路和唐山菊走到院子里，唐山菊在给李长路围一条驼色围脖，那个大个子男人还俯下身子贴在他妻子耳边说了句什么，那个女人脸红了拍了他一下。"有什么话不可以在家里说吗，也不怕别人看见。"我从来没有看到父亲和母亲这样亲热过。"你不觉得他们很相爱吗？"这话从孙曼卓嘴里说出来让我一愣，以前她可不是这样的，看来她是变了。她又接着扫雪去了。

大概是这天早上我在外边扫雪时站在那里和孙曼卓说话让父亲看到了，回来后他说了一句："老孙家的四丫头光长着两条长腿，你看那是在扫雪吗？在画龙呢。"

过了两天孙曼卓来我家找我借书，我在家看这种没有封面、书皮书页发黄的小说也是背着父亲和母亲的，那天我和父亲正好在院子往手推车里装他捡了一冬天的废铁丝和旧纸壳箱，手推车是从邻居家借的。听到孙曼卓在我家院门外叫我，父亲问我她来找我干什么，我说她来找我借语文书。我进屋去了，把那本书掖到棉袄里，手里拿着一本课本走出去。父亲有些狐疑地看着我，等我走出去关上大门，刚把藏在棉袄里的书拿出来，身后的门响了一下，我赶紧嗖的一下把手里的黄书扔进脚旁的积雪堆里，冲孙曼卓使了个眼色，说："你借的语文书，拿走吧。"孙曼卓先是一愣，明白过来冲我点点头接过书去。

父亲在身后说："老二，你快点帮我把车推出院子去。"他在前边拉车，我在后边推车。弯腰推到老孙家门口拐弯时，我回头看到孙曼卓从雪堆里扒拉出那本书，她的脸蛋冻得红红的。

走过后一趟房时，老白站在院子里看见了父亲，问一句："王会计，卖废品去呀。"父亲抬头："哦，哦。"正要说什么，老白低头进了屋，出来时手里多了一捆报纸："正好我这里有些旧报纸，给你拿去卖吧。"父亲摆手："这怎么好，这怎么好。"老白说："放在我这儿也是占地方，给你拿去卖了吧。"父亲就接过来了。父亲问老白："上回托你的事怎么样啦？"老白说："我正帮你打听着呢。"等父亲拉车走过去，从屋里走出一个女人来，那个女人是唐山芝，她问了老白一句什么，老白摇摇头说："王会计家人口多，日子过得不容易呀。"

老白和唐山芝结婚后，老白待唐山芝的女儿很好，常常看到老白下班回来手里拿着糖葫芦，或拿着一条粉头绫子什么的。有时老白还用自行车前边驮着小橘子、后边驮着那女人一起去区电影院看电影。红松街上的女人见了就说，老白是多年没有孩子才会这样稀罕的。

唐山菊和李长路听到了很受用，觉得给姐姐找了老白是找对人了，就很感谢父亲这个媒人。唐山菊还来我们家给母亲送来一块花布料，说是姐姐从唐山带来的，叫母亲给大妹做过年穿的新衣服。母亲推辞不掉就收下了，大妹喜欢得不得了。

母亲很少夸人，那天唐山菊走后，母亲说："啧啧，有福不用忙,李邮递员找的媳妇又俊又会过日子。看看这条街数她姐儿俩最有福气了!"母亲很少串门,以前对唐山菊和她姐姐的身世也了解不多。

小年的头一天,哥从山上林场回来了。这一年他在山上林场也很忙,又是给唐山地震灾区采伐小径木,又是搞悼念活动,又是揭批"四人帮",他们那里离边境嘉荫县近,夜里还组织在路口站岗巡逻。他一回来,人也明显地又黑又瘦了。

母亲跟他叨咕着红松街上两桩婚事,哥听着,嘴里"哦哦"地应着。对于唐山菊再婚,哥并没有觉得有什么奇怪,对于她姐姐从唐山来到红松街落户,并且娶她的那个男人竟是白主任,他有点惊讶了。在哥的印象里,白主任是一个高人。从白主任领他找人到东风区上中学那天起,他就觉得这个残掉三根手指头的人很了不起。一晃这么多年过去了,他还没忘了当年白主任拍着他肩头让他将来当兵的话。

这天晚上,吃饭时父亲瞅瞅哥,又瞅瞅母亲,对哥说:"你白叔成家了,搬到这条街上来住,你明天过去串个门吧。"

哥说:"去呗。"头也不抬呼噜呼噜喝母亲特意为他做的面片汤,我们嘴里嚼着大饼子喝着玉米面粥。照惯例,明天小年我们家才吃面,母亲给哥做面片汤舀面时手抖了又抖。

第二天哥去时,扛上了一大块他从山上带回来的冻狍子肉。这狍子是他们青年点几个知青在林子里下套套的。在山里正奔跑的狍子一听到人的喊声准会回头,那就会被飞去的木棒击中了。傻狍子就是这么来的。这是昨天夜里哥躺在被窝里跟我说的。哥还跟我说起山上另外一件事,就是那年着火周云梅救下的那只梅花鹿,每年春天达子香开花的时候,它都会跑到那眼泉石边上,发出一阵阵嘶鸣，这啾啾的鹿鸣声叫得人心里发颤，青年点里人听到了，没有人去伤害它。

等哥从老白家回来，父亲问："见啦？"

"见了。"

"咋样？"

"听白叔的。"

后来我们才知道，父亲叫哥去老白家，不光是去串个门看看白主任，还去见老白给哥介绍的一个对象，那女子是老白同一个部队的老上级的亲侄女，老白这个老上级现在是副区长。

知道这件事时，我们家自然欢喜得不行。如果这事成了，不光是解决了哥的婚姻大事，而且我们家也攀上了一门好亲家。母亲还很实际地想到，哥也能从山上调到山下青年点了，而且还能很快转正。

父亲说从他来到东风区第一天起，老白在收购站收留了他，他就觉得老白是他的贵人，现在老白又要成为我们家的贵人了。

哥和那女子又有了第二次见面，还是在老白家。老白头天捎话给父亲，父亲回来又传话给哥，母亲和我们听到了自是十分惊喜！哥这回去，母亲就叫哥换了一身新衣服，把她给哥过年做的，叫他先穿上了，一身崭新的蓝涤卡卜衣和裤子，让哥精精神神的。

回来母亲问："说话啦？"

"说话啦。"

"都说啥？"

"工作上的事……"

父亲白了母亲一眼，母亲才收住了嘴。从哥嘴里透露，那女子也在青年点上班，是在商业科青年点，不过那女子透露，她转正后就能到区里商店当店员或到区电影院里卖票。这是她当副区长的叔叔跟她说的。区林业工人俱乐部已改名叫区电影院。

第三回见面不是在老白家了，两人去了电影院，哥特意借了他青年点里一个家境好的同学的自行车，哥是骑着自行车驮着她去的电影院，红松街上有人在电影院看到了，回来跟我们家人说了。父亲就放心了。

父亲想起他给他们单位陈中国介绍对象时，第二次见面就去了电影院，去了电影院看过两场电影之后，两人就成了。

老白说，春节过后两家大人会会亲家，这事就可以定下来了。因此，这个春节对我家来说充满一种喜庆的期待。

父亲很有经验地说，会亲家总得认认门，咱该去人家里看望一下她父母，也请人家姑娘到咱家来坐坐。哥就在初六这天去了，去时带了四盒礼：两包槽子糕、两瓶黄桃罐头、二斤白糖、两瓶酒。回来母亲问了一下她家里的情况，哥说了她家情况。

过了两天，这女子又来了我家，哥早早迎出门去。三弟跟出去，一见人来了回来报信，我和大妹迎出院。这女子一进院门，我看她个头儿不算高，眉眼倒也端正。哥依次把我们给她介绍，哥又对我们说，叫林姐。我们叫了。进屋，母亲迎上前让座。她在我家坐到晌午，母亲留她吃饭，她很有礼貌地谢绝了。哥出去送她。

接下来定会亲家的日子，选在正月十六。家里早早把会亲家准备做的酒席食料都备齐，那是年三十都没舍得做的一只鸡、一条大鲤鱼，还有两个猪肘子。为了做好这桌酒席，父亲也早早和张厨子打了招呼，张厨子尽管心里有点硌愣，还是答应了下来。

会亲家父亲请了老白，老白是介绍人。会亲家的头两日，哥去了女方家，听女方说她叔叔会亲家也要来，又叫父亲和母亲紧张起来，我家里还从来没有来过副区长这样的领导，不知该怎样接待好，又一想她叔叔和老白是老战友，来也在情理之中。可是等到了正月十六这天早上，林女子突然说她叔叔今天没时间，要改日会亲家了。

父亲和母亲听了心里忽悠一下，一般会亲家的日子是不好改的。就去问老白，老白说改吧。回来又叫哥去问改哪天。哥去了，回来说改哪天没定，得看她叔叔的时间。

一等过了一周，家里又叫哥去问，女方回复还得再等等。眼瞅要出了正月，家里着急，哥也着急，过了正月十六，山上青年点就要开工上班了。哥不能在家待得太久。其间张厨子倒来我家问了两次，问会亲家的酒席哪天做，他好有个准备。父亲只好说再等等。张厨子摇了摇头，走时说了一句："好饭也怕晚噢。"父亲听了脸上烧得慌。

又过了十天还没信，父亲又叫哥去问，这次哥回来了，脸阴得难看，父亲小心地问："咋说？"哥一言不发，回屋倒头就睡。到了晚上，哥垂头坐起来，母亲又进来问，哥丢出一句："黄了。"

我们都听到了，母亲哆嗦地问："咋黄了？"父亲正要往里屋挪步，听哥低声说了一句："不合适呗……"父亲听了怔了怔，住了脚。

第二天父亲去问老白，老白也摇摇头："我也没想到她叔叔在意这个，都啥时候了……"父亲垂着头走出老白家的院子，老白的女人唐山芝在窗里看到了，同情地叹了一口气。

这次给哥介绍对象失败，父亲受到的打击可想而知。他甚至觉得在张厨子面前都抬不起头来了。

哥回山上走了后，母亲为哥的事，也暗自落了两回泪。因为哥对象黄了的事，我们家又陷入一种郁闷中。怕街坊邻居问起，母亲也不再去邻居家串门了。

为了这件事，父亲去老白家也不那么勤了。老白呢，也觉得有些对不起父亲。两人在单位时，父亲去老白那里坐坐的时候也少了。

开春时，区林副产品收购部和区废品收购站又分开了，林副产品收购部和区供销联社合并了。废品收购站仍是独立单位，独立废品收购站主任依旧是刘英。有两回下班时，我看到刘英又和父亲走在了一起。这个女人脸上充满了朝气，她挥动手臂向父亲神采飞扬地说着什么，而父亲的脸色看上去有些郁郁不乐。

回到家里，父亲很少说话，饭后低头坐在炕沿上吸烟，母亲去外屋厨房刷碗。父亲一支叶子烟吸完，常常从嘴里叹出一口气来。不知他心里在想着什么。

天气渐渐地暖和了，南山坡上的达子香比往年开得都早，也开得更艳。红松街上许多有女孩子的人家像唐山菊一样去山坡上折了一些达子香回来，插在罐头瓶子里，放在窗台上，花朵让窗口也鲜艳了许多。而我家的窗台光秃秃的，缺少春天的生气。父亲依旧每天饭后低头抽掉一根叶子烟去上班，烟雾沉闷地随在他身后飘出门去。

一个月后的一天下午，父亲在单位意外地收到了一封来信。李长路把信拿给他时，他看一眼还有点发愣，想不起这封信是谁给他写来的。这是一封挂号信，李长路让他在接收本上签上自己名字，还对他说了一句："看来是有重要的事情。"

等李长路骗腿上车骑走后，他慢慢地打开了信：

王学业同志：

　　您好！

　　您还记得我吗？我是去年您来我们这里见过一面的梁副书记的爱人方青，您也许不记得我了，请原谅去年您来时我对您冒昧不周，老梁同志已批评过我了。现在我是诚心诚意向您道歉！请原谅我当时的心情急躁，都是为老梁同志的身体考虑。

　　我记得去年您来找我们，是想让老梁为你四叔的党员身份做证明。当时老梁同志一时没想起来。他得这种病后，好多事情都忘记了，有时还一时糊涂一时清醒。不过你那天走后，他一直在想着这件事，因为你提到了张富贵和他的家人，老梁以前多次跟我讲过，他在抗战时期做地下工作时，多次到过张村，张富贵和他的家人还救过他命，他忘不了张富贵一家人，土改时听说张富贵一家人遇害，他非常悲痛，他那时是黄县的县委书记。

　　那天听你提到张富贵新中国成立后还活着，直到1958年在修水渠牺牲的情况，他回到房间后，又一直流眼泪……嘴里还喃喃地说，张富贵为什么不来黄县找他？

　　后来他病情好点，就慢慢回忆想起你的四叔来，他记起了在张村张富贵家里主持张富贵几个人入党宣誓，有一个叫王秉义的人，他记得他是从高王胡家村来的。可是入党没多久这个人就和黄县当地地下党组织没有联系了。

　　老梁同志想起你四叔后，是想给您写信证明的，可是他又记起你说你四叔牺牲的话，他想再查查你四叔是怎么牺牲的，因为当时在黄县牺牲和失踪的党员很多。他这么做，也是为组织和你四叔本人负责。可是去年下半年以后，他的病情不断恶化，因为留在脑部的弹片压迫血管神经，又出现了两次脑部梗死，险些要了他的命。抢救过来后，他就叫于秘书打电话找健在的当时黄县地下党负责人，去了解你四叔从济南返回黄县开展工作的情况，因为当时都是单线联系，查找起来非常困难，最主要的是和你四叔单线联系的上线同志也牺牲了。这样实际上调查的线索就中断了，看到老梁同志为这事十分着急，我就劝他不要再调查了。可是老梁同志躺在病床上，十分严肃地跟我说，这是他最后为党工作的机会了，那么多为党工作的同志没有看到革命胜利就牺牲了，作为一名老党员有责任把光荣的身份还给他，让他得以安息。他不听我的劝阻依然向于秘书提供他想起的人，让于秘书去打电话查询。后来就追查到了当时负责龙口那次纺纱厂行动的一位地下党同志，证实了当时确实有这次暴动行动的计划，而一位叫王秉义的地下交通员在传送情报途中被"还乡团"杀害了。等调查清楚了，老梁同志已到了生命垂危的时刻，他几次昏迷过去，就在一个月前他从昏迷中醒来时，叫我拿来纸和笔，给你四叔王秉义写下了这个证明，看他手颤抖得握不住钢笔，我告诉他，我来写，签上他的名字。他摇摇头吃力地说:"不,还是我来写。"他几乎使尽了全身的力气,写完了这几行字的证明,丢下笔他已是大汗淋漓了,看我在一旁流泪,他微微挤出一丝笑来说,方青……现在我可以安心地去见马克思了……说完他轻轻地合上了眼皮。老梁同志就这样安详地走了,他一生签过无数次字,给你四叔这份证明是他最后签的字。他临终时还叮嘱过我,叫我给您写信时一定告诉您这句话,无论什么时候都要相信我们的党,相信组织,你四叔为革命流过的血不会白流的。

随信寄去老梁同志的证明,这份证明一式两份,另一份老梁已叮嘱于秘书收好转交给黄县县委组织部了。好了,我也完成老梁同志交给我的任务,愿他在天之灵安息!祝您工作顺利!

致以诚挚的革命敬礼!

方 青
1977 年 5 月 4 日

父亲又打开信中夹着的一页证明,上面的字迹歪歪扭扭:

我是原中共胶东黄县地下党负责人,特证明王秉义同志在1943年由我介绍加入中国共产党,该同志在1946年3月给龙口地下党组织传送情报途中被"还乡团"杀害。

证明人:梁烈民
1977 年 4 月 1 日

看过信，父亲眼里已涌满了泪。待他擦干了眼泪后，扬着手里的信向办公室跑去，边跑边喊："刘书记，我老家来信了，我四叔的党员身份有证明人啦……"

一个月后，去搞父亲外调的同志从山东回来了。七一这天，父亲在单位光荣地宣誓入党了。

这一天父亲像个新郎官红光满面地从单位回来，走在红松街上时我们家人和邻居们都看到了，父亲推着自行车大步流星地迎着夕阳往家走，脸上陶醉的笑容真像喝醉了酒。

38

父亲入党的消息也成了红松街上一件轰动的喜事。第一个知道信的李长路那天一下班就来我家向父亲道喜，接着张厨子也来了，张厨子还说等父亲当了领导别忘了给他改改行，都是一个街坊住的邻居哩。父亲就很忸怩地脸红了，嘴里说："哪会呢，哪会当领导呢。"父亲心里想到，再有两年他就退休了。

老白也来我家向父亲表示祝贺，他紧紧握住父亲的手说："王会计，你多年的愿望终于实现了，不容易呀！"父亲鼻子一酸，差点涌出泪来。他也紧紧握着老白的手，说："是咧，是咧……"

那天老白走时，还向父亲说了另外一件事，老白问父亲："你最近注意到报纸了吗？他又复出了，在抓教育……"正沉浸在兴奋中的父亲没有留意老白话里的意思。

又过了几天，老白在他家的院门口遇见父亲又跟父亲说了一件事。老白正在他家的菜园子里摘豆角，原来被唐山菊种花的园子，现在叫老白种了几垄豆角。看见父亲下班回来，老白就把父亲叫住了，老白说："你瞧吧，今年咱们国家还会有大事要发生。"父亲听了一哆嗦，嘴里结巴问道："大事？……啥事……好事，还是坏事……"

"当然是好事。"

"啥好事？"

"你猜猜看。"

父亲摇摇头猜不出。老白说："现在国家各行各业都需要整顿改革了，你说最需要改革的是哪个行业？"父亲瞅着老白想了半天又摇头。老白就说："当然是教育呀！"老白把手里刚摘的一把豆角撒进腰筐里，又小声跟父亲说一句，"叫你家老大回来吧。"

"回来干啥？"

"回来准备复习参加高考。"老白又瞅了一眼街上，并没有人走过。

"你是说国家能恢复高考？"父亲一惊。

老白点点头，胳膊肘挎着腰筐走进屋去了，将一脸疑惑的父亲丢在院外。

父亲尽管有点半信半疑，觉得还是应该相信老白。他就托人捎信给山上林场的哥，叫他下来。哥并没有下来，哥不是不相信老白，哥是不相信父亲了。

老白猜测得没错，暑假一结束，下学期一开学，就传出国家要恢复高考的消息。最初是从教我们语文的李玉堂老师嘴里传出的，李老师是从北京下放到林区的老师，他家并没有搬过来，每年暑假他都回北京探亲。自从他在班上发现我的作文好后，对我很偏爱。这次他一从北京探亲回来，就悄悄跟我说，要我好好准备一下，北京那边已传出今年要恢复高考了。李玉堂老师的京腔儿很重，这么多年没有把家搬过来，就是想着有一天落实政策再回北京去。

听到这样的小道消息，我们毕业班就有人在偷偷复习了。而宋海波还在鼓动同学们做好上山下乡到青年点接受再教育的准备。

一直迟迟没有正式的消息发布，南山坡上的草、树叶渐渐黄了，又到了每年打房草、抹墙泥的季节，秋天的风刮得一天比一天凉了。

红松街上的人家又开始在房檐下挂晒红辣椒、豆角丝、萝卜干儿了。这个星期天上午，我正和父亲、三弟在院子里围墙搭起的脚手架上抹房泥，听到李长路手里挥动报纸在街上喊："好消息，好消息，国家恢复高考啦！"

我听到了一怔，冲出门去，从他手里抢过报纸，果然在报纸的显著版面上看到了教育部发布恢复高考的通知。

我两手搓着黄泥走回来，想接着抹墙，父亲蹲在架子上冲我说："老二，你别干了，回屋看书去。"我说："墙还没有抹完呢？"他说："你不用抹了……"我和父亲都抬眼看街上，街上的人正围在李长路自行车旁边议论着。孙曼卓也夹在人群里，她脸上露出少有的兴奋来。

第二天，学校突然有了紧张复习的气氛，大家都知道了恢复高考的消息，不少社会青年也纷纷重新拿着课本回到学校来找老师复习。李玉堂见到我，对我说："你练习写几篇作文，语文试卷可能就是一篇作文。"孙曼卓和另外的女生则围着数学、化学老师在问这问那，而王路神情看上去有点茫然。

放学回去时，我问王路想不想参加高考。王路说，这么多年在学校也没学习啥，落下得太多了，临阵磨枪也不行啊。看来他不打算参加高考了。

高考时间定在了这一年的12月下旬，离高考只有不到两个月的时间，是够紧张的。我们这届毕业生允许提前半学期参加高考。大家都报了名，连学校里的不少往届留校当老师的也报了名，其中就有张红伟。

那天张红伟见到我，问我哥参不参加高考，他想跟我哥一块复习。我冷冷地说："我哥不打算参加高考。"他讪讪地走了。

看到报上登出的恢复高考的通知，父亲又托人捎信上去叫哥回家复习。可是哥没回来。我想他也会看到报纸上通知的。

张红伟又来红松街上找孙曼卓复习了。孙曼卓有一套复习资料，这套复习资料是内部印刷的，一般人是搞不到的，是孙曼卓在区供应科工作的大姐夫搞到的。

王路最后也报名参加了高考，我知道他为什么也报名了，准考证发下来，他和孙曼卓分在了一个考场。

高考那天出奇地冷，夜里还下了一场大雪，早起推门，门都被冻住了。父亲用炉子里烧红的炉钩子把门缝里的冰溜子刺啦刺啦烫化了，这才推开门。父亲还千叮咛万嘱咐，叫我把钢笔放在抄起的棉袄袖子里，这样钢笔水才不会冻住。等我走出家门口时，父亲又蹚着没膝深的雪追过来，他从手腕上撸下那只发黄的英格纳手表给我，叫我戴上看着点钟点答。这只很旧的英格纳手表是祖父的遗物。父亲踩着一趟很深的雪窝子走回去了，我也蹚着雪深一脚浅一脚地奔区第二小学设的考场去。冷冷的阳光照在雪面上，刺得眼睛生痛，耳朵也冻得红红的发木了。

到了区第二小学校门口，一群人影像乌鸦一样哆哆嗦嗦在雪白雪白的地里，拼命地跺着脚。有民警把持着门口，查验准考证后方准进入。高考恢复的第一年没年龄限制，有不少人还是结过婚拖儿带女地参加高考的，他们的妻子和孩子等在外面，冻得瑟瑟发抖。

第一科考的是政治，考卷发下来，大脑有点发麻。这几天早起背的题都溜到一边去了，倒是宋老师的影子总是很清晰地冒出来。还是硬着头皮答吧，不时看一下表。大家都大气不敢出……答完了交了卷出来，我先看到了和周云燕一个考场的张红伟的身影，他正向周云燕说着什么。看来他答得不错。

我不想和他们打招呼，也没有等王路，一个人往家走，低头走出校门口，刚刚拐过一个胡同口，一个人影抄着袖从木样垛下站起来，冲我咧着嘴笑："考完啦？"吓了我一跳，是父亲！他在这里抻脖张望多久了？"走，家去，你妈烙了白面饼，饿了吧。"他脸都冻僵了。

下午考的是语文，是一篇作文，题目是"每当我唱起东方红的时候"。我听着手里的钢笔在两页白纸上唰唰地愉快地写着，嘴里还打着白面饼的饱嗝儿。《东方红》是我从上小学一年级就会唱的歌，看来李玉堂给我押的题很准。在我的作文快要写完时，宁静的校园里突然传来一声女生的尖叫，吓了我一跳，接着考场里又死一样寂静了下来，直到满耳的铃声响起，考场里顿时噼噼啪啪声响起一片。

出来碰到王路，他脸色像地上的雪一样惨白。"你听到那声尖叫了吗?"我点点头。"是孙曼卓,她崩溃了,被校医架走了。"

"啊?"

…………

高考就这样匆匆结束了。孙曼卓因为考语文时精神受到刺激,后来她数学和理化两科也没有去考。

没过多久,高考分数就下来了,我进入了录取分数段,张红伟和王路都落榜了。进入大学录取分数段的我们这届学生只有三名,周云燕和另外五名考生被录取到中专分数段。区百货商店门口张贴出了大红榜,门口围满了人挤在那里看。李长路骑车路过那里下车看到了,第一个跑到我们家来报喜,父亲听说了,也赶紧跑去看。

回来他兴奋地跟母亲说,咱家老二考上了,大红的榜上有他的名字。

那天我也被三弟拉去看了,在拥挤的人群里我看到周云燕和张红伟,周云燕看到我过来向我祝贺,我也向她祝贺。她问我想报哪所大学,我犹豫了一下说,还没想好呢……站在一边的张红伟听到我们说的话,脸色极其难看,他说了一句,别高兴太早,还有政审一关呢。他这话让我心里一沉!

接下来要进行体检和政审阶段。这和征兵程序差不多,不过体检要比征兵松得多,不看身高,也不看戴不戴眼镜。父亲像陪哥当兵体检一样,那天也偷偷跟去了区人民医院。去体检的我们这几个人全部是优,还一致得到了体检医生的夸奖,说我们是即将跨进大学校门的天之骄子。周云燕出来对我说,看看咱们是多叫人羡慕。

可我听了却有些心不在焉，虽然体检我全部是"优"，可一想到下一步政审，我的心里就七上八下。

红松街上的左邻右舍都在区百货门前看到了红榜，纷纷到我家来祝贺。红松街上还没有出过大学生。邻居都很羡慕我们家，说我们家祖坟冒青烟了。

父亲那几天也得到了最大的满足，逢人便讲他的二儿子是多么多么的有出息。并说他们老王家祖上就是读书世家，祖上曾出过进士，祖父是因为战乱才中止了学业，不然也会和我的三叔爷、四叔爷读到济南学堂的。

对于父亲的虚荣心我实在不想去戳穿他，可随着政审时间的临近，我也忐忑不安起来，特别是听周云燕说一个中专考生因为政审不合格被取消了录取资格后，我便更加焦虑了。父亲没有说什么，可我知道他也在担心。

我高考结束后，哥回过家来一趟，大概是他在山上也听说了我进入了录取分数段。可是哥只能待两天，临走时他看着我："时代不一样了，考上就是考上没考上就是没考上，别瞎操心了。"我很惊讶，哥在我不知道的地方发生了什么改变，这次哥回来，我只顾着担心自己的事情，直到现在才好好看了看他。长年积在他眉间的那股郁气不知什么时候消散了，也许这些年的历练和劳动也带给了哥回报。哥的话带给我些许安慰，但没有真正打消我的担忧。

日子就在这一天一天焦急的等待中过去……

我去学校问过，李玉堂老师告诉我已有两个考生拿到了录取通知书，填报志愿时我曾去找过他，他建议我报北京一所重点师范院校，现在还没信，他和我一样着急。

我天天站在红松街李邮递员的家门口，等他骑车回来。街上的风很冷，吹得我耳朵麻痛。每次李邮递员见了我都会说："再等等，也许通知书这几天就已在路上了。"他还憨笑着对我说，"一有信我就会送到你家去，这可是咱们这条街最光荣的喜事呀。"他一边说一边推着那辆绿邮车走进他家里去了。街上那块地上的雪都被我踩硬了。

就在那两个考生接到录取通知书半个月后，我几乎要绝望的一天下午，李邮递员丁零零骑车疯跑到了我家门口，他没等进院就满街筒子喊："老王家二小子的录取通知书来啦！"那丁零零愉快的自行车铃声和他的大嗓门让红松街所有人都听到了，李邮递员飞身下了车，他手里高举着一只大信封，脸上被风吹得通红，手冻得不太好使，他把那个信封交给了我，我用软软的几乎瘫痪的手接过来。

围上来的邻居纷纷问："考上哪儿啦？"李长路兴奋地告诉大家："北京的……一所大学！"

父亲下班回来了，他已从街上邻居口中知道我收到了录取通知书，一进家门，他嘴里兴奋地说个不停，尽管大都是些重复的话。其实我的政审通过也就说明他的档案也没问题了。

我是老王家第一个大学生。父亲还给老家的五叔写了一封报喜的信，可惜祖父是看不到了。从父亲嘴里我知道祖父最看重有学业的人，所以才给父亲取名叫王学业。

我是红松街上第一个走出去的大学生，街坊邻居又纷纷来我家道喜。老白来了，老白说他去年夏天预料得没错，国家果然出了这样的大事，恢复高考这会改变多少年轻人的命运哪！父亲在一旁附和："是哩，是哩，要不是国家恢复高考，俺连想都不敢想孩子能到北京去念大学。"

唐山菊和她姐姐一块来了，唐山菊已经怀孕了，她脸上带着幸福的笑，她说当教师的父亲就希望她和姐能到北京去上大学。说着说着姐姐还抹起了眼泪，妹妹安慰她："咱们实现不了的梦想让咱们的孩子来实现吧！"姐姐就说："我一定要小橘子好好学习，将来也考上北京的大学。"

张厨子来祝贺时问父亲要不要摆几桌宴席庆贺一下，这毕竟是你们老王家的大喜事。父亲就来征求我的意见，我说不用了。我一是想到了去年正月哥的订婚宴没做成的事，想到这件事我就为哥感到难过，不想刺激哥了；二是街坊上孙曼卓没考上，这些天也一直没看见她出门，也不想刺激老孙家了。父亲就听了我的，只是说我走时把二姨一家叫上在一起吃个饭，算是为我送行了。

父亲一边张罗着为我准备上学要带的行李和生活用品，一边打发人捎信去青年点叫哥回家来，一家人在我走之前吃个团圆饭。可是哥并没有回来。看到父亲很失意的样子，我不想让他太伤心，就说找两个外人来家里一起坐坐吧，父亲问我找谁，我说把白叔请来，我再把我的同学王路请来。父亲同意了，就去准备做宴席的东西。这桌饭还是请张厨子来家里做。

老白和王路来我家吃饭，冲淡了哥不在这顿送行团圆饭的缺憾气氛，父亲当着老白的面说了很多高兴的话。正说着话，李长路探头走进门来，他给我家送来了一封信，让父亲很感到意外。父亲叫李长路一起坐下喝一杯，他就高兴地坐下了。信是老家从没给父亲写过信的四叔奶叫他儿子学根写来的，他们母子在信里对我考上大学表示祝贺，并随信寄来了二十块钱算是道喜！父亲看完后，对桌上的人说："俺四婶也是书香门第大户人家出身，想不到她还寄钱来，啧啧。你将来不要忘了四叔奶。"我点点头，脑子里想起那年和二姨回去见过的四叔奶和她的儿子学根。

没想到哥在我走的前一天晚上回来了。他说他是搭运木材车下来的，跟人家说好第二天一早还要搭车回去。我知道他是特意回来看我的。他对我说："你这次去北京上学，以后不知什么时候才会见面的，我回来跟你道个别。"我眼睛有些湿润，笑笑说："我放假还会回来的……"我话刚一说出口，他又对我说了一句："二弟，上学出去了就往高处走了，别忘了有空了回来看看家……"

就要走了，家里的一切都让我依依不舍起来，我的目光会不由自主地落在院落里、房顶上、柴火垛上，房后街上背阴处还残留着积雪。

从南窗外望去，雪还没有完全化尽，南山坡的达子香花骨朵就等不及地绽放了，在我眼里开成了一片一片粉红的颜色，是那样的艳丽。后窗外，一只小花猫悄悄爬上我家桦子垛，伸了个懒腰就趴在桦子垛，眯起了眼睛。

走的这天，是父亲推着那辆白山牌自行车，驮着我的行李送我到火车站去的。

邻居们站在门口不断地和他打着招呼，他都一一地应着，像是在接受邻居的夹道欢送。大黑狗从那个熟悉的院子里跑出来，冲我摇摇尾巴。我向它招招手，看它也明显地老了。父亲瘦削的两腮上冻着两坨红，他一路上叮嘱我到了大学后要用功学习，不用惦记家里。我点点头，要他好好照顾母亲。

他沉默了一下说："是呀，你妈这些年跟着我也挺不容易的，她为你们操尽了心。"

王路也到车站来送我，看到他我想起了孙曼卓，刚才走过红松街，也没有在她家院子里看到她的身影。我对王路说，不知道孙曼卓怎么样啦。王路说他去找过孙曼卓一次，她现在还不想见人，人也瘦多了。我问王路今后有什么打算，他说他打算先去青年点上班，等有征兵机会他想去当兵。

车来了，我同父亲、同王路招招手，叫他们回去。

我在座位上坐下打开车窗，一股透着寒意的风吹进来。我突然看见父亲朝我的车窗口走过来，我以为他有什么事要说，伸出头去，他站在车窗外面犹豫了一下，还是没有说话。

列车开动了，父亲的身影慢慢向后倒去，在出站时，我看见他在出站口下台阶时身子趔趄了一下，王路扶住了他，我突然觉得父亲有些老了。

39

在我上大学的第三年，父亲已经从废品收购站退休了。

在他退休的前一年冬天，老白又跟他说起了一件事，大陆要和台湾通邮了，而且将来两岸会有探亲来往的。父亲一愣，他想起这么多年一直很少向人说起的三叔爷……他不敢相信这是真的，老白就抖着手里的一张报纸说，看看吧，这就是信号，那《人民日报》上边刚刚发表一篇《告台湾同胞书》。

这一年的元旦，中美还实现了建交，也证实了头些年老白的预测。老白看到报上这个消息时，在街上拦住父亲，抖着他那只残缺三根指头的手，摇摇头说："历史，这就是历史呀……"

父亲在来信中跟我说，老白的孩子小橘子老吵着要去广场上放风筝。其实父亲这样说，也是想抱孙子了，哥的婚事迟迟不见动静。哥在我走后的第二年也参加了高考，不过只被一所本省中专宝泉岭农业机械化学校录取走了。毕业后留在了北大荒农场，既不找对象成家也不常回家，让母亲很着急。

当初我考上北京这所全国重点大学，在填报志愿时，父亲想让我填报历史系，我没有同意，我选择读了中文系。父亲有些黯然神伤。

我上大学走后，还和王路保持着通信，王路来信说，区中学的宋海波也考上省内一所师范院校，学的是政治。而张红伟一连考了三年，还没考上，他现在在学校里代教政治课。

王路还告诉我，孙曼卓也分到青年点上班了，他们常在一起，我感觉到他俩已在恋爱了，这倒也是一件好事。

有一回，王路在来信中还提到高中时那次我们去南山挖中草山药材，孙曼卓受到蛇惊吓的事，他说那次她不是遇到了蛇，而是张红伟要和她发生关系，被她拒绝了，幸亏遇到我们。张红伟过后叮嘱她这事不要跟任何人说，她答应了张红伟。张红伟还答应了她等到学期末保证让她入团。"这个土球子真叫人恶心！"王路气愤地说，"你知道吗，向群，他现在在追求周云燕呢，周云燕卫校毕业以后，分到区人民医院当了护士，他天天去医院门口接周云燕下班……"我听说了这件事，也觉得那个小个子更叫我恶心了。

这一年对越自卫反击战，王路在来信中跟我说，他哥所在部队也参战了。这又勾起了王路当兵的愿望，只是……王路没有在信中说下去。我知道他在担心什么。

大学毕业后，我留在北京工作，并且成了家。妻子是和我同届的大学同学，家是天津的。父亲已退休有几年了，听三弟来信说，母亲的身体渐渐好转，而父亲的身体大不如前，原因是他闲不住，每天都在街道上拾垃圾废品。母亲想让他到我这里来住些日子，顺便给他看看腰椎病。

接到三弟信不久，我就给家里写信叫父亲到北京来住些日子，父亲没有来，却写信来叫我有时间回山东老家去看看。我明白父亲的意思，我是王家第一个考上大学留在京城里工作的人，是可以光宗耀祖的人。父亲当然是想让我能在祖上坟前敬一炷香。我嘴上应承着，却推说工作忙，并没有付诸行动。

过了几个月，父亲又来过两封信，我看拗不过父亲，就在这年秋天向单位请了假，回了一趟山东老家。

从北京回山东老家没有从东北回去远，只坐一天的火车就到了。想想小时候跟二姨回老家又是坐火车又是坐轮船，走了那么多天，仿佛是一个梦。

祖母已经过世，只有五叔一家还住在王家老宅子里。房后的苹果园已重新归了王家，实际上是承包给了五叔。五叔五婶见到我极热情地倒茶水、拿苹果。

又红又大的国光苹果递到我手里，让我想起祖母当年坐在院子里给我扒桃子皮的情景来。我问："那两棵桃树还在吗？"

"在，还在……不过它现在是别人家的了。"五婶愤愤不平地说道。她起身进屋给我做饭去了。

吃饭时才听五叔讲，五婶说的别人家是指四叔奶家。当初队

284

里把这片房后的果园重新分给王家时，四叔奶说她也有份儿，至少那两棵桃树还是当年四叔爷娶她过来时栽下的。这么着果园里的桃树就划归到了四叔奶的名下。而二叔奶、三叔奶都改嫁了，就不能算是王家的人了。

吃过晚饭，坐在院子里纳凉，又听五婶提到了四叔奶。

"这个老太太也真是，放着送到手的钞票不要，却来跟我们争这两棵桃树。真是穷人命！"

我问这是怎么一回事情。

五叔五婶抢着告诉我，你三叔爷夏天从台湾回村子来省亲，带了一提箱子钞票……

"你们说的是跑到台湾去的三叔爷？"

"对，对，就是你的三叔爷，他还问到了你的父亲……我们告诉他去了东北。他说到台湾这么些年最让他想念的是两个人，一个是你四叔爷，一个是你爸。"

晚上，在五婶烧热的东屋炕上，我久久没能入睡。秋天的蚊子在蚊帐外嗡嗡叫着。早晨起来时，我两眼挂着两团眼屎。

"三叔奶呢？他回来后没有去看三叔奶吗？"吃早饭时我向五叔五婶问道，因为昨天夜里没有听到她提起过三叔奶。

"他在台湾时，就已经打听到了你三叔奶改嫁了。他这次回来主要是看望你四叔奶的，知道她还一个人过，他是想接济她。他要把带回来的一提箱子钱都给你四叔奶和她儿子，可你四叔奶没要，他就给了跟你三叔奶改嫁过去的儿子一万块钱。剩下的十多万块钱他都捐给了乡里，创建了一所中学，学校的名字就用了你四叔爷的名字，叫秉义中学。"

这又是一件叫我吃惊的事情。我倒越来越想看看这位三叔爷了，就问五婶："他有没有留张照片在家里？"五婶说："有哇，他还说你爸什么时候回老家，让把他的照片拿给你爸看看，他在那边很想你爸的。"说着她翻出一张带相框的照片来，照片上的老人白西装打着黑领带，坐在一把藤椅里，脚上穿着一双白皮鞋。老人满头的白发，面带慈祥地微笑着。我端详着，似乎想找出从前看过的那张全家福上三叔爷年轻时的模样来，可是岁月似乎在他的脸上磨光了印痕，我有些出神地看着三叔爷的笑容，谁能想到这个人的一生背负了怎样沉重的秘密。不知父亲要是看到这张慈祥的老人面孔该做何感想？

吃过早饭，我去看望四叔奶。她还一个人住在村西头的老房子里，我那位堂叔学根已经成家，搬出去住了。听五叔说他结婚时，要四叔奶一起搬过去住，四叔奶没有同意，说不愿意离他（四叔爷的坟）太远了。

四叔奶明显地老了，头发已完全白了。我算了一下，她今年该有七十岁了。她看了我半天，方才想起我来，想起我小时候来过她家，也想起我考上大学时她叫堂叔给我写过信去道喜。说着话，她踮起脚去拿桃子给我吃。还是我小时候来高王胡家村吃过的那棵桃树上结的桃子，桃子又大又甜，她像祖母一样给我扒去了桃子皮。

我把从北京带的礼物给她拿出来，一盒什锦点心，一盒王府井糖果，还有几尺紫缎子。四叔奶手摸着紫缎子，一边说我买这些东西干啥，怪破费的。可我看出她是喜欢妻子买的这布料的。

随后她又带我去了四叔爷的坟上，坟头的草依旧被收拾得干干净净。我把买的祭品摆上，蹲下来烧纸，四叔奶在木牌前摆上一盘桃子，每个桃子都事先被她扒去了皮，她嘴里念叨着："你的侄孙又来看你了，人家现在大学毕业在北京做事情，北京可是中国的首都啊……你可以安息了。你侄儿三子，就是学业，也给你争了光，他现在和你一样也是共产党员了。他还写信要回来看看你呢。"

听了四叔奶的话，我似乎有些理解父亲了。

从四叔奶嘴里我知道父亲给四叔奶写过信，几次提到过要回来看看。不知为什么一直没有成行。四叔奶向我念叨着。后来我才从母亲来信中知道，父亲退休后一直在家里捡破烂，他在积攒一笔钱后就给四叔奶捎回来。

中午，四叔奶留我在她家里吃饭，堂叔学根和他的媳妇也过来了。堂叔学根像不认识我一样畏畏缩缩退站在一边，他刚从地里回来，骨节很大的手指间还沾着泥土，不到四十岁的人头发间已夹杂着许多白发，脸孔晒得黑黑的，皱纹里夹着浮土。我向他提到九岁来他家时他带我在后园子里捉蝈蝈的事来，他龇着黄牙根嘿嘿笑着说不记得了。他的女人在背后捅了他一下，他不知所措地又搓起手来。我不由得想起了鲁迅笔下的闰土。假如四叔爷不死，假如四叔爷后来能按烈士报到县里，我的这位堂叔是不是就可以过上不一样的生活？

离开高王胡家村时，我给四叔奶留下了三百元钱。四叔奶执意不要，我说是替我父亲给的，她才收下了。

那年春节探亲回到家后，我把三叔爷的事情原原本本告诉了父亲。父亲怔住了，良久没有说话。

第二天早晨，平时摆放着祖父和四叔爷遗照的柜子上，又多了我从老家带回来的那张全家福。

40

这一年的冬天,我听三弟来信说父亲腰椎病犯了,我就和妻子在过年时回到了小兴安岭山里,一晃我也有几年没有在家过年了。

东风区已不叫东风区了,又恢复了以前建林业局时起的地名叫汤旺河区了。火车站比我上学走时扩大了一些,下了车还能一眼看到父亲以前工作的单位区废品收购站,那幢黄砖平房后面的院子里堆积着像小山一样高的废铁废塑料桶。看我眼睛朝那里望,来接我的三弟说:"现在咱爸每月还来卖一次废品,说他也不听。"三弟现在在区政府当秘书,他是伊春师范学校毕业后改行到区里当的秘书。

他找了一台212吉普车,我说:"也不远,走回去吧。"我是想走走看看这些年家乡都有哪些变化。三弟说:"天冷,你受得了,二嫂还受不了呢。"我只好听从了他,刚要上车,忽然一个骑自行车的人在吉普车旁边停了下来,他冲着我惊讶地说:"向群回来啦!"

我定睛一看,觉得这个人好面熟,却一时想不起来他是谁。

三弟刚要跟我说,他又叫道:"我是你陈哥呀,你忘了小时候在你家锯过柴火啦……"我一下子想起来,他是陈中国!握着他伸过来的手——他又转过头来:"这位是弟妹吧。"我赶紧跟妻子说:"这是陈哥,和咱爸在一个单位的。"妻子礼貌地微笑着向他点点头。"弟妹真漂亮,一看就是大城市来的,听王会计说你们是大学同学。"我点点头。

看有出站的人向这边看，三弟说："陈主任，我二哥二嫂刚下车，要不你也到家去坐坐？"陈中国忙说："先不啦，我听说王会计腰病犯了，等哪天我过去看看他。"说着他冲我们招招手，骗腿儿蹬车走了。

坐进吉普车里才听三弟告诉我："陈中国现在是废品收购站的主任了，他入党还是咱爸给介绍的呢。"我在家时就知道陈中国自从那次火灾刑满回到单位后，表现一直很积极，也得到过父亲的帮助，没想到现在都当上了收购站主任。我想起了另一个人，问："冉红旗呢？"三弟说："还在收购站，还是那样……"三弟说着摇了摇头。

红松街没有什么变化，只是有几家房顶不是草房顶了，而换成了油毡纸房顶和瓦盖顶，包括我家。一到红松街口，我叫三弟让开车的师傅开车回去了，我们下车往家走去，走过老白的家门前，老黑似乎认出我来，从窝走到门口来，它抬头朝我望了望，它明显地苍老了，眼睛混浊湿润。老孙家的油纸房顶换了瓦房顶，院子门口的雪扫得干干净净。张厨子家院子里没什么变化，还是乱糟糟的，房檐下吊着两根猪尾巴，一定是哪个杀猪人家请他做饭送的。走过李邮递员家门前时，我看到了一个小姑娘脸蛋冻得红红的在门口玩，从她那酷似唐山菊的面孔，我猜想这一定是唐山菊的孩子了。妻子抓了一把糖果给她吃。

进了家门，躺卧在炕上的父亲见我们回来，眼睛一亮，嘴里说："你们工作都那么忙，还回来干什么。"可是看他眼里露出的神情是高兴的。他还叫母亲把他扶起来倚靠在被垛上。屋里有一股汤药味儿，三弟告诉我，是王路的爷爷给配的中药。三弟说王路也常过来看父亲。

我们回来，母亲也很欣喜，她拿出一些炒熟的榛子、松子给我们嗑，妻子也拿出给她和父亲买的衣服，让母亲试试。母亲嘴里说："花这钱干什么，花这钱干什么。"并没有去试，眼睛却盯着衣服的样式嘴里啧啧个不停，看到地上的缝纫机，我问母亲："还能给人做新衣服吗？"母亲说："不行了，眼神跟不上了。"妻子还给大妹买了一件流行的呢大衣，大妹喜欢得不得了，立刻进屋去穿在身上了。我告诉过妻子，大妹的身高和她差不多，她买得正合适。

看到我们回来，父亲精神上就好了一大半，父亲叮嘱我说："抽空去王路家看看，谢谢他爷爷给瞧病配药。"我也正想去王路家看看呢。我回来并没有事先告诉他。

回来的第二天，我就和妻子带着礼物过去了。王路见到我很惊讶："向群你什么时候回来的？也不事先来信跟我说一声，我好去车站接你们，这是嫂子吧？"我说："前天回来的，这是我跟你说过的靳小芹。"我跟妻子也说过王路，她冲王路微笑着点点头说："老听向群提起你。"

王路的爷爷和王路他们一家住在一个院，是单独的一间屋，一走进去一股中草药味儿直冲鼻孔。王路的爷爷今年已经八十多岁了，鹤发童颜，正在给一个邻居诊脉，见到我说："你父亲的病好点了吗？"我说："好多了，他还特意叫我们过来谢谢您。"妻子把带的两盒点心和两瓶北京红星二锅头放在柜子上。坐下说了几句话，见又有人来找他瞧病，我们就退了出来。

王路把我们引到他屋里去坐，他叫我们中午别走了，在他这里吃饭好好同我唠一唠。我说改天吧，刚回来怕家里人惦记。正说着话，我突然看见他屋里的柜子上摆着一个相框，是他哥和宋海波在一起的一张合影照，他哥哥穿着军装，胸前戴着军功章，坐在轮椅上，宋海波站在他哥身后，照片上还有一行字：新婚纪念，幸福美满。我一愣，王路瞅瞅我说："是的，他们结婚了。"王路在跟我的来信中说过他哥这几年的情况，他哥在1979年参加了对越自卫反击战，上了老山前线，在一次战斗中，左腿被炮弹炸伤了，截肢在野战医院住了一年多，伤养好后，他就跟随参战英雄宣讲团到各地宣讲，还被区中学请回来宣讲过一次呢。宋海波的情况他也简单在信里跟我提过，他说宋海波师范学院毕业以后，又分回到了区中学来教课了。可是他从来没有跟我提起过他们是从什么时候开始恋爱的。现在我从王路的眼神中明白了，因为我以前对宋海波反感，他才没有跟我说这些。

"没错，就在前年我哥被母校请回来做报告那次，宋海波和我哥正式恋爱的，虽然在这之前宋海波一直在给我哥写信，可我哥一直把这看成是他们同学之间的友谊，而且在战事发生之前，作为一名军人随时都可能奔赴战场生死未卜，他也不可能答应她什么。那次回来，那些天都是宋海波在默默地照顾着他，而且宋海波告诉我哥，在大学里也有人追求她，她明确地说，自己心里已有人了，她心里这个人就是我哥……我哥听了很感动，而且她跟我哥说，为了我哥她可以放弃一切！他们结婚后，她就跟我哥随军去他们部队昆山疗养院了，在当地的一所小学里教书……"

听了王路说的话，我不由得从心里对宋海波佩服起来。这得需要多大的勇气呀！看来王路以前在学校里，也没少给他俩传递信件。

"那你呢，你和孙曼卓怎么样？"

王路听我这样问，看了我妻子一眼脸红了，说："我们还挺好，孙曼卓已从青年点抽调到区文化馆文艺演出队，她现在很忙，平时又要排练，又要教新学员舞蹈，她想过两年再考虑结婚的事，我答应了她，再一个我也刚接了父亲的班，在贮木场青年队当队长，也想干出个样来。"

我和妻子走了，王路送出来，犹豫了一下说："你知道张红伟现在干什么呢？"我看着他。他说："他因为没有文凭，已调出了区中学，到贮木场抬大木头去了……有一回我在场子里看见他正和几个工人抬大木头，个头被压得更矮了，脸也憋成了猪肝色……"

"他和周云燕后来怎么样啦？"

"还能怎么样，他是剃头挑子一头热，人家压根儿就没怎么搭理他。他离开区中学后，再不去区人民医院门口接人家去了，他怎么好意思去呢？以前他还到处跟人讲，说周云燕和她姐姐入团都是他介绍的，有一回周云燕当着他的面揭穿他，说她姐姐要不是他介绍入团被鼓动上山上林场去还不会死呢，问他你怎么不上山去呢，呛得他脸红一阵白一阵的无话可说了，这个骗子！"

那天从王路家回来，他的话叫我想了好多，我倒是有点对宋海波刮目相看了，我以前在学校里错看了她，她对自己的信仰很忠贞。相比较，张红伟倒是应该获得这么个结局的。

临近春节，来家里拜年的人陆陆续续增多起来，这地方有个习俗，年前来拜年手里不空手，年后就只给晚辈压岁钱。渐渐地我明白这些人都是冲着三弟来的。

三弟现在是区长秘书，每天在外面忙工作，都是挺晚才回家。

每每有人打着三弟旗号来拜年，父亲都很生气，就叫大妹把来人连着他们提的东西都拒之门外，有硬放下的人，父亲就叫大妹等三弟回来叫三弟给人家送回去。

三弟就在背后向我发牢骚："咱爸也真是，这不打人脸吗。"可每次还是照父亲的话做，把人家送来的东西原封不动地送回去。

有一回，三弟喝多了，向我说起给家里换瓦顶翻建房子那次，父亲说啥也不叫人家给换，说两年换一次房草挺好的。母亲顶了他一句，说他这老胳膊老腿还能爬得动房子吗？他才同意换了。"不过过后非叫我把砖瓦钱给人家送去，这砖瓦水泥都是下面的人从基建单位给安排要的，我上哪儿去给人家单位钱哪。再说为这点材料要给人家钱还不笑话死我……"我刚要劝他点什么，哪知他又说了一句："二哥，我知道你要说啥，这些年你和大哥都不在家，家里头都得我张罗，放心吧，我知道咱爸的犟脾气，大事小情都要记着自己是党员……"

我深深看了眼三弟，这些年他在家照顾父母也受累了，觉得他真的长大了，看他倒头睡去了，我走出屋去……

外面的风吹得很冷，夜黑漆漆的，站在房后看我家这三间大房都是红瓦顶，上面覆盖着白雪。不过，此时我倒挺怀念高中时换房草的那两个秋大了，风吹动着房草呜呜地响，还有割房草时山坡上散发的好闻的青草味儿……

陈中国果然来我家看父亲了，他手里提着一网兜水果罐头、麦乳精什么的，还带了两条红塔山烟，自打他出事以后，烟他还是一直不沾的。

他一来父亲很高兴，两人说了很多话，父亲向他问了一些单位里的事情。陈中国当着我的面说，以前多亏你爸帮助他才有今天，人是不能忘本的……说得父亲也很感动，说："你说这些干啥，不值得一提的。"陈中国坐了很久，他要走时，父亲叫他把烟拿回去，说："你知道我抽不惯这个，拿回去给你父亲抽吧。"陈中国没拿，说了一句："您拿着抽吧。"父亲叫我替他送送陈中国，我就出去送他。走到院门口我家后院桦子垛前，陈中国停下了脚步，瞅了一眼我家码得整整齐齐很高的桦子垛，我知道他是想起了我小时候来我家锯烧柴的事。

三弟晚上回来，我跟他说起白天陈中国来家看望父亲的事。他听了用鼻子哼了一声说，算他还有点良心。

过完十五，我和妻子就要返回北京了。父亲已经能下炕了，我和妻子都叫他什么时候去我们家里住一阵，再顺便看看他的腰椎病。父亲说你们工作都那么忙……他这是老毛病了，不碍事的。妻子知道父亲从没去过北京，又说，到北京住一阵，也当是看看北京了。父亲听了，眼神倒是跳动了一下，随后又说，等以后有机会再说吧。

走的那天，在街上遇到李邮递员了。过年期间，我带妻子去过街坊上两户人家串门，一户是老白家，一户是李邮递员家。老白也早退休在家了，每天还依旧关心着报纸，李邮递员每天都把报纸送到他家里来。老白也老了许多，头发全白了。而他的妻子似乎还和当年他领到红松街我们见到时那样，没怎么见老。唐山芝和她妹妹一样，一见到妻子，听着她的天津口音叫她们感到很亲切，她们很快就聊到一块儿来，聊起天津和唐山过年的一些特色小吃，还有杨柳青街上的年画。

李邮递员正在街上跑送报纸，他骗腿儿从自行车上下来，说："你们今天回去了，不再多住些日子了？"我说："回去了，谢谢您常去我家里看我父亲。"他笑笑说："应该的，现在老人见到得越来越少了。"他看了看我又说："你没事经常给家里写写信，你父亲很盼望你们的来信，他每隔一段时间总要问我，有没有北京的信……"我心里一动，眼眶有些湿热，忙说："好的，我会的。李叔叔，欢迎你有机会去北京玩。""北京？这辈子恐怕也没有机会去看看了……你不知每天送信送报多缠身子。""怎么会没有，等你退休了，唐姨回老家时就可路过北京去看看的。"李长路想了想说："也许吧，天安门、长城俺只是在邮票上天天看到……"他与我们道了别，骗腿儿骑上车走了。

那辆绿色邮政自行车有些旧了，骑起来链盒子有些吱啦吱啦响。道边的雪有点开化，我往南山上远望了一眼，要不了多久，那山坡上的达子香就会开花的。

大妹送我们去的车站，她穿着妻子给她买的那件红呢子大衣，围着一条蓝色围脖，像个城里人一样。她手里拿着给我们带的一些榛子、松子和木耳，装在一个旅行兜里。

上车时，我又扫了一眼不远处车站旁边的废品收购站，好像看到一个人影在院子里弯腰收拾着废品堆，但那个人影肯定不是父亲了。

41

第二年夏天父亲来北京了，父亲是回山东老家回来时绕道北京到我家来住些日子的。在他动身前，大妹已写信告诉了我们。

我到火车站去接的他，父亲一走出闸口来，就像眼睛不够使似的到处看。我已经站到了他面前了，他还没有看见我，父亲的背已驼得很厉害了，瘦削的脸又黑了许多。

"这就是北京老火车站吗？"

我点点头，其实父亲从来没有来过北京，只是从五六十年代的报纸画册上见过北京站的图片。现在北京站外楼正在维修改造。

我叫出租车司机从东长安街上走过，车到了天安门前，我让师傅慢点开。父亲的头从车窗里探出去，微风吹动着父亲凌乱的花白头发，他的眼睛又不够使了。

回到家里，吃过晚饭，我同父亲聊天，我们的话题自然提到了山东老家。

我问："四叔奶还好吗？"

父亲说："她还好，就是耳朵背得厉害了。"

我突然问起四叔奶年轻时为什么不改嫁？

父亲听了吓了一跳，仿佛我问了一个不该问的问题。

我说："其实四叔爷的死新中国成立后可以找找当地政府按烈士对待，这样四叔奶的日子和堂叔的日子会好过一些。"

父亲听了摇了摇头说："新中国刚成立那会儿，我去找过当地政府，想要证明你四叔爷的党员身份，可是那个唯一可以证明你四叔爷那天带信去龙口执行任务的中村郑铁匠已不在世了，因为没有人可以证明，就没有找成。这件事也就不了了之了，就没有再去找。我在你祖父过世那年回老家，也曾经打听到了当时介绍他入党的地下党负责人老梁同志，老梁同志在过世前也写了证明信证明了你四叔爷确实是一名中共党员，而且是为革命牺牲的，我把这个消息告诉你四叔奶，我叫你四叔奶找找当地政府，可以按烈士家属对待的，可是这个时候你四叔奶又不同意往上找了……"

"为什么？"我有些不明白地打断了父亲。

"这次回去，我才从你四叔奶嘴里知道，政府承认了你四叔爷的党员身份她就知足了，她就想让人知道你四叔爷是一名党员，这就够了，至于烈士的事你四叔奶想都没想过，如果那样做会叫她心里不安的。你四叔奶一直认为你四叔爷那天是为了接她在路上碰上了劫路的胡子才被杀害的。"父亲眼里闪动着什么说。

"那后来呢？"

"后来县里也去人调查过你四叔爷当时牺牲时离开家的经过，你四叔奶也一口咬定，你四叔爷那天离开高王胡家村是到龙口接她回去的……这样县里对你四叔爷审定烈士的事也就搁置了起来。"

我想这也是四叔奶一直没有改嫁的原因。

"其实我在想，就算你四叔奶知道你四叔爷是为革命牺牲的，她也不愿为政府添麻烦了，她是一个要强的女人，不想沾任何人的光，你四叔爷生前也没有跟她透露半点地下党员的身份，我想你四叔爷不告诉她，一是遵守组织纪律，二是也不想让你四叔奶跟着担惊受怕受连累……"

听了父亲这么讲，我明白四叔奶在乎的是什么了。

"你四叔奶和你四叔爷生前感情很好，她只知道那次你四叔爷去龙口是为接她而死的，她肚子里已有了你四叔爷的骨肉，她就打算为你四叔爷守一辈子寡了。唉，真难得她这一辈子了，你四叔爷是为自己的信仰而死的，而她也要为守着自己的这么个想法而活着。"

父亲说他临来时，四叔奶特意叫堂叔去王家祖屋房后桃树上摘了鲜桃子带给我吃。父亲从一个竹篓筐里掏出桃子来，我没有扒皮就吃起来。我知道我吃的是四叔奶亲手摘的桃子。

父亲在我家待了不到两周就开始想家了。父亲在我家也是闲不住的，我家用坏的抽水马桶和漏油的抽油烟机都叫父亲修理好了。以往家里喝剩下的空易拉罐、空啤酒瓶子，都被妻子随手扔掉了，这回被父亲捡在一个空纸壳箱子里，一起卖给了收破烂的。

收破烂的来过了两次我们家住的小区后，就知道我们家里有一个在废品收购站里干过的人了。有点认同行的意思，就常来我家楼下吆喝了，父亲一听到吆喝声就跑到楼下去，同收破烂的聊了起来，边把手里拎着的空易拉罐、旧报纸给他，边打听废品的收购价格。一来二去邻居们都认识了这个早上出去遛弯回来从不空手的老头儿，也知道是我们家的老人。我和妻子下班回来，就有人在背后指指点点的，弄得我和妻子都挺尴尬。

父亲这次到北京来，我也一直想着抽空带他到医院去看看腰病，就在他来后的第三周的星期天，我带他去了北京同仁医院，给他找了一位专家，这位医生在看了父亲拍的CT片子后，说你父亲的腰椎弯曲变形很严重，是由于长期弯腰造成的，再不注意容易瘫痪，没有太好的治疗办法，因为年纪太大，骨质疏松不宜做手术。还是保守治疗，给开了些药，并叮嘱平时注意别弯腰和提重的东西。

听了医生这样讲，我也觉得挺严重。开了药，从医院出来，我很严肃地对父亲说："你以后不能再捡垃圾了，除非你想把自己弄得瘫痪在床上，刚才医生的话你也听到了吧？"不知是我吓唬他的话起了作用，还是医生的话他确实听清楚了，父亲嘴里嗯嗯……小心听话地点点头，刚才来医院的路上下了车他眼睛还盯着行人丢弃到垃圾桶边上的矿泉水瓶子，这会儿走出来他的眼睛再也不往垃圾桶边上看了。

回到家里，妻子问起了父亲看病的结果，我跟她说了。妻子也有些担心，她叫我有时间多陪陪爸，别叫他再一个人出去走了。我也不太放心让他一个人出去走了。

父亲倒是挺配合我们的，不太常下楼去了，即使早上我们没起来，他一个人下楼去也是空着手回来。每天按时吃药，怕他忘了吃药，妻子在上班的时候，还特意把他中午要吃的药找出来，分别包在三个包里，写好药名和吃药的时间。

过了几天，我发现父亲的神情有些落寞，常常一个人站在窗台前望着外面发呆。这天晚上，父亲突然跟我说，想回去了。我问为啥？他说病也看了，剩下的药他带回去吃。我叫他再住几天，他说他有点不放心家里了，出来这么久我妈也该惦记了。等我回卧室躺下时，妻子跟我说："爸是因为没事可干才觉得寂寞想家的。"我想想也是。

为了挽留父亲多住几天，下了班我都尽量多陪父亲下楼走走。我跟父亲在楼下走时，父亲说北京太大了，要是一个人上街走出去还真怕走丢呢。有一回我带他走进老北京胡同里，看见一个收破烂的老头儿蹬车过来，他的眼睛又发亮起来，等人家从他身边擦身蹬过去，他就佩服起这些走街串巷收破烂的老头儿来，父亲问我一句他们就不怕走丢了吗？我说不会，北京的胡同他们天天跑都熟了。他想了想又问我说："北京有多少个废品收购站？"我摇摇头说不知道。

父亲又住了一周后，这回真的吵吵要走了，我和妻子再也留不住他了，就只好给他订了火车卧铺票，并发电报告诉了家里。

父亲要走了。我想带父亲去吃一次烤鸭。父亲在我家住的这些日子，我们几次要带他出去尝尝北京的风味小吃。父亲怕花钱找借口拒绝了。想想以前在家时父亲实在没吃过什么好东西，就越发想带他出去吃一次烤鸭了。

我带他去了西单街口上一家烤鸭店。刚坐下，服务员上来了。父亲问一只烤鸭多少钱。服务员回答八十八元。父亲听了吓了一跳，问什么鸭子这么贵。我微笑着对他说："您吃过了就知道了。"等烤得流油的烤鸭端上来了，却见父亲迟迟没有动筷。我教他先夹一张面饼，再去夹烤鸭肉片、葱丝、香菜丝、面酱，卷在面饼里。父亲说早知道这么麻烦就不出来吃了。一顿鸭子要花掉他一个月工资，父亲有些心疼。

从烤鸭店里出来，我本打算带他逛逛西单商场，顺便给母亲买点礼物。

我俩走到西单商场门前时，看见那里围着几个人，一个戴红袖标的老头儿正扯住一个人的衣袖，叫他把丢在地上的一个空易拉罐捡起来，并接受他的罚款。这种事我见多了，往往那个人都不心甘情愿接受罚款，总要同执勤人理论几句，但最终还是要无可奈何被罚款的。那个人身边站着一个五六岁的小男孩，吓得呜呜直哭。不用问他们是父子俩，易拉罐是孩子刚才喝完随手丢下的。显然刚才那个人已经向执法老头道过歉了，说孩子不是故意的，请原谅他一次吧。可执法老头不依不饶，见孩子哭了，就朝大人要钱。中年人不干了，说处罚也得讲理呀，易拉罐我可以捡起来，凭什么还要罚款？执法老头就拿出来一个小本子说第几款第几则，不交罚款就别走人。事情就在那里僵持着，围过来的人越来越多，还有两个外国人也夹在里面。

我完全没有察觉到父亲是怎么钻进去的，父亲捡起了易拉罐，并向那个执法老头交了五元钱。我不知道父亲向那个执法老头说了什么，他收下了父亲的钱，那父子俩离去了。围观的人也散去了，那里只孤零零地剩下了父亲。我走过去。

"您凭什么替他交钱？"

"因为我是一名共产党员，这是首都哇，咱不能让人家外国人看咱笑话。"父亲出乎意料的回答，叫我一愣，张了张嘴怔在那里，哑口无言。

一路上，父亲手里一直拿着那个被踩扁了的空易拉罐。回到家里他把这只易拉罐又放进了妻子开始积攒空易拉罐的纸箱子里。我知道就是这一箱子空易拉罐卖出去也卖不上五元钱。

父亲明天就要走了，晚上我过他屋里陪他说说话，我进去时他正低头坐在床上不知在想着什么，见我进来他示意我在他床头的椅子上坐下来。

"向群，你说人是不是不能犯错？"父亲的话又叫我一愣，我不太明白地看着他，不知道他要说什么。

他慢慢地说道："你还记得陈中国吗？"

我说："记得，当然记得，前年回去还见到过他，他还去过咱家里看过您……他现在还在废品收购站当主任吗？"

"不，不干了，是他自己提出不干的……"

"为什么？"

"唉，说来话长，在他自己提出不干主任的时候，我才知道那年失火是他抽烟引起的，也是那天他亲口向我说出来事情真相的，他说他对不起我，更对不起冉红旗……"

"啊?"这又让我十分吃惊。

"没错,他说么多年他的内心一直受煎熬,特别是每天看到冉红旗眼神的时候,刑满后,他希望那时他们两个有一个离开收购站,他以为冉红旗会离开收购站,可是冉红旗一直没提出离开。他提拔当了主任后,一直想要离开收购站,甚至想让你弟弟帮忙把他调到别的单位去,可是一直没有弄成。他还得整天面对冉红旗的眼神,他告诉我,他入党,当主任,最害怕的就是看到冉红旗瞅他的眼神,像钉子一样钉在他的背上。

"去年冬天,他把我找到他家去,就我们俩在一块喝酒,他喝醉了,说他再也受不了,就想当我面向我说出这些来,他说我是他的入党介绍人,是我一直跟他说要对党忠诚,要在任何时候都相信党组织,他说再也不能对不起我了,就跟我说了这些。最后他跟我说人不能犯错,人犯了小错就容易犯大错,当初他要是在失火时把真实情况说出来,就不会犯更大的错了,让冉红旗跟着受牵连受刑罚了,他以为他们一起受刑后,出来就没事了,可是出来后,他良心受到了更大的谴责,这么多年来一直内心不安……

"那天他向我说完后,第二天就向组织提出辞职了,并愿意接受组织上的任何惩罚。鉴于他当年说了谎话已过了刑罚追溯期,这些年他一直表现不错,他只是受到党内严重警告处分……说来我也是有责任的,可是他现实的表现确实够哇,唉,人心里的秘密谁能看得到呢……"

第二天上午父亲走时,我和妻子去车站送他。票是事先给他买的,是卧铺票。父亲说又让我们破费了,父亲是想坐硬座。我想父亲现在腰不能久坐怎么能坐硬座呢。以前父亲坐硬座是想能

302

顺便捡些易拉罐、空啤酒瓶子什么的，而睡卧铺就不方便捡了。

临上车，父亲换上了妻子买的新衣裳，一枚鲜亮的党徽被当当正正地别在父亲胸口。

那鲜艳的红犹如一簇跃动的火苗，跳动在父亲的前胸。我的因与父亲分别而空落的心突然被润湿了……

随着北京火车站钟楼上的时针指向十点，忽然响起了悦耳动听的《东方红》的乐曲声，我和父亲听到了，都怔了怔，父亲痴痴地望着钟楼的眼睛有一丝闪动……

火车鸣笛了，父亲向车厢门口走去，他上去时腰弯曲得厉害，那个女列车员还搀扶了他一下。等他上了最后一个梯磴后转过身来，他挺直了腰，我突然觉得父亲的身影变得高大起来。

他站在列车门口，冲我们招招手。那会儿，北京火车站上金灿灿的阳光正留在父亲微笑的脸上……

2020年12月16日—2021年2月9日一稿
2021年2月13日—2021年4月8日二稿修改
2021年8月三稿修改